KB076982

비밀
노트

The secret note

비밀 노트
김성금 성장소설

초판 인쇄 | 2013년 01월 20일
초판 발행 | 2013년 01월 25일

지은이 | 김성금
펴낸이 | 신현운
펴는곳 | 연인M&B
기 획 | 여인화
디자인 | 이희정
마케팅 | 박한동
등 록 | 2000년 3월 7일 제2-3037호
주 소 | 143-874 서울특별시 광진구 자양로 56(자양동 680-25) 2층
전 화 | (02)455-3987 팩스 | (02)3437-5975
홈주소 | www.yeoninmb.co.kr
이메일 | yeonin7@hanmail.net

값 12,000원

ISBN 978-89-6253-128-2 43810

* 이 책은 경기문화재단과 한국문화예술위원회의 문예진흥기금을 지원받아 발간되었습니다.

비밀 노트

The secret note

김성금 성장소설

> 각자 딱딱한 껍질을 뒤집어쓰고 사는 우리는,
> 서로 말하지 않으면 도통 그 속에
> 어떤 알맹이가 있는지 모릅니다.

The Secret note

연인M&B

　겨울이 지나가고 있습니다. 봄이 멀지 않기에 씨앗은 땅속 깊이 누워 꿈을 꾸었습니다. 어떤 색깔로 어떤 모습으로 세상에 나타날까? 책을 내놓을 때마다 수많은 독자들이 공감하며, 세상을 아름답게 변화시킬 수 있을 것 같았습니다. 그러나 꿈을 꾸는 동안만 행복했습니다. 세상이 깜짝 놀랄 거라는 자신감은 착각이었고, 세상에 나온 나는 점점 더 작아졌습니다. 그러나 실망했던 시간들을 딛고 또 다섯 번째 책을 내놓습니다.

　『비밀 노트』는 일 년 전만 해도 거푸집만 덩그러니 있던 중편소설이었습니다. 부악문원에 들어가 사 개월 동안 공글러 장편소설이 되었습니다. 글 쓰고, 책 읽고, 산책하는 단순한 일과 속에서도 외롭지 않았던 것은, 지수와 정자가 내 머릿속에 들어와 함께 살았기 때문입니다. 하루에도 몇 번씩 열두 살짜리 아이의 마음이 되었다가, 예순여섯 살의 할머니 심정이 되어야 했기에 외로울 틈이 없었습니다.

역사의 소용돌이를 헤치고 나오면서 가난과 전쟁으로 배움의 시기를 놓쳤던 할머니 세대의 이야기를 씨줄로 엮고, 물질적으로는 풍요로운 세상에 살지만 맞벌이 부모 슬하에서 외돌토리로 살아가는 지수 세대를 날줄로 엮었습니다. 각자 딱딱한 껍질을 뒤집어쓰고 사는 우리는 서로 말하지 않으면 도통 그 속에 어떤 알맹이가 있는지 모릅니다. 그래서 『비밀 노트』를 통해 아이들이 할머니 세대를 이해했으면 좋겠습니다.

　텃밭에 뿌린 씨앗이 발아해서 줄기를 뻗으며 꽃을 피우고 열매를 맺는 걸 지켜보았습니다. 엄지손톱만하던 오이나 호박이 하루가 다르게 쑥쑥 자라납니다. 우리 아이들이 잘 자라기 위해 이제는 할머니의 힘이 필요할 때라는 생각이 듭니다. 부모가 모두 직장에 나가 할머니 손에 크는 아이들이 많습니다. 미래에는 대다수의 아이들이 이렇게 커 가지 않을까 싶습니다.

주인공이 독자들의 가슴에 오래도록 남았으면 좋겠다는 바람으로 글을 썼습니다. 글을 쓰는 동안 이 글에 나오는 전원주택을 상상하며 양평에 집을 지었습니다. 집을 짓고, 노트북에 글을 쓰면서, 현실과 소설 속에서 일 년을 살았습니다. 그 사이 손자 훈섭이 태어나 나도 드디어 할머니가 되었습니다. 세월이 흘러 주인공 정자의 나이쯤 되면, 내가 어떻게 이런 상상을 했을까 하며 내 소설에 감동할지도 모르겠습니다. 아이들도, 어르신들도 공감하는 소설이 되기를 소망합니다.

　오랫동안 지켜봐 주신 김대규 선생님과 정동수 선생님, 응원해 준 동인들과 가족이 있어 늘 든든했습니다. 감사합니다.
　부악문원에 입소를 허락하신 이문열 선생님, 이 책이 나오기까지 애써 주고 용기를 주신 연인M&B의 신현운 사장님께 감사드립니다.

2013년 1월 양평에서
김성금

차례

프롤로그

언덕 아래로 이 층 벽돌집이 내려다보입니다. 키가 큰 상수리나무들 사이로 보이는 집은 햇빛을 받아 분홍색으로 아름답습니다. 대고모는 그 집을 손가락으로 가리키며 눈물을 글썽입니다. 운전대를 잡고 있는 아빠도 눈물을 훔치고 엄마도 손수건을 꺼냅니다.

"우리 지수가 내 얼굴에 침 발라 놓았네. 할머니는 내 거라며 영역 표시를 했나 봐. 하하하."

할머니의 동그란 얼굴이 떠오르면 나는 십 개월짜리 아기가 된 것 같습니다. 할머니 이야기 속의 나는 귀여운 아기입니다. 할머니 얼굴에 뽀뽀를 한다는 것이 온통 침을 발라 놓았다고 합니다.

아빠는 대고모가 가리키는 대로 구불구불한 산길을 내려갑니다. 차가 한 대 간신히 지나갈 정도로 좁은 길입니다. 주차장에 차를 대고 내리니 파란 잔디가 펼쳐져 있습니다. 비탈을 가득 메운 보랏빛 무스카리, 보랏빛 매발톱 꽃이 바람결을 따라 손을 흔듭니다. 할머니가 좋아하던 색깔입니다. 미인도 아니면서 보라색을 좋아한다고 핀잔을 주던 대고모의 비죽이는 얼굴이 떠오릅니다. 보랏빛 꽃에서 방울 소리가 잘랑잘랑 들리는 듯합니다. 자그마한 연못도 보이고,

버드나무처럼 가지가 축축 늘어진 나무도 보입니다.

"대고모, 이거 닛사 아니에요? 천리포에서 보았던?"

"그렇구나. 지수가 좋아한다며 네 할머니가 눈여겨보더니만."

나는 주렴처럼 늘어진 가지를 들추고 나무 그늘 속으로 들어갑니다. 엄마도 아빠도 대고모도 들어옵니다. 아아, 닛사구나 닛사! 하면서 어린아이처럼 감탄하던 할머니가 생각나서 눈물이 차오릅니다. 닛사나무의 상징적 의미는 '물을 사랑한 친절한 꼬마 요정'이라고 합니다. 비밀스런 공간에서 연못을 내다봅니다. 빨간색, 노란색 붕어들이 연못 안을 헤엄치며 꼬리지느러미를 흔들어 댑니다. 연못 주위에 하얀 토끼들이 모여 앉아서 입을 오물거리며 우리를 바라봅니다.

아름다운 분홍색 벽돌집이 내 눈물 속에 잠깁니다. 내 눈물 속에 잠겨 출렁거리는 별장은 그래서 비현실적으로 보입니다. 건물 앞까지 오솔길이 가르마처럼 나 있습니다. 대고모가 앞장서서 걸어갑니다. 칠십 세가 넘은 대고모의 뒷모습은 등이 꼿꼿하고 날씬해서 젊은 여사 같습니다. 대고모의 뾰족한 하이힐의 뒷굽이 움푹움푹 구멍을 만들며 갑니다. 할머니가 그토록 그리워했던 어린 날의 삽화처럼 폭폭 파입니다. 대문은 허술해서 아무나 열고 들어갈 수 있습니다. 계단을 올라가자 현관문 옆에 문패가 붙어 있습니다.

'김정자, 한지수'

"네 할머니가 너를 참 많이 사랑했어."

대고모는 까만 돌에 새겨진 이름을 어루만집니다. 내 나이는 열여덟 살 고등학교 이 학년입니다. 할머니는 이 집을 저에게 선물로 주셨습니다.

손잡이 위에 카드열쇠를 대자 "열렸습니다." 하는 여자 목소리가 나며 문이 찰칵 열리는 소리가 납니다.

문을 여니 새 집 냄새가 훅 달려 나옵니다. 거실의 천장은 대들보와 서까래를 만들어 한옥 분위기가 납니다. 거실 한쪽으로 벽난로가 있고, 벽난로를 향해 소파가 놓여 있습니다. 정말 꿈에 그리던 그림 같은 전원주택입니다.

이 층으로 올라가는 계단을 따라 할머니와 대고모, 내가 함께 여행가서 찍은 사진들이 빽빽하게 전시되어 있습니다. 할머니가 그토록 찍고 싶어 했던 가족사진이 없어서 섭섭합니다.

서재는 삼면이 책장으로 둘려 있습니다. 커다란 책상 위에 창문이 있습니다. 연못과 토끼들이 내다보입니다. 토끼들을 세어 봅니다. 한 마리, 두 마리, 세 마리, 네 마리, 다섯 마리, 여섯 마리, 일곱 마리, 여덟 마리, 아홉 마리. 아, 할머니는 정말 소설의 집을 만드셨습니다. 할머니 글 속에 등장하는 구 남매를 떠올려 봅니다. 언니 둘, 오빠 둘, 할머니, 남동생, 여동생 셋. 우리 엄마는 나 하나도 키우기 힘들다고 하는데…….

팔각정 모양의 원두막도 보입니다. 텃밭에 상추와 쑥갓이 있습니다. 얼마 전까지 할머니가 길렀던 채소입니다. 다시 시선을 거두어 서재를 휘둘러봅니다. 책장에 할머니의 손때가 묻은 책들이 전부 꽂혀 있습니다. 『빨강머리 앤』이 친구처럼 반갑습니다. 열 권의 책 등을 하나하나 어루만져 봅니다.

"빨강머리 앤을 보면 꼭 내 얘기를 그대로 옮겨 놓은 것 같구나. 작가가 실제로 겪어 보지 않고서야 이렇게 실감나게 쓸 수 있겠니? 캐나다 태생이며 1942년 육십칠 세의 나이로 천국에 간 루시 모드 몽고메리 여사지만, 정말 내 친구 같다는 생각이 드는구나. 내가 태어나던 해에 돌아가신 양반인데두 말이다."

할머니는 돋보기를 쓰고 열 권의 책을 다 베껴 썼습니다. 퇴행성 관절염에 걸린 손가락으로 고통을 참아 가며 쓴 노트가 수십 권 있습니다. 말을 듣지 않는 손가락을 뜨거운 파라핀 용액에 담가 노글노글할 때까지 물리치료를 받고 와서는 또 글쓰기에 들어갑니다.

"누가 시키면 하겠니? 내가 좋아서 하는 짓이니까 기를 쓰고 하는 거지. 하하하. 남들이 보면 미쳤다고 할 거야."

열 권의 원본 옆에 나란히 꽂혀 있는 노트 첫 권을 꺼냈습니다. 삐뚤빼뚤한 글씨가 지렁이처럼 기어갑니다. 노트들을 꺼내 후루룩 넘겨 봅니다. 글씨가 조금씩 자리를 잡아 갑니다. 마지막에 쓴 노트를 꺼내 보니. 글씨가 다리를 쭉쭉 편 것처럼 멋스러워졌습니다. 맨 마지막 장에 이런 글이 있습니다.

"사랑하는 우리 지수에게 내가 정성껏 쓴 이 노트를 주고 싶다."

나는 울음이 북받쳐 올라 노트를 제자리에 꽂지도 못하고 떨어뜨리고 말았습니다. 손등으로 눈물을 훔치고 코를 풀고, 엄마 아빠가 알면 또다시 눈물바다가 될까 봐 뻐근하게 아파 오는 명치를 주먹으로 두드립니다. 치밀고 올라오는 슬픔의 덩어리를 주먹으로 두드려 잔다랗게 깨뜨립니다.

통유리로 된 거실 창밖을 내다봅니다. 분주하게 움직이는 어른들의 모습이 영화를 보는 것처럼 와 닿지 않습니다. 사랑하는 한 사람이 저세상으로 떠났지만, 살아 있는 사람들은 또 일상생활로 돌아와야 한다는 걸 이번 장례식을 치르면서 배웠습니다. 아빠가 원두막 앞에 바비큐 그릴을 설치하고 있습니다. 대고모는 텃밭에서 상추와 쑥갓을 따고 있습니다.

할머니는 어떻게 꿈꾸던 것을 이렇듯 멋지게 펼칠 생각을 했을까요?

책상 위에 할머니 노트북이 있습니다. 노트북을 열어 할머니의 생각들을 읽어 봅니다. 할머니 노트북 속에는 할머니가 들어 있습니다. 그리고 초등학교 오 학년이던 오 년 전의 내가 들어 있습니다.

그때는 모든 게 불만스러웠고 못마땅해서 할머니에게 상냥하게 대하지 못했습니다. 할머니 손을 붙들고, 모든 걸 할머니와 한다는 게 속이 상해서 곧잘 삐치곤 했습니다. 엄마와 함께 다니는 아이들이 무척 부럽던 시절이었습니다. 지나고 보니 그때가 행복한 시절이었다는 걸 깨닫습니다. 다른 엄마들보다 몇 배는 노력하면서 정성껏 나를 키우셨다는 걸 이제야 깨닫습니다.

저세상으로 떠난 할머니가 너무 그립습니다. 다시는 못 본다는 게 얼마나 큰 고통인지……

할머니가 남겨 놓은 글을 읽기 시작합니다. 새로운 사실들이 하나 하나 퍼즐 조각처럼 나타납니다.

겨울

요즘은 라틴댄스 차차차를 배우는 중입니다.
겨울방학이라 고등학생 오빠가 와서 함께 연습을 합니다.
이 오빠는 하루 종일, 쓰러지기 일보 직전까지 댄스 연습을 합니다.
특기생으로 대학교에 가야 하기 때문입니다.

보드기와 할머니

칼칼한 바람이 얼굴을 지나갑니다. 날카로운 면도날이 지나간 것처럼 살갗이 아립니다. 나는 장갑을 낀 양손으로 볼을 감싸 줍니다. 할머니가 멈춰 서서 내 옷을 꼭꼭 여며 줍니다. 그리고 점퍼에 딸린 모자를 씌우려고 합니다. 나는 할머니의 손길을 뿌리칩니다. 할머니는 키가 작아서 내가 고개를 숙이지 않으면 모자를 씌울 수 없습니다.

"마스크 쓰라니까, 또 안 가져왔지? 영하 구도라는데, 쪼그만 게 멋 부리다 얼어 죽겠네."

"할머니보다 훨 크거든요?"

할머니는 마스크를 턱 밑으로 끌어내리더니, 몸을 뒤로 젖히고 한바탕 웃고는, 다시 마스크를 끌어올립니다. 털모자를 쓰고 목도리까지 한 할머니는 두루뭉술해서 눈사람 같습니다.

나는 열두 살, 초등학교 오 학년입니다. 지금은 겨울방학 중이라 대고모를 따라 댄스아카데미에 가는 길입니다. 내 키는 백육십 센티미터라 할머니보다 십 센티미터는 큰데도, 늘 꼬마라느니, 쪼그맣다느니 날 우습게 보는 경향이 있습니다. 머리카락을 길러 엉덩이까지 내려와 찰랑거립니다. 긴 생머리에 머리띠를 했지요. 모자가 달린 카키색 점퍼를 입었습니다. 뒤에서 보면 대학생 같아서 남자들이 따라오곤 합니다.

대고모는 저만치 앞서서 우아하게 걸어갑니다. 원피스 위에 밍크코트만 입고, 하이힐을 신었습니다. 보도블록 위를 또각또각 소리를 내며 걷는 모습이 젊은 여자 같습니다. 할머니와 대고모는 초등학교 동창인데 대고모가 십 년은 젊어 보입니다. 나는 대고모를 향해 뛰어갑니다.

"고모할머니, 같이 가요."

뒤돌아보니 할머니는 어기적거리며 걸어옵니다. 다리가 오 자형으로 굽어서 가뜩이나 짧은 다리가 더 짧아 보입니다. 운동화를 신었는데도 하이힐을 신은 대고모를 따라잡지 못합니다. 관절염이 심해서 걷기도 힘들기 때문입니다. 내리막길이라 무릎이 아파서 절절맵니다.

"그 살 좀 빼라니까. 무릎에 체중이 다 실리니 다리가 견디겠어? 다리는 새 다리처럼 가늘어서 근육이라고는 눈을 씻고 찾아봐도 없으니."

대고모는 뒤돌아보며 소리치고는 다시 또각또각 경쾌한 소리를 내며 걸어 내려갑니다. 다른 때 같으면 할머니의 팔에 팔짱을 끼고 부축을 했을 텐데, 오늘은 괜히 심술이 나서 먼저 달려 내려왔습니다.

언덕 위로 하늘이 너무도 새파랗고 투명해서 파란 유리를 끼워 놓은 것 같습니다. 돌을 던지면 쨍하고 깨질 것 같습니다.

할머니는 배낭을 메고 목에는 전자사전까지 걸고 절절매며 비탈길을 내려옵니다. 만화에 나오는 호호할머니 같아서 우스꽝스러운 모습입니다.

도로 양옆으로 죽 늘어선 가로수는 나목입니다. 잎이 다 떨어져 은행나무라는 흔적은 남아 있지 않습니다. 가지 끝을 안테나처럼 세우고 있습니다. 건물 위의 무선전화 기지국과 단독주택의 텔레비전 안테나들도 모두들 하늘을 찌르고 있습니다. 쌔앵 쌩! 날카로운 바람에 비명을 지르기도 하고 나뭇가지를 바들바들 떨기도 하면서 무슨 말인가를 주고받는 건 아닐까요? 우리 귀에는 들리지 않지만 몸이 없는 영혼들의 무수한 말소리가 공중에 날아다니고 있다는 생각이 들자, 좀 으스스합니다.

"지수야, 고개 돌리지 마라."

할머니가 얼른 내 눈을 가렸지만, 나는 이미 보고 말았습니다. 새끼 고양이가 얼어 죽었습니다. 어, 어. 나는 가슴이 뛰었습니다. 빳빳하게 굳어 있는 고양이. 생명이 있을 때는 그렇게 보들보들하고 유연하던 생명체들이 죽고 나면 뻣뻣해집니다.

"사람이나 동물이나 죽으면 다 저렇게 되는 거란다. 네 할미나 나나 얼마나 살겠니? 그래서 인생 허무한 거지."

대고모가 고개를 흔듭니다. 나는 할머니들이 죽을까 봐 겁이 납니다. 할머니는 무릎이 쑤시고 아픈 날에는 차라리 죽는 게 낫겠다고 합니다. 나는 할머니가 없는 세상은 상상하기도 싫습니다.

할머니는 대고모를 향해 눈을 흘깁니다.

"우리야 다 살았지만 한창 자라야 할 아이에게 못하는 소리가 없구먼."

할머니가 일일이 따라다니면서 내 눈과 귀를 막을 수 없다는 걸 나도 알고 할머니도 압니다.

길에 사람들이 없습니다. 차들만 간간이 지나갑니다. 저 아래에서 남자 두 사람이 오르막길을 올라오고 있습니다. 마스크를 하고 검은 챙 모자를 눌러쓰고 고개를 푹 숙인 채 걷고 있습니다. 얼굴이 하나도 보이지 않고 모자 밑으로 나를 향해 흘끗거리는 눈빛이 음산합니다. 나는 얼른 돌아서서 할머니의 손을 꼭 잡았습니다. 오전 열 시인데, 그 남자들은 어디로 가는 걸까요? 직장에서 열심히 일할 시간인데요. 대고모는 청년들과 지나치면서도 활기차게 걸어 내려갑니다. 다른 사람에게는 아무런 관심이 없습니다. 모피 코트에 짙은 화장을 하고 높은 구두를 신은 대고모는 세상 무서운 것 없는 태연한 발걸음으로 또각또각 소리를 내며 내리막길을 내려갑니다. 가끔 남자들은 내가 대학생인 줄 알고 졸졸 따라올 때가 있습니다.

"아가씨, 나랑 커피 한 잔 어때요?"

"네? 아저씨 누구세요?"

남자들은 어린이 말투에 깜짝 놀라 눈을 동그랗게 뜨고는 되돌아갑니다.

"지수가 너무 성숙해 보여서 어떤 놈이 날름 채 갈까 봐 겁이 나네."

할머니들은 사소한 일에도 다툴 정도로 앙숙이었지만, 어찌 된 일인지 이 부분에서만큼은 의견이 딱딱 맞는다니까요. 두 사람이 수문장처럼 나를 지켜 주니 안심이 되면서도, 어떤 때는 귀찮을 때도 있습니다. 저 청년들은 고개 한 번 들지 않고 땅만 보고 걷고 있습니다. 남자들의 어깨에는 우리 눈에 보이지 않는 짐이 무겁게 얹혀 있나 봅니다.

"이 시간에 청년들이 출근도 하지 못하고 어쩌냐? 대학을 졸업해도 취직을 못하는 사람이 많다더라. 저렇게 신체 멀쩡해도 힘든 일은 하지 않으려고 해서 외국인들이 그 자리를 꿰차고 앉았잖니? 저러니 결혼은 언제 할 거며 자손은 언제 만들꼬. 젊은이들의 미래가 걱정이야. 쯧쯧."

할머니는 요즘 나의 논술 실력을 키워 주려고 사설을 오려서 스크랩북을 만들어 줍니다. 엄마가 해 줘야 할 일을 할머니가 대신합니다. 그러다 보니 신문을 펴놓고 샅샅이 읽어 세상 돌아가는 얘기를 많이 압니다.

나는 할머니들 손에 크는 아이입니다. 대고모는 나더러 '보드기'라고 놀려 댑니다. 보드기는 크게 자라지 못하고 마디가 많은 어린 나무를 말합니다. 결론은 제가 애늙은이라는 거죠. 엄마 아빠는 맞벌이 부부라 늘 바쁩니다. 형제도 없는 외동딸이어서 어려서부터 외롭게 자랐습니다. 할머니와 대고모가 번갈아 돌봐 줍니다. 할머니는 대고모에게 그런 별명을 붙이지 말라며 호통을 칩니다.

"우리 토끼는 나오지도 않는 할머니 젖을 빨고 주무르며 자랐지요, 뭐. 팔 개월 때 내 얼굴에 침 발라 놓을 때부터, 껌 딱지처럼 붙어서 살 줄 알았다니까요."

할머니는 사람들에게 아무렇지도 않게 이런 말을 합니다. 나는 보드기도 싫고 토끼도 싫습니다. 정말 창피해서 어쩔 줄 모르겠습니다.

식성도 할머니를 닮았습니다. 시래기국이나 비름나물, 씀바귀, 취나물 같은 걸 잘 먹습니다. 엄마는 햄이나 케이크, 스파게티 종류를 좋아합니다. 아침에도 엄마는 우유에 시리얼을 타서 먹고 출근합니다. 아빠와 나는 꼭 밥을 먹고 나섭니다. 사람들은 엄마와 딸이 바뀐 거 아니냐며 놀립니다. 저도 모르게 할머니들이 쓰는 말을 쓰고, 하는 행동을 그대로 따라하다 보니 별명이 보드기가 되고 만 겁니다.

앞서서 걷던 대고모가 나를 돌아보며 질문을 던집니다.

"지수야? 옛날에는 전영록이나 조용필이 아이돌이었는데, 지금은 누가 아이돌이라고?"

"소녀시대요."

할머니가 눈을 동그랗게 뜨며 끼어듭니다.

"아이돌? 그게 무슨 소리냐?"

할머니의 질문에 대고모는 나와 눈을 마주치자 윙크를 합니다.

"아이고, 가만히 있으면 중간이나 가지. 뭘 자꾸 캐물어서 무식이 들통 나게 하나? 아이돌은 영어로 우상이란 뜻이야. 배워서 남 주나?"

대고모는 아차 싫었는지 입방정을 떤 자신의 입을 손바닥으로 두드리지만, 이미 늦었습니다. 할머니의 얼굴빛이 벌게집니다. 마침 할머니와 헤어져야 하는 길목이라 대고모는 꽁지 빠지게 달아납니다.

"이따 봐요."

할머니는 댄스아카데미를 향해 엉덩이를 썰룩거리며 빨리 걷는 대고모의 등을 향해 따가운 눈총을 쏘아 댈 뿐 말이 없습니다.

"할머니, 다녀오세요."

할머니는 고개를 끄덕이며 내 손을 꼭 잡았다 놓고 갑니다. 나는 할머니의 뒷모습을 바라봅니다. 등에 멘 책가방과 목걸이처럼 걸린 전자사전이 빠르게 흔들리는 걸 보니 단단히 화가 난 모양입니다. 운동화를 신었는데도 무릎 사이가 많이 벌어져 엉덩이를 뒤로 빼고 어기적거리며 걷습니다. 안쓰럽다는 생각보다 창피함이 앞서는 건 어쩔 수가 없습니다. 할머니는 저렇게 삼십 분은 좋이 걸리는 도서관까지 걸어갑니다.

댄스아카데미의 계단을 뛰어올라가, 앞서가는 대고모의 팔소매를 잡아당깁니다.

"고모할머니? 우리 할머니 화 많이 나셨어요. 이제 할머니도 공부 많이 하신단 말이에요."

대고모의 입술 한쪽이 쓰윽 올라갑니다. 예쁜 얼굴에 비웃음이 서리면 음충해 보입니다.

"책상만 으리으리하게 좋은 걸로 장만한다고 못 배운 게 가려지나?"

대고모는 혀를 끌끌 찹니다. 대학 때 메이퀸이었다며 자랑하는 대고모는 아직도 몸매를 위해 다이어트를 하고 있습니다. 옷도 백화점에서 철철이 사는지라 유행에 뒤떨어지지 않습니다. 거기에 비하면 우리 할머니는 십 년 전에 입던 점퍼나 스웨터를 아직도 입고 있습니다.

대고모가 안 보는 데서는 우리 할머니도 만만치 않게 대고모 흉을 봅니다.

"나이를 어디로 먹었는지 모르겠네. 이 나이에 저러고 싶을까? 귓불에 딱 붙는 점잖은 귀고리를 하면 누가 뭐라고 하나? 몸만 가꾸면 뭐 해. 마음을 가꿔야지."

할머니는 예순여섯 살인 대고모가 화려한 색깔의 보석 귀고리를 했는데, 그것도 길게 늘어져 걸을 때마다 찰랑거리는 게 눈꼴이 시다는 겁니다.

나는 우리 할머니를 얕잡아 보는 대고모의 말투에 기분이 나빠져서 대꾸하기도 싫었지만, 그래도 할머니의 역성을 듭니다.

"지금이라도 배우면 되는 거잖아요. 할머니가 공부하기 싫어서 안 한 것도 아니고, 가난해서 배우지 못한 건데 고모할머니 너무하세요."

할머니는 독립운동가의 후손입니다. 나라를 위해 독립군 군자금을 대느라고 가난해졌다는 얘기를 들은 기억이 납니다. 하지만 대고모에게 그런 얘기를 똑 부러지게 하지 못하고 맙니다. 일목요연하게 말을 못하고 입안에서만 내용들이 섞여 뱅뱅 돕니다.

"몇 년 동안 노트에 소설을 베껴서 산더미만큼 쌓아 놓았다며? 그런다고 배운 사람이 되는 줄 아는가 봐?"

할머니는 밤새도록 소설을 베끼면서 행복해합니다. 아침에 일어나면 관절염 때문에 손가락이 구부러지지 않을 정도로 아팠지만, 그 아픔도 글씨를 쓰는 행복에 비하면 아무것도 아니라고 했습니다.

"저는 우리 할머니가 대단하시다고 봐요. 잠도 주무시지 않고 얼마나 열심히 공부하시는데요."

대고모는 좀 더 자극적인 말을 찾아서 내 기를 꺾으려는 듯 눈을 굴리며 모진 단어들을 찾고 있습니다.

"하이고, 지 할머니라고 역성드는 것 좀 봐. 네 할머니는 못 배운 게 사무쳐서 결국 미친 게야."

마음에 대비를 하고는 있었지만, 눈물이 핑 돕니다. 가슴이 저릿하게 아프고 자존심이 상합니다. 가끔 대고모와 뮤지컬이나 연극을 보고 나오면서 대고모가 친할머니였으면 좋겠다는 생각도 했습니다. 대학까지 나오고 세련된 외모를 가진 친할머니를 상상하다가 화들짝 놀라기도 했습니다. 하지만 할머니 말이 맞습니다. 마음이 고와야 한다는 말, 마음을 예쁘게 가꾸는 게 더 중요하다는 게 무슨 뜻인지, 대고모의 마음 씀씀이를 보면 대번에 알겠습니다. 늘 책을 읽으면서 지혜를 배우고, 고약하게 늙지 말아야겠다며 아이처럼 꿈을 키워 가는 할머니가 더 아름답다는 걸 깨달았습니다.

투 쓰리 차차차

삼 층까지 걸어 올라가, 아카데미의 문을 열었습니다.

"어서 오세요, 한 여사님."

회원들의 인사에 대고모는 모피 코트를 벗으며 우아하게 고개를 끄덕입니다. 나는 속으로 '고약한 늙은이'라고 욕을 합니다. 그래도 속이 풀리지 않습니다.

우리는 반짝이 의상으로 갈아입고 댄스화로 갈아 신었습니다. 원장의 구령에 맞춰 기본 체조를 하고 둘씩 짝을 지어 섭니다. 남자가 별로 없어서 여자들 중의 반은 남자 역할을 해야 하는데, 대고모는 언제나 여자 역할만 고집합니다. 그래서 사람들에게 눈총을 많이 받습니다.

요즘은 라틴댄스 차차차를 배우는 중입니다. 겨울방학이라 고등학생 오빠가 와서 함께 연습을 합니다. 이 오빠는 하루 종일, 쓰러지기 일보 직전까지 댄스 연습을 합니다. 특기생으로 대학교에 가야 하기 때문입니다.

선생님이 그 오빠 앞에 나를 세워 줍니다. 오빠의 파트너인 고등학생 언니가 오늘은 나오지 않았기 때문입니다. 우리 수업 시간이 끝난 후, 언니와 오빠는 탱고 음악을 틀어 놓고 춤 연습을 하곤 했습니다. 온 무대를 휘저으며 정열적으로 춤을 추는 모습을 우리는 넋을 잃고 쳐다보곤 했습니다. 음악이 끝나고 나면 땀을 얼마나 흘렸는지 티셔츠가 다 젖고, 두 사람은 기진맥진하여 무대에 누워 헐떡거립니다.

그 언니가 오지 않아서, 내가 오빠의 파트너가 되는 행운을 얻은 겁니다. 나는 서툴러서 많이 떨립니다. 할머니들이 부러운 눈초리로 바라봅니다. 나도 그 언니처럼 이 오빠의 팔에 몸을 싣고 열정적인 동작으로 탱고를 추는 꿈을 꿉니다. 카운트를 세는 오빠가 너무 멋집니다.

"투 쓰리 포 앤 원!"

오빠는 검지를 들어 까딱거리며 박자를 맞춥니다. 대고모가 집에서 함께 연습할 때 '투 쓰리 차차차'라고 하는 바람에 나도 그런 줄 알았는데, 투 쓰리 포 앤 원! 이라고 하니 훨씬 세련되어 보입니다.

"라틴댄스는 완벽한 체중 이동을 바탕으로 합니다. 라틴댄스 중에서도 빠른 템포의 차차차를 크레이지(미치광이) 댄스라고 합니다. 투 쓰리 포 앤 원에서 앤은 영어로 팔로우(follow)라는 뜻으로 따라온다는 뜻입니다. 왼발이 가면 오른발이 왼발을 계속 따라온다는 거죠. 발의 뒤꿈치에 전체 체중을 두는 게 중요합니다. 허리를 쭉펴고 상체는 움직이지 않아야 합니다."

원장이 설명을 한 뒤 시범을 보입니다. 고개를 똑바로 세우고, 어깨를 쭉 폅니다. 키가 백칠십삼 센티미터나 되는 원장이 시범을 보이는 모습은 정말 멋집니다. 엉덩이까지 내려오는 긴 머리가 몸을 틀 때마다 물결처럼 출렁거립니다. 거만해 보이기까지 합니다. 선생님의 시범이 끝나고 경쾌한 음악에 맞춰 쌍쌍이 춤을 춥니다. 오빠의 어깨에 손을 살포시 얹고 스텝을 밟으며 오빠를 축으로 해서 빙글빙글 돕니다. 다른 사람들은 하나도 보이지 않고 배경이 지워진 허공에서 둘이서만 춤을 추는 것 같습니다. 가슴이 어찌나 쿵쾅거리는지 박자를 놓치고 맙니다.

댄스스포츠는 실내에서 추는 춤이라는 의미의 볼룸댄스를 말합니다. 우리는 룸바와 자이브와 차차차를 배우는 중입니다. 매일 세 가지 댄스를 반복하면서 조금씩 진도를 나갑니다. 그날 배운 것을 잊어버리면 다음 날 진도 나갈 때 우왕좌왕하기 때문에 집에서 확실히 익혀 가야만 합니다. 할머니들은 귀로는 음악을 듣고, 몸으로는 춤을 추고 머리로는 이어지는 동작들을 외워야 하기 때문에 치매에 걸리지 않는다고 합니다. 십 년, 십오 년째 춤을 추고 있는 할머니들도 있습니다.

대고모는 원래 대학교에서 무용을 전공했답니다. 졸업하자마자 결혼을 했답니다. 의사인 고모할아버지는 병원 건물을 지어서 이 층까지는 병원으로 쓰고 삼 층은 살림집으로 사용했습니다. 그러니 대고모는 하루 세 끼 밥을 해야 했고, 아들딸 낳아서 기르다 보니 젊은 날이 고스란히 흘러가 버렸답니다. 자녀들을 미국에 유학 보내고 둘이서 알콩달콩 살아야겠다고 생각했는데, 고모할아버지가 갑자기 세상을 떠났습니다. 오 년 전에 우리 할아버지와 비슷한 시기에 하늘나라에 갔습니다.

"너무 잘 키워 놓은 게 화근이지. 이제 거기서 직장을 잡고 살겠단다. 눈이 파란 아내를 만나서 결혼한 아들도, 재미교포 남편을 만나서 거기서 살겠다는 딸도, 이 엄마는 안중에도 없는 거야. 완전히 손에 쥐었던 풍선이 하늘로 날아간 느낌이야. 나는 행복을 다 놓쳐 버리고 말았어."

정말 외돌토리가 되신 겁니다. 몸도 마음도 허전해서 뭔가 하고 싶었는데, 미용실 원장이 댄스스포츠를 해 보라며 권하셨답니다.

"원래 무용을 전공하셨으니까 충분히 따라 하실 수 있을 거예요. 칠십 세가 넘은 사람들도 여럿 되니까 한 번 도전해 보세요."

대고모는 혼자 등록하기 쑥스럽다며 저를 계속 꼬드겼지요. 대고모에게도 저는 각별한 손녀입니다. 할머니는 괜히 얌전한 아이한테 헛바람 불어넣지 말라며 만류했습니다. 그런데 해 보니 정말 시작하기를 잘한 것 같습니다. 사람들은 처음부터 대고모에게 호감을 가졌습니다.

"이 연세에 이런 몸매 갖기 힘든데, 비결이 뭐에요?"

"사실은 제가 E대에서 무용을 전공했어요. 대학 때 메이퀸이었어요. 동창회에 나가면 빳빳하게 곧은 허리와 하이힐을 신은 내 다리를 모두들 부러워한다니까요."

"어쩐지, 뭐가 달라도 다르더라."

중학교 무용 선생으로 재직하다가 올해 퇴직한 전 선생이 자기도 E대 졸업생이라며 반가워합니다.

"선배님, 그럼 몇 학번이세요? 저는 육육 학번 전경선이라고 합니다."

"어머 그래요? 난 육이 학번 한연희에요. 그럼 한참 후배네."

"선배님 반갑습니다. 사실 이번 동문회 행사를 제가 맡았거든요. 그래서 행사 때 간단한 댄스라도 함께 추어 보는 시간을 가지려고 여기 왔습니다. 많이 도와주세요. 댄스할 때 무대 위에서 시범을 보여 주시면 더욱 영광이겠습니다."

정 여사가 눈꼴이 시다는 듯 두 사람 사이에 끼어듭니다.

"잘났어, 정말. 우리 시대에 먹고살기 힘들어서 여자들은 고등학교 나오기도 힘들었는데, 대학까지 나왔다니. 당신들은 참 늙는 게 아깝겠다."

정 여사는 그 시절에 고등학교를 졸업하고 은행에서 근무를 했다고 합니다. 그 시절에 여자로서는 최고의 직업이었다는데, 대학 얘기만 나오면 심사가 뒤틀린답니다. 그래서 몇 학번이냐는 말만 나오면 속이 뒤집어진답니다. 공부를 잘했지만 가정 형편이 어려워 취직을 해서 남동생들 공부를 시켰다고 합니다.

"내 친구들도 육육 학번이니 전 선생님은 나랑 갑장이네요."

정 여사의 그 말이 참 가슴 아프게 들립니다. 정 여사도 그런데, 우리 할머니는 대고모 같은 시누이와 살았으니 얼마나 열등감에 시달렸을까요? 이 댄스아카데미에 나오는 할머니들은 모두들 사모님 출신입니다. 정 여사는 장군 출신의 아내입니다. 교장 부인, 구청장 부인, 동장 부인에 사장 부인까지 모두 사모님 소리 듣고 산 사람들입니다. 그중에서도 대고모가 제일 돋보입니다. 병원장 부인에다 E대

메이퀸이었으니까요. 그런 생각을 하니 대고모가 더 미워집니다.

댄스아카데미에 오면 대고모는 정말 십 년은 젊어집니다. 사람들의 부러워하는 눈빛을 먹고 조금씩 젊어지는 것 같습니다. 매일 아침 미용실에 들러서 머리 손질을 받습니다. 예식장에 가는 사람처럼 곱게 화장도 합니다.

"거봐요. 제가 소개하길 잘했지요? 사모님, 요즘 고목에 꽃핀 것처럼 물이 오르는 것 같아요. 호호."

미용사의 농담에 대고모도 마주 보고 웃습니다.

"요즘은 하루하루가 너무 행복해서 일 년이 어떻게 지나가는지도 모르겠어. 정말 탁월한 선택이었어요."

댄스아카데미에서 돌아오면 침대에 드러눕는 일밖에 없다고 하면서도 매일매일 예쁘게 단장을 하십니다.

어깨를 다 드러내 놓는 반짝이 의상에, 치마 옆이 터져서 돌 때마다 허벅지가 살짝살짝 드러나는 집시치마를 입고 음악에 맞추어서 춤을 춥니다. 투 쓰리 포 원은 룸바, 투 쓰리 포 앤 원은 차차차, 원 투 쓰리 아 포는 자이브의 박자입니다. 이 라틴댄스는 굉장히 관능적인 춤입니다. 룸바 중에는 남자의 몸을 쓰다듬으면서 교태를 부리는 듯한 동작도 있습니다. 대고모는 파트너와 손을 잡고 춤을 출 때는 파트너가 칠십 대 할머니인 것도 상관없이 상상력으로 춤을 춘다고 합니다. 훤칠한 키에, 멋진 외모, 매너가 좋은 남자를 꿈꾸며 추다 보면 어느새 십구 세기의 댄스 파티에 초대된 공작 부인이 되어 있답니다.

친구들은 대부분 관절염을 앓거나 허리 디스크로 고생을 한답니다. 우리 할머니도 퇴행성 관절염이 있어서 비라도 오려고 날이 꾸물꾸물하면 제가 다리를 주물러 드리곤 합니다.

"인공관절 수술하세요. 광고에 보니까 수술을 하고 나면 어머니 무릎에도 봄이 온다고 하던데요?"

"누가 그걸 모르나? 양쪽 다리 다 하려면 병원에 한 달은 누워 있어야 할 텐데, 살림은 누가 할 것이며 지수는 누가 돌보겠어? 내가 조금 아프고 말지."

할머니의 말에 엄마는 그거야 어떻게 되겠죠 하며 우물거리다 맙니다. 생각해 보니 불편한 게 한두 가지가 아니거든요. 할머니도 수술을 받고 대고모처럼 쭉 펴진 다리로 뽐내며 걸으셨으면 좋겠습니다.

작년 가을에 대고모는 팔이 부러졌습니다. 댄스아카데미 수업 시간에 늦어서 뛰다가 보도블록 사이에 하이힐 굽이 끼었습니다.

'아, 안 돼! 다리 다치면 안 되는데!'

대고모는 다리를 지키려고 팔이 부러지는 걸 감수했습니다. 팔에 깁스를 한 채 댄스아카데미에 갔습니다. 팔에 깁스를 한 대고모가 투 쓰리 차차차 하면서 춤을 추자, 할머니들이 소리 내어 웃었습니다.

"다시는 도박을 하지 않겠다고 제 손으로 손가락을 잘라 버린 도박사가, 도저히 못 참고 발가락으로 한다더니 우리가 그 짝 났습니다."

"우리는 다리가 생명이잖아요. 다리 다쳤으면 이 좋은 걸 못할 뻔했잖아요."

대고모의 말에 아주머니들이 박수를 치며 공감을 합니다. 사모님
들은 너도나도 자신의 경험담을 털어놓으며 웃음의 도가니 속에 빠
져듭니다.

"남편이 다쳐서 병원에 입원해 있는데도 여기 오고 싶어서 안달이
났어요. 몰래 빠져나와 춤을 추고 갔잖아요."

"저는 서울에 손녀 돌잔치에 다니러 갔는데, 운동 시간을 놓칠까
봐 새벽차로 내려왔답니다."

"저는 또 어떻고요. 미국에 간 딸이 몇 년 만에 다니러 왔는데 빨
리 미국으로 돌아갔으면 좋겠더라고요. 학원을 이 주일이나 빠졌는
데, 진도를 어떻게 따라잡나 걱정이 되어 안절부절못하겠더군요.
우리끼리니까 하는 말인데, 딸이 내 속마음을 알면 얼마나 기가 막
힐까요?"

"발바닥이 찢어진 황 여사님은 끝까지 하이힐을 벗지 않았잖아요.
납작한 슈즈를 신으라고 해도 고개만 살랑거리더군요. 하여간 공주
님들은 아무리 아파도 품위를 지켜야 한다니까요."

원장의 농담에 할머니들은 또 박수를 치며 온몸을 흔들어 가며 웃
습니다. 아무리 할머니들이라도 정신연령은 저와 비슷한 거 같습
니다.

차차차는 속도가 빠릅니다. 고등학생 오빠의 어깨에 살포시 손을
얹고 뱅뱅 도는데 눈이 핑핑 돌 지경입니다.

"시선을 고정하세요. 파트너의 귀 옆을 통해 벽의 네 귀퉁이를 차
례로 보면서 절도 있게 목을 꺾으며 돌면 어지럽지 않습니다."

두 사람의 몸은 팽이가 돌 듯 원심력에 의해 팽팽하게 돌고 있습니다. 정말 마음이 둥둥 뜹니다. 남자 역할을 하는 칠십 대 할머니와 파트너를 할 때와는 전혀 다르다니까요. 그래서 할머니들도 그 오빠에게 총각, 총각, 나도 좀 돌려줘 해 가며 서로 손을 좀 잡아 보겠다고 아우성입니다.

대고모와 나는 틈나는 대로 복습에 들어갑니다. 신호등 앞에서 보행 신호를 기다리며 스텝을 연습합니다. 지나가는 사람들이 쳐다보면 대고모와 나는 둘 다 머쓱해져서 마주 보고 웃곤 합니다. 그런데 오늘은 할머니 때문에 서로 마음이 틀어져서 둘 다 입을 꾹 다문 채, 신호등이 바뀌기만 기다리고 있습니다. 할머니는 대고모에게 무시당한 마음을 추스렸나 모르겠습니다. 내가 이렇게 자존심이 상하는데, 할머니 심경은 어떨까요? 잘 가꾸어 놓은 꽃밭을 개가 들어가서 짓밟아 놓은 것 같은 모습이 자꾸 떠오릅니다.

"사모님, 요즘 살이 많이 빠지셨나 봐요."

건널목에 서 있는데, 이웃 아주머니가 대고모를 알아보고 인사를 건넵니다.

"호호, 몸무게는 그대로예요. 댄스스포츠를 했더니 군살이 빠지면서 몸매가 균형이 잡혔나 봐요."

대고모는 남들이 그냥 인사치레로 한 말에 잘난 척을 하는 바람에 민망할 때가 많습니다.

"지수도 할머니랑 댄스 학원에 함께 다니니? 이제 처녀티가 나네."

나는 수줍기도 하고 민망하기도 해서 얼굴이 달아오릅니다. 할머니는 눈치를 보지 않는 대고모가 부럽다고 합니다. 할머니는 어려서부터 눈칫밥을 먹어서 말 한마디를 하려고 해도 이 사람 저 사람 눈치를 보게 된다고 합니다. 배려가 지나치다 보면 자신이 비굴하게 느껴질 때도 있답니다. 하지만 맘껏 귀여움 받으며 살아온 대고모는 어느 장소에 가서도 눈치를 보지 않습니다. 그 자리에 어울리거나 말거나 하고 싶은 말을 툭툭 내뱉는 거랍니다.

얼마 전에는 원장이 아이스크림을 사 가지고 왔습니다. 똑같은 걸 사 왔으면 괜찮은데, 싼 것과 두 배나 비싼 것이 섞여 있었습니다. 다들 싼 것을 집어 들었는데, 대고모는 제일 비싼 것을 두 개 들고 와서 나에게도 주고, 대고모도 껍질을 벗기고 있었습니다.

"어머, 다들 눈치 보느라 망설이는데, 공주님은 너무 우아하게 가져가신다."

황 여사가 비꼬듯이 말을 해도 대고모는 미안하기는커녕 의아하다는 듯이 쳐다봅니다.

"이게 비싼 겁니까? 나는 이것밖에 먹을 게 없어서 집었어요."

나는 대고모의 아무렇지도 않은 대척에 놀라 사래가 들고 말았습니다. 오늘도 대고모는 할머니와 내가 얼마나 상처를 받았는지, 상대방의 기분은 아랑곳하지 않고, 여전히 아무렇지도 않습니다. 할머니는 그렇게 눈치 없는 대고모가 부럽다니 그것도 이해가 가지 않습니다. 신호등이 초록불로 바뀌자, 대고모는 허리를 곧게 펴고 모델처럼 우아하게 걷습니다.

산토끼

할머니는 십 년 전에 혼자가 되었습니다. 할머니 회갑 때 여행이
라도 다녀오자던 할아버지가 갑자기 우주로 떠났습니다. 나를 유치
원에 데려다 주고는 소파에서 잠깐 쉰다고 누웠다는데, 점심 식사
하라고 흔드니까 이미 돌처럼 굳어 있더라고 합니다. 할머니는 그
충격에서 쉬 벗어나지 못했습니다. 이 년 정도는 거의 매일 시체처
럼 누워 있었답니다. 수면제가 없으면 잠을 잘 수도 없었답니다. 의
사는 사랑하는 사람을 잃은 충격은 오래간다고 했답니다. 내가 너
무 어려서 기억을 못하는 부분을 할머니가 설명해 주었습니다. 할
아버지 얼굴은 기억나지 않습니다. 벽에 걸린 사진을 매일 보며 자
랐기에 익숙할 뿐입니다. 할머니와 할아버지가 얼마나 사랑하는 사
이였는지도 모르겠습니다. 내가 기억하는 두 분의 모습은 서로 예
의를 지켰다는 겁니다. 특히 할머니는 할아버지를 존경하는 것 같
았습니다. 그런데 그것이 내가 실제 보고 기억하는 건지, 할머니가

계속 들려주는 옛날이야기가 뇌리에 각인된 것인지 모르겠습니다. 언젠가 대고모에게 물었더니 이런 대답을 합니다.

"눈만 뜨면 싸우던 부부도 한 사람이 죽고 나면 한쪽 어깨가 축 처지는 거란다. 대부분 나쁜 기억은 다 잊고, 좋았던 것만 추억하지. 평소에 악다구니를 떨다가, 배우자가 죽고 나서 매일 눈물로 지새는 사람들을 보면 우스웠지. 그런데 막상 내가 과부가 되어 보니 그 심정을 이해하겠더라."

대고모의 말을 분석해 보니, 우리 할아버지 할머니가 매일 싸웠는데 할아버지가 돌아가고 나니, 할머니는 좋은 것만 추억한다는 말로 들렸습니다.

어느 날 할머니는 방의 벽에다 이런 글을 적어 놓았습니다.

'고독이라는 미로에서 길 찾기'

'아직 죽지 않은 사람으로 살지 말자.'

우선 여행을 떠나자, 할머니 역할을 철저히 하자, 공부를 하자, 운동을 하자, 집을 짓자 등등 한 열 가지 정도의 뭐뭐 하기라는 내용의 계획표였습니다. 무엇이 할머니에게 그런 결심을 하게 했는지 참 신기했습니다.

그 후 자리를 훌훌 털고 일어난 할머니는 주말이면 자동차를 운전해서 전국을 누비고 다니셨습니다. 주말에는 엄마 아빠가 있으니 나를 떼어 놓았습니다. 내가 따라가겠다고 떼를 쓰면 데리고 가기도 했지만, 대부분 혼자서 여행을 다녀오곤 했습니다. 엄마 아빠가 바쁠 때면 대고모가 함께 시간을 보내 주었습니다.

할머니와 함께 떠난 여행지 중에서 기억에 남는 곳이 있습니다.

경상남도 쪽을 돌다가 창녕군에서 우연히 '연지'를 발견했습니다. 연지는 벼루 모양의 연못인데, 그 안에 다섯 개의 동그란 섬이 있고, 구름다리로 연결되어 있어 그림처럼 아름다웠습니다.

우리는 [산토끼 노래 유래] 안내문을 들여다보았습니다.

'1928년 창녕군 이방초등학교의 이일래 선생이 작사 작곡한 노래. 산토끼처럼 자유롭게 일제의 통치에서 벗어나라는 항일 사상과 동심이 담긴 산토끼 노래를 전국에 파급시켰다. 그리고 연지에 산토끼를 풀어놓았다. 우리 민족도 자유롭게 일제의 통치에서 벗어날 수 없을까 하는 생각을 하다가 노래를 지었다. 이방초등학교 학생들이 부르기 시작해서 입에서 입으로 전해졌다. 일본 노래만 불러야 했던 시기였기에 금지곡들이 많았는데, 독립운동의 상징성을 눈치채지 못했을 정도로 동심만을 드러낸 노래다.'

"내 나이 칠십이 다 되도록 〈산토끼〉 노래에 그런 내력이 있는 줄은 몰랐구나. 내력을 알고 나서 산토끼 노래를 다시 부르니 정말 그런 속뜻이 와 닿는구나. 아버지가 산토끼 노래를 가르쳐 주던 때가 생각나서 마음이 뭉클해지네. 우리는 서울에 살았지만 사과 궤짝을 뜯어서 만든 판잣집에 살았단다. 예전에야 다 그랬지. 어찌나 추운지 방에는 늘 이불을 깔아 놓았지. 외풍이 세서 이불 밖으로 얼굴이 나오면 콧속이 쩍쩍 얼어붙었단다. 젖은 손으로 문손잡이를 잡으면, 손잡이에 손가락이 쩍 들러붙던 시절이었지. 우리는 만세를 불러 이불을 텐트처럼 치고 앉아서 소곤소곤 무서운 얘기하는 걸 좋아했단다. 호롱불에 비친 이불 안은 정말 아늑하고 비밀스러웠단다. 그 안에서 누가 귀신 이야기를 하면 겁이 나서 이불 밖으로 얼굴을 내밀 수가 없었지. 이불 속에서만 보호받는 느낌이었어. 빨간 손 줄까? 파란 손 줄까? 라는 이야기 끝에는 빨간 손이 내 엉덩이를 닦을까 봐 바지춤을 꼭 움켜쥐었단다. 그때 아버지가 이불 속으로 머리를 들이밀었지. 우리는 거인이 나타난 것 마냥 깜짝 놀라 비명을 질러 댔어. '아버지가 너희들에게 노래를 가르쳐 주려고 왔단다.' 우리는 아버지를 따라 고개를 까딱거리며 노래를 배우기 시작했단다. 백 번도 더 불렀을 거야. '산토끼 토끼야 어디를 가느냐. 깡충깡충 뛰어서 어디를 가느냐.'"

할머니의 얼굴에 어린아이 같은 표정이 떠올랐습니다. 시선은 저먼 곳, 할머니와 형제들이 놀던 그 이불 속에 가 있습니다.

이제 연지에 산토끼는 없고 거위와 청둥오리만 한가롭게 떠다니고 있습니다. 나는 섬과 섬을 연결한 구름다리 위를 이리저리 뛰어다녔습니다. 내가 먹던 과자를 던져 주자, 연못을 배회하고 있던 잉어와 붕어들이 순식간에 몰려듭니다. 과자가 눈에 보이는지, 냄새가 나는 건지 펄떡펄떡 뛰며 입을 쩍쩍 벌립니다. 서로 먹겠다고 높이 뛰었다가 떨어집니다. 지느러미들끼리 부딪치며 철썩철썩 소리를 냅니다.

"독립운동으로 나라를 구하신 분들도 있고, 이렇게 노래로 희망을 주는 분들이 계셨기에, 우리 지수 대에는 자유롭고 행복한 세상을 살 수 있을 거야. 나는 꿈을 꾼단다. 전원주택을 지어서 이 연지처럼 연못도 만들고 토끼들도 풀어놓고 싶구나. 우리 형제의 숫자처럼 아홉 마리의 하얀 토끼가 평화롭게 뛰어놀 수 있게 하고 싶어. 우리는 어렸을 때만 함께 살았어. 먹고살기가 힘들어서 열두 살이 넘기 바쁘게 고향을 떠나 뿔뿔이 흩어지고 말았단다. 전원주택을 짓게 되면 작은집 형제 일곱 명도 모두 초대해서 잔치를 열고 싶은 게 이 할미의 꿈이란다. 춘자, 미자, 순자, 경자, 영자, 말자…… 함께 베개를 맞대고 누워서 서로 살아온 이야기를 하면서 밤새 이야기꽃을 피우고 싶어. 그렇게 노후를 보내고 싶단다."

노후를 보내고 싶다는 할머니의 말이 가슴을 파고듭니다. 일흔한 살, 이제부터 노후를 보낼 시기인데 너무 빨리 하늘나라에 가셨습니다. 그때는 할머니가 멋진 꿈을 꾼다고 생각했는데, 이렇게 꿈을 현실로 옮겨 오리라고는 상상도 못했습니다.

"노후에는 전원주택을 짓고, 작은 텃밭을 가꾸면서 잔디밭에 물도 주고, 풀도 뽑고, 가끔은 지인들을 초대해서 바비큐 파티를 여는 것이 현대인들의 로망 아닙니까?"

도서관에서 독서모임 민 회장이 할머니에게 하는 얘기를 듣고는 머릿속으로 아름다운 그림을 그렸습니다. 할머니는 노후 준비를 다 해 놓고 당신은 누려 보지도 못한 채 아주 먼 여행을 떠나고 말았습니다. 마음 한구석이 아릿합니다.

"정말 너희 할머니 할아버지처럼 쉽게 세상을 떠나는 걸 보면 죽는 것도 두렵지 않다. 얘."

언제 왔는지 대고모가 와서 내 팔을 잡아끕니다. 대고모의 말에 기분이 상합니다. 상대방 기분은 생각도 않고…….

"하지만 너무 일찍 떠났어."

대고모의 뒷말이 없었다면 정말 화가 날 뻔했습니다.

"가자, 원두막에 점심상 차려 놨다."

연못가의 토끼들이 내가 곁에 가도 도망가지 않습니다. 입을 오물 거리며 귀를 쫑긋거립니다. 나는 산토끼 노래를 가만가만 불러 봅 니다.

"네 할머니는 네 아빠가 걸음마를 하기 시작할 때부터 이 노래를 가르쳤단다. 어찌나 세뇌시켰는지, 병국아 노래 불러 봐라 하면 산 토끼 노래만 불렀다니까. 지수가 어렸을 때도 산토끼 노래를 무던 히도 불렀을 걸?"

대고모가 내 어깨를 감싸 안았습니다.

"우리 가족을 깜짝 놀라게 하려고 이런 멋진 공간을 혼자 준비하면 서, 네 할머니는 가슴 설레고 행복했을 거야."

대고모는 내 어깨를 두드려 줍니다.

깜짝 파티를 준비하면서 흐뭇하게 웃고 있는 할머니의 동그란 얼 굴이 눈에 선합니다.

죽음에 대한 두려움

할머니가 죽음을 신경 쓰지 않고, 독일병정처럼 씩씩하게 살았던 건 아닌가 봅니다. 노트북 속에 쓴 글을 보면서 죽음에 대한 두려움과 외로움이 어둠의 웅덩이처럼 고여 있는 걸 느낍니다.

*월 *일

여기는 너무 고요하다. 눈은 진작 세 시부터 떠졌다. 몸이 무거웠다. 습관처럼 일어나 책을 읽었다. 엘리자베스 퀴블러 로스의 『인생수업』을 펼쳐들었다. 일흔 살이 넘어서도 이런 책을 읽는 게 우습지만, 이 책을 읽으면 힘이 되었다. 여기서 한두 문장만 읽어도 위로가 되었다.

'살고, 사랑하고, 웃으라, 그리고 배우라. 이것이 존재 이유다. 아직 죽지 않은 사람으로 살지 밀라.'

도심과는 다르게 새들이 새벽 네 시 사십육 분부터 일어나 노래를 불렀다. 책을 놓고 창밖에 귀를 기울였다. 도심의 새들은 공해 때문일까? 목소리가 허스키한데, 이곳 새들은 맑아서 무슨 말을 하는지 다 들리는 것 같았다.

'아, 어떡해요?'

'어떡하지?'

'홀딱 벗고'

'까불이'

그 녀석들 참 레퍼토리도 다양하다. 새벽에 창가를 오락가락하며 이런 식으로 잠을 깨웠다. 새들이 노래를 수백 번씩 반복하고 있다. 무슨 새일까? 레퍼토리가 다양한 걸 보면 휘파람새인가? 아니면 꾀꼬리일까?

'새들이 개그콘서트하는 것 같아요. 〈꺾기도〉에 나오는 말처럼 들려요.'

아마 우리 지수가 들었다면 그렇게 말했을 거 같다.

죽은 영혼들이 새에 실려 오는 게 아닐까 하는 생각이 들었다. 나는 죽어서 무엇이 되는 걸까? 갑자기 두려움이 밀려왔다. 여기서 이렇게 살다가 떠날 건가? 여기가 내 인생의 종착역이 될 것인가? 나는 머리를 흔들었다.

'나는 살아 있다. 아직 죽지 않은 사람으로 살지 말자'는 말을 새처럼 반복해서 외치지만, '여기가 종착역'이라는 말이 더 강하게 나를 눌렀다.

수건을 덮어쓰고 현관문을 밀치고 나왔다. 잔디밭에 나온 풀을 뽑았다. 쑥도 있고, 개망초도 있다. 질경이, 클로버 모두 야생화이지만, 잔디밭에서는 잡초일 뿐이었다. 새벽 여섯 시 전에 마당으로 나가 잡초를 뽑기 시작했다. 잡초를 뽑다 보면 아무런 생각도 떠오르지 않았다. 이별, 죽음, 그런 잡념들도 잡초와 함께 뽑혀 나가는 모양이었다.

옆집 노파가 문을 열고 나왔다.

"일찍 나오셨네요? 오늘은 비가 올 것 같지요? 너무 가물어서 비가 와야 할 텐데……."

나는 일손을 놓지 않고 고개를 끄덕였다.

"네에. 도시에서는 비가 오는 게 귀찮았는데, 잔디를 심고 보니 비가 기다려지네요."

노파는 내 대답은 듣지도 않고 어기적거리며 집안으로 들어갔다.

한 시간 후에 집안으로 들어가 밥을 먹었다. 배가 부르면 약을 먹을 수 없기에 밥을 조금 덜었다. 고혈압 약, 심장 약, 오메가3, 칼슘, 비타민 디, 변비약……. 손바닥에 약이 한 움큼이다.

저녁 무렵 나가 보면 또 잡초가 비죽이 나와 있다. 그래서 잡초인 게지. 나는 이렇게 잡초를 뽑는 게 즐거웠다. 늙어서도 끊임없이 몸을 움직여서 해야 할 일이 있다는 게 좋았다. 아파트에서는 집안일을 다 하고 나서 우두커니 앉아 있는 일이 많았다. 그런데 여기서는 일이 보였다. 몸을 꿈지럭거릴수록 잡념이 없어졌다. 옆집 노파가 담장에 기대서서 이쪽을 넘겨다보았다. 우리 집을 엿보다가 내가 나오면 따라 나오는 것 같았다.

"또 나오셨네요? 풀들이 흰 수건 쓴 여자 잖니? 이제 나가자. 그러면서 앞다투며 나온답니다."

옆집 노파가 웃으면서 다가왔다.

"그러네요. 돌아서면 삐죽 나오고, 돌아서면 약 올리듯이 삐죽 나오네요."

"우리는 빈자리만 있으면 뭘 심어 먹을까만 생각하는데, 먹지도 못하는 잔디는 뭐 하러 가꾸는지 모르겠어요. 전번에 서울서 온 아들이 그럽디다. 우리도 마당에 시멘트를 바를 게 아니라, 옆집처럼 잔디를 심을 걸 그랬다고요. 풀은 누가 뽑냐? 네가 매주 와서 뽑을래? 저 집 할머니는 매주 와서 하루 종일 풀 뽑는 게 일이란다, 했더니 꽁무니를 뺍디다."

옆집 노파는 하루 종일 집안에서 무엇을 하는지 코빼기도 보이지 않았다가 새벽녘에 잠깐, 저녁에 잠깐 조우하는 것이 다였다. 서로 초대해서 이런저런 이야기를 나누는 것도 좋으련만 그녀는 집안일이 끝이 없다며 한두 마디 하고는 집으로 쪼르르 들어갔다. 가까운 곳에서 산나물 축제가 있었다. 차를 끌고 나가며 축제에 함께 가자고 하니 자기는 사람이 많이 모인 곳에 가면 사람멀미를 한단다. 노파는 집이 제일 좋다며 문밖출입이 싫다고 했다. 사람을 별로 좋아하지 않는 사람이구나 싶어서 가까이 다가가지 않으려고 신경을 썼다.

팔십 대 중반에 세상을 떠난 형부가 떠올랐다. 사는 내내 언니를 들볶아서 모두들 좋아하지 않았다. 형부는 언니보다 열 살이나 많았다. 언니는 공부에 한이 맺혀서 일흔 살이 넘어서야 대학교에 들어갔다. 졸업반이라 바빠서 종종거릴 때, 형부가 쓰러져서 병원에 입원을 하게 되었다. 중풍에 치매기가 살짝 겹쳤다. 장기 요양을 하게 되자 식구들이 돌보기가 힘들었다. 며느리 둘이 낮에 돌아가며 간호하고, 저녁에는 아들 둘이 번갈아 보다가 모두 지치고 말았다. 언니는 아예 병원에 얼씬하지도 않았다.

어느 날 형부는 다들 오지 말라고 했다.

"이제 너희들 오지 않아도 된다. 나 혼자 할 수 있다."

"안 돼요, 아버님. 저희들이 해 드릴 테니 부담 갖지 마세요."

한참 실랑이를 하고 있을 때, 옆 침대의 환자를 돌보던 간병인이 침대로 다가왔다.

"할아버지? 내가 누군지 알겠어요?"

"간병인."

"나는 해도 되지요?"

"으응."

언니가 오랜만에 병원에 들렀을 때, 마침 간병인이 침실 둘레에 커튼을 치고 형부의 뒷수발을 들고 있었다.

"내꺼 보려고 한다고 했지?"

"어떻게 알았지? 할아버지, 퇴원하면 따라가서 함께 살까요? 내가 운전을 하니까, 차 타고 여행도 다니고, 동해바다에 가서 회도 먹고?"

"조오치. 그런데, 나 밤일은 못해."

"할아버지는 그냥 저한테 맛있는 거만 사 주면 돼요."

언니는 기가 막혀서 커튼을 왁살스럽게 잡아당겼다. 둘의 눈빛이 요상하더란다. 입술이 거의 닿을락 말락 했다나. 너무 미워서 병수발 들기 싫다더니, 그 늙은 마음에도 질투심이 생기나 보았다.

"오십 대 중반의 간병인이 뭐가 아쉬워서 다 죽어 가는 노인네에게 마음을 주겠어? 남은 동안이라도 은은한 행복을 맛보라는 거겠지."

죽음이란 받아들이기에 달린 거 같다. 나는 끝까지 농담으로 받아들이고 싶다. 죽음을 진지하게 생각하면 두려우니까.

형부는 한 달 후에 사망했다. 헛된 약속들. 그리고 떠나는 노인들. 간병인은 하얀 거짓말로 노인을 마취시킨다. 간병인으로 인해 형부의 한 달은 행복했을까?

언니는 이제 대학교를 졸업했다. 대학교를 졸업하고 취업을 할 수 있는 것도 아니었지만, 언니는 행복해 보였다. 공부하느라 한동안 동네밖에 나다니지 않다가 동네 친구들을 찾아갔단다. 친구들은 이미 아파트 노인정에서 동전내기 고스톱을 치며 놀고 있더란다.

"내가 노인정에 갔더니 어떤 노파가 나를 보자마자 펄쩍 뛰는 거야. 거의 귀신을 본 표정이었지. '죽었다더니 어떻게 왔어요?' 옆집 여자가 죽었는데, 내가 죽었다고 소문이 난 거야. 성당에서도 내가 죽었는 줄 알았대. '내가 죽었으면 시신이 성당에 왔겠지. 뭔 소리여.' 하며 방바닥을 손으로 탕탕 쳤어. '어디까지 갔다 왔어? 남편이 나중에 오래?' 친구가 웃으면서 내 등을 툭 치는 거야. 아, 이거야 원. 우리가 언제 이렇게 늙은 걸까. 젊은 학생들 틈에 끼여 공부하다 보니, 내 얼굴도 젊은 줄 알았어. 그런데 친구들의 얼굴을 보며, 내가 늙었다는 걸 실감하겠더라. 현실을 보지 말고, 그냥 꿈속에 살걸 그랬어."

언니의 얘기를 들으면서 노인들은 죽음을 친구처럼, 농담처럼 다루는구나 싶었다.

할머니 노트북을 끄고 마당으로 나왔습니다. 할머니가 쓰던 바구니와 풀 뽑개가 계단에 놓여 있습니다. 흙이 묻은 장갑도 그대로 있습니다. 장갑을 끼었습니다. 할머니의 두툼한 손 모양이 그대로 나 있어서 코끝이 시큰해집니다. 언제 나왔는지 옆집 노파가 난간에 기대서서 나를 물끄러미 바라봅니다.

"잔디를 가꾸며 오래오래 전원주택을 지키고 살 줄 알았는데, 제대로 살아 보지도 못하고 세상을 떠났네. 이런데서 살려면 외로워서 사람이 그리워. 할머니가 문을 열고 나오는 기척이 보이면 나도 얼른 나오곤 했어. 할머니는 주말마다 잠깐씩 보니까 쉽사리 친해지지가 않았어. 이사 와서 살면 서로 오가며 좋은 말벗이 될 줄 알았는데……."

옆집 노파가 눈가를 문지릅니다.

"나는 엉치 쪽 고관절이 다 망가졌단다. 잘 걷지 못하지. 병원에 갔더니 세 차례 수술을 해야 한다는 거야. 무서워서 아픈 걸 견디며 그냥 살기로 했어. 그러니 힘든 일은 잘 못해. 그렇게 쭈그리고 앉아서 풀 뽑는 건 더더욱 할 수가 없어. 그저 죽지 못해 사는 거야."

할머니가 옆집 노파를 오해했던 것 같습니다. 몸이 아파서 나설 수 없었던 것뿐인데……. 나에게 하듯이 속을 털어놓았더라면 할머니와 좋은 친구가 되었을지도 모르겠습니다. 서로 마음에 비닐하우스를 씌운 것처럼 따로따로 외롭게 살았나 봅니다.

할머니가 돌아가시고 난 후 잔디도 풀도 무성하게 자라서 잡초를 뽑아내기가 쉽지 않습니다. 풀 뽑개로 땅을 후벼 파야 잡초가 뿌리째 걸려 나옵니다. 손으로는 똑똑 분질러지고 빠지지 않습니다. 나는 뿌리가 깊게 박힌 잡초들을 한 소쿠리 뽑아 놓았습니다.

대고모가 다가옵니다. 대고모의 아카시아 향기가 먼저 달려듭니다. 대고모는 요즘 들어 향수를 많이 씁니다. 예전에는 향기롭던, 시원하게 코를 쏘던 향기가 이제는 골치가 아픕니다. 몸에서 나는 노인 냄새와 합쳐져서 이상한 냄새로 변질되었습니다. 내 생각을 읽었는지, 대고모가 향기 나던 시절을 이야기합니다.

"예전에는 목욕탕에서 나와 택시를 타면, 택시 기사가 열이면 열, 다 무슨 샴푸 쓰냐고 물었단다. 그때야 유나나 샴푸밖에 더 있었나? 샴푸 향기가 너무 좋다며 코를 벌름거리곤 했었지.

지금은 바디 샴푸를 쓰고, 샤워코롱을 한 통 다 뒤집어쓰고 나와도 향기 운운하는 사람이 아무도 없더라. 향기도 늙은 몸을 알아보는지, 금방 다 날아가 버리는 거야. 아침저녁으로 샤워하는 데도 숨결에서, 살에서도 썩는 내가 진동하는 것 같아. 죽음의 냄새가 이럴까 싶어 서글프지. 목욕탕에서 바로 나오면 피부가 복숭앗빛으로 물들었어. 남편이 물어주고 싶다던 팔뚝이었는데, 다 어디로 가고 팔뚝에는 저승꽃이라는 검버섯만 가득 피어났네."

그나마 아카시아 향기는 진해서 역한 냄새들을 다 몰아냅니다.

"지수가 한창 예쁠 때지. 아무것도 안 발라도 향기롭잖아. 부러워."

대고모는 다가와서 내 머리카락에 코를 대고 개처럼 큼큼 소리를 내며 냄새를 맡습니다.

"할머니 노트북을 보니까 약을 많이 드셨어요. 대고모는 어때요?"

"노인이 되면 약으로 사는 거란다. 녹슨 기계에 기름을 치듯이 약을 먹어 줘야 해. 나라고 별수 있겠니? 나는 이십 년째 호르몬제를 먹는단다. 의사는 갱년기 동안, 몇 년 만 먹으라고 했는데 계속 먹고 있어. 안 먹으면 금세 쭈그렁 버커리가 되고 삶의 질이 떨어지는 걸. 리비알 덕에 이렇게 허리가 꼿꼿한지도 모르지. 게다가 이 손가락 발가락 보이니?"

그동안 대고모의 손가락을 자세히 보지 못했는데, 손가락이 제각각 휘어지고 마디가 튀어나와 있습니다.

"류머티즘이야. 온몸의 마디마디가 다 아팠어. 요즘은 약이 좋아서 약만 먹으면 이렇게 거뜬하게 살아갈 수 있는 거란다. 옛날 같으면 다 죽었을 노인들이 약으로 살다 보니 수명이 엿가락처럼 늘어났어. 이렇게 가다간 백이십 살도 살겠어. 네 할머니는 아쉽지만 잘 간 거야. 나는 그렇게 생각한단다."

대고모의 우아함은 어디서 나오는 걸까요? 그렇게 엉망인 몸을 추슬러서 앓는 소리하지 않고 우아하게 살아가는 걸 보면, 대고모에게 남은 건 자존감인 것 같습니다. 그게 대고모가 사는 비결인 것 같습니다.

학부형 모임

대고모의 한탄 때문일까, 한참 지나간 일인데도 그때 일이 떠오릅
니다. 할머니는 왜 내가 태어나면서부터도 할머니였는지 모르겠습
니다. 대고모와 동갑인데도, 대고모는 언제나 귀부인 같았습니다.
초등학교 이 학년짜리가 왜 그렇게 영악했는지 모르겠습니다.

"엄마, 내일 학부형 모임이에요. 꼭 참석해야 한 대요."
"엄마가 출근해야지, 어떻게 가겠니?"
"그럼, 어떻게 해요?"
"어머니가 좀 다녀오세요."
엄마는 할머니에게 내 문제를 넘겨 버립니다. 나는 마음이 상했습
니다. 판사인 엄마가 학교에 와서 나의 어깨를 으쓱거리게 해 주기
를 바랐습니다. 남들은 예쁘게 치장한 엄마들이 오는데, 다리가 벌
어져 어기적어기적 걷는 할머니가 대신 와야 한다는 게 무지 창피

했습니다.

"할머니, 빤빤하게 화장하고 와야 해요."

"왜?"

할머니는 내 말이 우스운지 배를 잡고 웃었습니다.

"아이들이 놀린단 말이에요. 엄마, 고모할머니랑 가면 안 될까요?"

내 어린 소견에도 E대 메이퀸 출신인 대고모가 가면 폼이 날 것 같았나 봅니다. 할머니의 웃던 얼굴이 갑자기 싸늘하게 변하더니, 방으로 들어가 문을 쾅 소리 나게 닫았습니다. 엄마는 내 머리통을 쥐어박았습니다.

"아무리 어려도 그렇지. 그렇게 눈치가 없니?"

할머니 방문을 열고 들어가니, 화가 풀렸는지 화장대 앞에 앉아서 화장을 하고 있습니다.

할머니는 양산을 들고 학부형 모임에 참석했습니다. 그게 아홉 살 때 일인데도, 이렇게 마음에 얹혀 있습니다.

그때 이야기를 했더니 대고모의 얼굴이 발갛게 물듭니다.

"그래, 십 년 전이니 그때만 해도 내가 볼만했지. 환갑까지는 그래도 괜찮았어. 갑자기 폭삭 늙더라구. 일흔 살이 넘으니, 어떻든? 네 할머니가 나보다 더 낫지? 열정적으로 사는 사람은 못 당하겠더라."

할머니가 세상을 떠나고 나니, 미안하고 아쉬운 것이 많습니다.

봄

바람에 풀들은 한들거리고, 적막한 가운데 또 뻐꾸기가 울었다.
내 마음도 가만가만 흔들렸다. 대영 오빠가 그리웠다.
이 세상을 떠난 가족들과 친구들이 그리워지면 나는 훌쩍 여행을 떠나곤 했다.
봄앓이도 끝낼 때가 되었다.
이제 여름도 가까이 내려와 있다.

할머니의 꿈

이른 봄입니다. 따스한 햇살에 봄기운이 납니다. 하지만 아직도 바람은 쌀쌀합니다. 얼어 있던 딱딱한 땅이 포슬포슬해졌습니다. 밟으면 스폰지처럼 말랑합니다. 이제 풀들이 그 땅을 밀고 올라오겠지요. 이렇게 봄이 오면 마음도 덩달아 팔랑거립니다. 봄방학이 지나고 나면 육 학년이 됩니다. 아직 남자 친구는 없습니다. 친구들은 남자 친구랑 커플반지를 끼고 자랑합니다. 그런데 저는 남자애들이 어려 보여서 싫습니다. 고등학생 오빠 정도면 모를까.

대고모와 나는 댄스아카데미에서 돌아와 거실에서 복습을 하고 있습니다. 대고모는 여자 역할밖에 할 줄 몰라서 내가 남자 역할을 합니다.

'투 쓰리 차차차!'

대고모는 머리를 절도 있게 돌리며 몸을 팽이처럼 돌립니다. 여러 번 동작을 반복해서 연습했더니 어지럽습니다.

"조금 쉬었다 하자."

우리는 소파에 앉아서 잠시 쉽니다. 오늘은 할머니가 여행에서 돌아오는 날입니다. 어제 오늘 대고모와 둘이서만 시간을 보내고 있습니다. 대고모가 서재로 들어갑니다. 할머니의 멋진 책상을 구경하며 코웃음을 칩니다.

"남들이 보면 글 깨나 쓰는 작가네 집인 줄 알겠네."

책상 위에는 노트북과 스탠드 형 돋보기 '신비의 눈'이 놓여 있습니다. 책들과 프린터로 뽑아 놓은 원고가 수북하게 쌓여 있습니다.

대학까지 나온 대고모에게 항상 열등감을 느끼던 할머니가, 요즘에는 당당하게 말합니다.

"이십 년 후에는 반드시 유명한 소설가가 될 거야."

대고모는 할머니를 향해 입을 비쭉거리며, 구십 살이 다 되어서 유명한 소설가가 되면 뭐할 거냐며 비아냥거리곤 했습니다.

"사후 칠십 년까지 인세가 나올 테니, 우리 지수가 평생 고생하지 않겠지."

"훌륭한 자기 부모가 있는데, 오지랖도 넓네. 이 나이에 턱도 없는 엉뚱한 꿈을 꾸는 걸 보니 망령이 나셨군."

대고모는 늘 대놓고 사람의 정곡을 콕콕 찌르는 게 취미인 것 같습니다. 나는 할머니가 상처받을까 봐 조마조마한데, 이제 할머니도 척척 받아넘기며 대거리를 하십니다.

솔직히 내가 생각해도 할머니의 꿈은 좋은데, 꿈을 꾸기에는 너무 늦었습니다. 의외로 엄마와 아빠는 열심히 해 보라며 격려를 합니다. 할머니는 민달팽이처럼 느리긴 하지만 목표를 세워 놓고 꾸준히 배밀이를 하는 중입니다.

할머니의 자동차 소리가 들립니다. 큰 기침을 하며 현관문을 열고 들어서는 할머니와 함께 봄의 신선한 바람이 따라 들어섭니다.

"아직 밖은 춥지?"

갑자기 들이닥친 할머니의 모습에 대고모는 잘못을 하다 들킨 아이처럼 당황하며 서재에서 나옵니다.

"네 할머니 왔으니 이제 나는 갈란다."

할머니는 바구니에서 냉이를 덜어 비닐봉지에 담아 줍니다.

"오늘은 햇살을 등에 업고 냉이를 캤어. 향이 아주 좋아."

대고모는 비닐봉지를 받아들고, 귀고리를 찰랑거리며 대문을 나갑니다. 목까지 벌게진 걸 보니 할머니 흉을 본 게 무척 무안한 모양입니다.

허허, 할머니는 여유 있게 웃으며 주방으로 들어갑니다. 싱크대에 물을 가득 받아 냉이를 담급니다. 붉은 진흙물 속에 파릇한 잎과 하얀 뿌리가 싱싱해 보입니다. 할머니가 냉이를 건져 내 코에 들이댑니다.

"할머니, 구수한 냉이 된장국이 먹고 싶어요."

"아이고, 우리 토끼. 이 할머니 식성을 닮아서 토속적이라니까."

엄마와 아빠는 오늘도 열 시가 넘어야 들어옵니다. 그래서 저녁 식탁에는 늘 할머니와 나 둘 뿐입니다. 게다가 할머니는 저녁 아홉 시면 잠자리에 듭니다. 나는 혼자 소파에 앉아서 텔레비전을 봅니다. 이럴 때면 동생이라도 하나 있었으면 좋겠다는 생각을 하게 됩니다.

할머니는 새벽 세 시면 눈이 저절로 떠진답니다. 노트북을 켜고 '신비의 눈'을 노트북 앞에 고정시킵니다. 그건 노트북의 화면만큼이나 큰 돋보기입니다. 그걸 아래쪽으로 구부리면 책을 읽을 수 있고, 세우면 컴퓨터를 할 수 있습니다. 이건 정말 할머니에게 신비한 눈입니다.

"젊은 사람들 하고 잠자는 시간과 일어나는 시간을 맞춰야, 함께 하는 시간이 길어 외롭지 않다는데, 몸이 말을 들어야 말이지. 해지면 졸리고, 해 뜨면 일어나지는 걸 어쩌겠냐? 늙으면 몸도 자연 시계에 맞게 조율이 되나 보다."

엄마는 법원에서 근무하는 판사입니다. 엄마에게 할머니는 정말 없어서는 안 될 소중한 존재랍니다.

"여자가 밖에서 일을 하려면 또 한 사람의 여자는 안에서 희생을 해야 하는 거란다. 할머니는 지수가 태어나면서부터 줄곧 곁에 계셨지. 네가 껌 딱지처럼 붙어 있었다고 하는 편이 낫겠다."

엄마는 할머니에게 모든 걸 맡기고 법원 일만 봅니다. 할머니는 초등학교만 간신히 졸업했습니다. 육이오전쟁이 끝난 직후여서 그때는 대부분 가난하게 살았답니다. 할머니 형제는 구 남매입니다. 구 남매를 전부 가르칠 수 없는 형편이라서, 아들들만 고등학교까지 공부를 시켰답니다. 그 당시의 대부분의 집들은, 초등학교만 졸업한 딸들이 돈을 벌어서 오빠나 남동생들 학비를 벌었다고 합니다. 그래서 제일 큰언니가 버스 차장을 했고 작은언니가 공장에 다녔다고 합니다. 한 입이라도 덜어야 하므로 딸들은 초등학교만 졸업하면 친척집에 떡 돌리듯이 하나씩 보내졌답니다. 할머니는 군사 지역에 있는 외삼촌 댁에 보내졌답니다. 외삼촌이 군인이라 그때는 군인들이 먹는 걱정 없이 잘 살았답니다.

"사촌 동생들을 돌보며 집안일을 배웠지. 잠깐 미용 학원에 다니며 파마 마는 법과 고대기로 우찌마끼와 소도마끼라는 기술을 배웠어. 우리말로는 뭐라는지 모르겠다. 안으로 말기, 밖으로 말기라고 해야 하나? 그러니 무슨 공부할 겨를이 있었겠니? 그나마 한글이라도 깨우친 게 얼마나 다행인지 모르겠다. 그때는 전쟁 통이라 배울 시기를 놓쳐서 한글을 모르는 여성들이 많았단다."

할머니는 공부를 많이 하고 싶답니다. 배울 시기를 놓쳐서 까막눈이 된 어르신들과 외국에서 시집온 사람들을 위해서 한글을 가르치고 싶답니다. 작은 도서관을 지어서 동네 사람들이 드나들며 책을 읽는 사랑방을 만드는 게 꿈이랍니다. 할머니는 키도 작고 통통합니다. 그래서 더 할머니같이 푸근합니다.

할머니는 어디를 가든 꼭 전자사전을 목에 걸고 다닙니다. 월요일마다 방영하는 〈우리말 달인〉이라는 텔레비전 프로를 꼭 봅니다. 한 문제도 시원하게 맞히질 못하지만, 노트에다 새롭게 배운 단어를 적어 놓습니다. 그러고는 전자사전을 눌러서 뜻풀이를 해 놓습니다. 그렇게 해 놓은 노트가 여러 권 됩니다.

"지수야, 이리 와서 저 아주머니 좀 봐라."

나는 할머니가 부를 때마다 가끔 귀찮아서 못 들은 척합니다. 그러면 나 들어 보라고 볼륨을 크게 틀어 놓습니다.

"우리말 퀴즈에 참여했다가 자극을 받아서, 대학에 들어갔다는구나, 저런 사람들을 보면 나도 희망이 생긴다니까."

희망에 부푼 할머니의 얼굴을 보면 불평이 쏘옥 들어갑니다.

할머니는 무조건 쓰고 봅니다. 내가 어렸을 때는 내 동화책을 가져다가 글씨 연습하듯 전부 쓰더니, 내가 학교에 들어가자 교과서를 가져다가 전부 씁니다. 그리고 쓴 글을 몇 번씩 소리 내어 읽습니다.

"할머니는 왜 내 책을 베껴요?"

"응, 할머니는 못 배워서 그런가? 책만 봐도 배가 불러. 공부가 너무나 하고 싶은데, 방법을 모르겠더라. 그래서 내 나름대로 가만히 생각을 해 봤지. 지수가 일 학년, 이 학년 배우는 것을 차근차근 배워 나가다 보면, 우리 지수가 대학생이 되었을 때 할머니도 대학생 수준은 되지 않을까?"

"할머니 그렇게 많이 쓰면 손가락이 아프니까, 컴퓨터 자판으로 쳐 보세요."

할머니는 이제 한 번은 쓰고, 한 번은 자판으로 작업을 합니다. 할머니의 계산대로라면 내가 대학생이 되었을 때, 똑같이 대학생 수준이 될 수 있을 것 같지만, 깜빡깜빡 건망증이 심하니 그것도 결코 쉬운 일은 아닙니다.

"팔 아프게 써 놓고도 내가 쓴 기억이 전혀 없구나. 이 돌머리를 어쩐다니?"

정말 헛고생을 한 것 같아 너무 안타깝습니다.

나는 뭐든지 할머니와 함께합니다. 초등학교 삼 학년 때 자전거 타는 법을 할머니와 함께 배웠습니다. 공원에서 자전거를 타다 넘어져 무릎이 까진 것도 똑같았습니다. 가끔은 자전거를 타고 도서관에도 갑니다. 배낭을 메고 목에는 전자사전을 걸고 자전거를 타는 우리 할머니 모습은 만화에서 툭 튀어나온 사람처럼 우스꽝스럽습니다. 그래도 할머니 하면 그 캐릭터가 제일 먼저 떠오릅니다.

"할머니는 꿈이 뭐예요?"

"꿈? 지수가 예쁘게 잘 자라고, 네 엄마 아빠가 잘되는 거지."

"그런 거 말고요. 할머니는 어렸을 때는 뭐가 되고 싶으셨어요?"

할머니는 고개를 갸우뚱거리며 생각을 하십니다. 수십 년을 되돌아가서 어린 김정자에게 질문하는 모습을 상상해 봅니다.

"그럼, 할머니는 뭐 하실 때 제일 신바람이 나세요?"

할머니의 입가에 행복한 주름이 잡힙니다.

"그거야 도서관에서 책을 볼 때가 제일 행복하고 신바람이 나지. 서가에 가득 꽂힌 책만 봐도 부자가 된 것 같고 든든하지. 맞다, 나는 작가가 되고 싶었지."

할머니는 손바닥으로 무릎을 칩니다. 할머니의 눈빛이 아련해집니다. 먼 기억의 접혔던 책갈피에서 어릴 적 꿈이 펼쳐졌나 봅니다.

"할머니! 책을 많이 베껴 썼잖아요. 『빨강머리 앤』 열 권도 다 베꼈잖아요. 이제는 할머니가 살아오신 이야기를 써 보면 어떨까요?"

할머니는 고개를 절레절레 흔듭니다.

"내 얘기는 별로야. 파란만장하게 고생한 얘기 끄집어내서 다시 되새김질해야 하잖아. 다시 그 배고프고 어렵던 시절을 되짚어서 살아야 하는 건, 너무 괴로운 일이야. 그래도 언젠가 한 번은 쓸 거야. 나처럼 별 볼 일 없는 사람이 자서전을 써도 되는지 모르겠다만, 내가 썼다 하면 아마 열 권은 나올 것 같구나."

그렇게 해서 할머니의 목표는 작가가 된 겁니다. 아직 작가는 아니지만, 벌써 작가 같습니다. 작가인 '척' 하면서 살다 보면 정말 작가가 될 수 있다는 걸 『빨강머리 앤』을 읽고 배웠답니다.

"문학이 밥을 먹여 주겠냐고 하지만, 문학은 꿈을 주고, 인생의 길을 안내한단다. 이 어려운 고개를 어떻게 넘어가야 할까? 하고 막막하게 서 있을 때, 문학은 갈 길을 가리켜 주기도 한단다."

엄마가 사회에서 자기의 꿈을 맘껏 펼칠 수 있게 돕고, 또 내가 튼튼한 꿈나무로 자라게 돕다 보니 할머니에게 남는 시간은 별로 없습니다. 하지만 인생의 새로운 목표가 생겨서 힘이 넘친다고 하십니다. 그래서 새벽 시간을 쪼개 쓰시기로 한 겁니다.

무료 급식소

황사바람이 불긴 하지만, 정말 완연한 봄이라 마음이 싱숭생숭하다면서 대고모는 바람을 쐬러 가자고 합니다. 강이 내려다보이는 경양식 집에서 오랜만에 칼질을 하자고 합니다. 둘만 가기는 쓸쓸하다면서 댄스아카데미에서 그중 친하게 지내는 정 여사님한테 전화를 합니다.

"어쩌죠. 제가 지금 어디 나와 있거든요. 한 여사님! 식사도 하고 봉사도 할 겸 이리 오실래요?"

대고모는 흔쾌히 대답을 하고 전화를 끊었습니다.

"무료 급식소가 어떻게 생겼는지 궁금하기도 하고, 다른 사람들 사는 모습을 보면 지수한테도 좋은 공부가 되겠다."

우리는 정 여사님을 만나러 가기 위해 택시를 탔습니다.

"저기 성당동에 무료 급식소로 가 주세요."

택시 기사가 뒷좌석을 돌아보며 고개를 가로젓습니다.

"사모님처럼 부잣집 마나님은 아마 밥을 안 줄 걸요?"

"아저씨, 우리가 어딜 봐서 밥 먹으러 가는 사람처럼 보여요? 거기 봉사하러 가는 거란 말입니다."

대고모는 가만히 있어도 될 걸 또 성질을 부립니다. 농담으로 말을 꺼냈던 기사가 머쓱해져서 입을 꾹 다뭅니다.

택시에서 내리니 급식소 입구에서 남자들이 담배를 피우고 있습니다. 햇빛이 드는 담벼락에 기대앉은 사람들의 낡은 옷이 햇살에 적나라하게 드러나 더 초라해 보입니다. 봄빛에 드러난 노란 얼굴은 더 초췌해 보입니다. 사람들의 얼굴이 해바라기처럼 대고모를 향해 고개를 돌립니다. 대고모는 고개를 바짝 들고 하이힐 소리도 더 거만하게 내면서 급식소 문을 엽니다.

급식소 안은 와자지껄합니다. 주방에서는 일사불란하게 일을 하고, 식탁에서는 고개를 처박고 열심히 밥을 먹습니다. 식탁은 빈자리가 하나도 없이 가득 차서 장사가 잘 되는 식당에 들어온 것 같습니다. 정 여사님은 식판에 비누칠을 하고 있습니다. 남편이 장군 출신이라 보고 배워서 그런지 일하는 것도 참 씩씩하십니다. 옆 사람이 초벌 헹구어 내고, 그 옆 사람은 맑은 물에 헹굽니다. 또 옆에서는 마른행주질을 해 선반에 차곡차곡 쌓아 놓습니다. 어찌나 기계처럼 착착 움직이는지 우리가 끼어들 틈이 없습니다.

"정 여사님, 우리 왔어요. 괜히 왔나 봐. 방해만 되는 거 아니에요?"

대고모는 명품 바바리코트에 물이 튈까 봐 전전긍긍하고 있습니다. 정 여사님이 큰 접시에 밥과 반찬을 담아서 국과 함께 건네주며 방에 들어가서 먹으라고 합니다. 방에는 봉사자들이 벗어 놓은 외투와 가방이 발 디딜 틈 없이 늘어져 있습니다. 우리는 한 귀퉁이에 앉아 허겁지겁 밥을 먹었습니다.

"정말 이렇게 살아 보지 않아서 당황스럽네. 우리 둘이서 분위기 좋은 데 가서 식사할 걸 그랬나 보다."

우리는 밥을 먹는 둥 마는 둥 하고는 벽에 걸려 있는 앞치마를 둘렀습니다. 주방으로 나왔지만 아무도 우리를 쳐다보지 않습니다. 사람들은 자기가 맡은 일을 하느라 고개도 들지 않았습니다. 정 여사님이 산더미처럼 쌓아 놓은 물컵 바구니를 가리켰습니다.

"거기 물컵을 좀 씻어 주세요. 주방세제로 닦고 깨끗이 헹구시면 돼요."

우리는 싱크대 한쪽에서 백 개도 넘는 스테인리스 컵을 닦았습니다. 고무장갑을 끼고 수세미로 작은 컵을 닦으려니 쉽지 않았지만, 뽀독뽀독하도록 헹구어 바구니에 담았습니다. 대고모는 젊어서부터 집에 가정부가 있었기 때문에 손에 물 한 방울 묻히지 않고 살았답니다. 저 역시 할머니가 설거지를 시키지 않아서 처음 하는 일입니다. 우리 할머니는 고무장갑을 끼지도 않고 설거지를 척척합니다. 여기 오면 인기가 좋았을 겁니다.

점심때 한 시간 동안만 배식을 한답니다. 사람들이 개미 떼처럼 줄지어 들락거리더니, 식당 안이 순식간에 텅 비었습니다. 이제 독거노인들에게 보낼 도시락을 싸느라 분주합니다. 양복을 입은 남자분들이 대기하고 있습니다. 점심시간에 잠깐 시간을 내서 도시락을 배달한답니다. 그런 분들을 보니까 시간이 없어서 봉사를 못한다는 것도 핑계라는 생각이 듭니다.

할머니 연배의 노파가 사과를 깎으며 와서 한쪽 먹으라고 합니다. 사과를 먹으며 잠깐 인사를 나누었습니다.

"여기 식대는 백 원이에요. 먹으러 오는 사람들의 최소한의 자존심은 살리자며 그렇게 정한 거지요. '남기면 천 원 벌금'이라는 표어를 써서 붙였더니, 음식쓰레기가 한 줌도 안 나와요. 천 원이면 열 번은 먹을 수 있는 금액이니까요."

대고모가 문밖을 향해 손가락질을 합니다. 담벼락에 기대앉아 햇빛을 쬐는 사람들이 보입니다. 담배를 피우거나 커피를 마시고 있습니다.

"저 사람들을 보니 저렇게 살지는 말아야지 하는 생각이 드는군요. 젊었을 때 열심히 살았다면, 저렇게 불쌍한 노인이 되는 일은 없었을 거 아니에요? 현재의 모습을 보면 인생을 어떻게 살아왔는지 알겠다니까요."

또 아차 싶었습니다. 대고모의 말에 분위기가 싸늘하게 얼어붙었습니다. 눈치 없는 대고모도 심상찮은 분위기를 느꼈는지 서둘러 바바리코트를 걸쳤습니다. 대고모를 향한 사람들의 시선이 곱지 않습니다.

"그렇게 명품으로 휘감으려면 돈이 얼마나 드시나?"

사과를 깎던 노파가 칼끝으로 대고모의 옷을 가리킵니다. 봉사자들 앞에서 대고모의 옷은 아주 형편없는 사치품이 되고 말았습니다.

"저는 이만 가 봐야겠어요. 정 여사님, 내일 봐요."

급식소 문을 부리나케 나서며 대고모의 얼굴이 벌겋게 달아올랐습니다.

대고모의 손에 붙들려 나오면서 뒤통수가 뜨뜻해졌습니다. 담벼락에 기대앉아 졸고 있던 노인들의 고개가 태양을 향해 도는 해바라기처럼 대고모를 향합니다. 진한 향수 냄새가 그들의 달콤한 낮잠을 깨운 것 같습니다. 오늘처럼 대고모가 부끄러운 적은 없었습니다.

고독에서 벗어나며

　할머니의 노트북을 켰습니다. 할머니의 글이 내게 말을 걸어옵니다. 할머니의 몸은 떠났지만, 영혼만은 이 노트북에 살아 있는 것 같습니다. 텔레비전에 세상을 떠난 연예인이 나오면 참 이상한 생각이 들곤 했습니다. 사람들이 기억하는 한 그는 영원히 사는 게 아닐까요? 작가들은 몇 백 년이 지난 후에도 책을 펼치는 독자의 영혼과 교감을 하고 감동을 줄 수 있는 게 아닐까요? 나도 이렇게 할머니의 흔적을 찾아 헤맵니다.

　* 월 * 일
　"내가 어느 날 너무도 외로워서, 이 고독이라는 미로에서 빠져나가는 방법이 없을까 궁리를 했단다. 그 방법을 하나하나 적어 보았어. 첫째는 여행하기였어. 그리고 공부하기, 운동하기, 글쓰기, 신앙 갖기, 할머니하기, 악기 하나 연주하기, 집짓기. 그리고 부끄럽게도 연애하기도 있단다. 계획을 세운다고 해서 계획대로 다 되는 건 아니지만, 시간이 흐른 뒤에 보니 절반 이상은 이뤄진 것 같더라."

작가가 되겠다고 결심하시던 할머니가 처음 글을 쓰기 위해 밑그림을 그려나가던 때인 것 같습니다. 갑자기 할 일이 너무 많아졌다며 활짝 웃던 얼굴이 떠오릅니다. 글을 어떻게 쓸까 막막하다고 해서 저한테 얘기하듯이 글을 써 보라고 권했습니다. 이제 와서 읽어 보니 정말 나에게 말을 하는 것 같습니다. 할머니의 목소리, 할머니의 냄새, 할머니의 품까지 떠올라 내 마음을 포근히 감쌉니다.

"나는 새해 첫날이 되면 많은 계획을 세운다. 거창한 것보다는 대부분 꼭 이룰 수 있는 작은 계획들이다. 나중에 확인할 수 있도록 노트에 적어 놓는다. 일 년 안에 몸무게를 일 킬로그램 줄여야겠다. 일 년 동안 책을 오십 권 꼭 읽어야겠다. 한 달에 수필을 한 편씩 쓰도록 하자. 운동 한 가지를 일 년 동안 쉬지 않고 하자. 일 년에 두 번은 필수적으로 여행을 다녀올 것. 올해는 온실을 만들자. 등등 자잘한 계획들은 수십 가지 된다. 십이 월 삼십일 일 일 년을 결산하기 위해 노트를 펼쳐보면, 너무 감사하게도 계획표의 대부분이 이루어져 있다. 이룰 수 있는 작은 계획들을 세웠기 때문이지만, 나는 큰 소리로 외친다. 꿈은 이루어지는 것이라고……. 그래서 거둬들인 수확이 많은 농사꾼처럼 뿌듯하다."

온실 만들기? 나는 잠시 고개를 갸우뚱거리다가 창밖을 내다봅니다. 작은 비닐하우스가 눈에 띕니다. 할머니는 이 전원주택과 정원, 온실을 오 년 전부터 계획하고 차근차근 추진했던 모양입니다.

한 달에 수필 한 편 쓰고, 소설 한 편을 베껴 쓴 건 내가 증인입니다. 일 년 계획, 십 년 계획까지 세워 놓았습니다. 계획 없이 백 살까지 살게 된다면 그 시간들이 아깝다며, 계획을 세우느라 날이 훤하게 밝는 것도 잊는답니다.

"글을 이리 주무르고 저리 주무르는 것도 재미있다. 된장 가르기를 할 때, 메주를 꺼내 잘 주물러서 장독에 담듯이 글도 수필이나 소설이라는 틀 안에 다독다독해서 담아 놓는 게 아닐까? 하는 생각을 해 본다. 햇빛이 잘 들게 양지바른 쪽에 놓고 유리 뚜껑을 덮고 난 후에 깨끗한 행주로 장독을 닦으면서 느끼는 든든하고 행복한 기분과 똑같더라. 그렇게 살면서 세월이 흐르는 걸 잊고 싶다. 어느새 할머니 나이가 예순여섯 살이 되었구나.

오 년 전, 지수가 유치원에 다닐 때만 해도 새벽에 눈을 뜨면 천장을 올려다보며 한숨만 들이쉬고 내쉬었지. 또 아침에 눈을 뜨고 만 것이 속상했다. 백 살까지 살 것처럼 노후를 준비하던 네 할아버지가 떠났기 때문에 그 충격에서 벗어나기 힘들었어. 어디가 많이 아파서 누워 있기라도 했다면 충격이 덜 했을 텐데, 아침에 지수를 유치원까지 데려다 주고 와서 소파에 누웠다가 심장마비가 온 거야.

그동안 흘려보냈던 시간들이 아까워서, 우리는 정말 사랑하고 살기도 약속했단다. 뒤늦게 연애하는 기분으로 살았지. 네 할아버지가 너를 유치원에 데려다 주고 와서, 함께 영화를 보러 가기로 했었지. 나는 미용실에 가서 예쁘게 드라이를 하고 왔단다. 나는 그이가 자는 척 장난을 하는 줄 알았어. 그런데 얼굴을 만져 보니 싸늘하더라. 이럴 줄 알았으면 진작 내 속을 털어놓을 걸. 사랑한다고, 너무 사랑한다고 말해 줄 걸. 그게 뭐 어려운 일이라고……. 젊은 애들은 남들이 보든 말든 뽀뽀하며 표현도 잘하던데, 나는 부끄러워서 한 번도 내 사랑을 내색하지 못했다.

나는 정신과에 다녔다. 의사는 사랑하는 사람을 잃은 충격으로 온 우울증이라는 진단을 내렸지. 며칠 동안 잠이 오지 않고 눈이 말똥말똥하니 견디기 힘들었다. 눈알에 모래가 낀 듯 뻑뻑한데도 잠이 오지 않으니 미칠 지경이었지. 수면제와 안정제를 타다 먹고서야 겨우 잠을 잘 수 있었어. 그 기간이 한 일 년 걸린 것 같구나. 사람에게는 망각이라는 게 필요하더라. 서서히 잊고 나를 돌아볼 수 있는 데까지 걸리는 시간이지. 단호하게 정신과 약을 끊은 게 벌써 몇 년이 흘렀구나. 텔레비전 덕분이었다.

텔레비전이 바보상자라고 하며 네 엄마는 거실에서 텔레비전을 치웠잖니? 하지만 나는 텔레비전을 통해서만 바깥세상 얘기를 들을 수 있었다. 종교방송을 보며 마음을 다스릴 수 있었어. 이 나이에 교회나 절에 나가 사람들과 대면하기도 싫었다. 게다가 누가 뭐라고 하지 않아도 얕잡아 보는 게 아닌가 싶어 내가 먼저 사람들과 담을 쌓았다. 내 방으로 옮겨 놓은 텔레비전 앞으로 지수가 자주 들르니 그것도 나쁘지 않았다. 은행지점장인 네 아빠와 판사인 네 엄마는 늘 바쁘잖니.

나는 스무 살 때부터 줄곧 살림만 하며 살았다. 초등학교 다닐 때는 공부를 곧잘 했다. 육이오전쟁 통에 이리저리 옮겨 다니며 학교를 다녔어도 공부가 뒤처진 적은 없었다. 네 고모할머니가 대학교 무용학과에 입학했을 때였지. 초등학교만 간신히 졸업한 나를 무시하는 네 고모할머니들 때문에 한 번도 기를 펴지 못했어. 네 할아버지가 감싸 주고 사랑해 주지 않았다면 견디기 힘든 세월이었다. 그러니 네 할아버지가 세상을 떠났을 때는 하늘이 무너지는 것 같더구나.

그런데 어느 날 텔레비전에서 아프리카를 보게 되었다. 굶어 죽어가는 아이들과 그걸 보면서도 어떻게 해 주지 못하는 어머니의 눈망울을 보았다. 그리고 나 자신을 돌아보았지. 잃은 것보다는 남은 것이 아주 많았다. 네 엄마와 아빠, 그리고 지수. 돈도 있고, 땅도 있고 다 갖추었는데, 우울해하는 것도 사치라는 생각이 들더구나."

위의 글은 할머니가 쓴 글의 일부입니다. 당신의 속마음을 진솔하게 털어놓았습니다. 누구에게 털어놓기도 힘들고 아픈 이야기였을 겁니다.

서재에서 창밖을 내다봅니다. 여전히 연못 속의 붕어들은 유유히 헤엄치고, 하얀 토끼들은 오물오물 풀을 먹습니다. 나는 할머니 노트북 속으로 시간 여행을 떠납니다. 오 년 전 나도 어렸고, 할머니도 조금은 젊었던 시절로 떠나 봅니다.

보물찾기

　'들꽃사랑'이라는 인터넷 카페에 야생화 사진이 아름답게 전시되어 있습니다. 체험 학습도 할 수 있다고 합니다. 할머니가 안내도를 프린터로 뽑았습니다. 참 낭만적인 지도였습니다.

　'세 갈래 길에서 왼쪽 길로 죽 걸어오세요. 커다란 느티나무와 정자가 보일 겁니다. 느티나무 아래에 오솔길이 있습니다. 오솔길을 지나면 실개울이 보이시죠? 징검다리를 건너서 농원으로 올라오세요.'

　자세한 설명에 내 머릿속에는 동화 같은 그림이 펼쳐졌습니다. 할머니와 나는 그 지도를 따라 실개울을 건넜습니다. 징검다리를 건너며 보니 실개울 언저리로 연두색 잡초들이 소복하게 깔려 있습니다. 농원으로 올라가는 비탈에도 온통 잡초 밭이었습니다. 농원에는 비닐하우스 두 동이 서 있습니다. 주변에는 가꾸지 않아 버려진 듯한 밭에 시커먼 두엄 더미가 군데군데 쌓여 심하게 냄새를 풍기고 있습니다. 바람이 어찌나 세차게 부는지 두엄 더미 위에 덮어 놓은 비닐이 들썩들썩거렸습니다. 코가 마비될 것처럼 진한 냄새에 나는 코를 싸쥐었습니다.

"할머니 그냥 가요. 토할 것 같아요. 아무도 없고, 꽃도 없잖아요. 정말 이상한 데 잘못 온 거 같아요."

"그러게 말이다. 인터넷에 과장해서 멋있게 써 놓았나 보다. 그래도 한 시간씩 차 타고 온 거니까, 헛걸음한 셈치고 온실에나 들어가 보자."

단단한 땅껍질을 뚫고 올라와 밭 전체를 뒤덮고 있는 것은 잡초뿐이었습니다. 일제히 소리 높여 합창을 하던 개구리들이 노래를 뚝 그치자, 무서울 정도로 적막했습니다. 야산이 둘러쳐져 있고, 저 멀리로 높은 산이 보일 뿐, 사람의 그림자도 보이지 않습니다. 바람은 왜 그리 부는지, 뚱뚱한 할머니도 날아갈 것처럼 옷이 부풀어 올랐습니다. 내 긴 머리카락은 내 얼굴을 중심으로 회오리를 만들었습니다. 얼굴에서 황사 모래가 버석버석 만져졌습니다.

비닐하우스를 들추고 들어갔는데, 아무도 없습니다. 야생화에 대한 유혹을 뿌리치지 못하고 겁도 없이 나선 것이 후회되었습니다. 세 줄의 긴 탁자 위에는 화분들이 좋이 백여 개는 되게 줄지어 서 있습니다. 카페에서 본 아름다운 들꽃들은 하나도 보이지 않고 빈 화분들뿐입니다.

"할머니, 농원은 맞는 거 같은데, 너무 이상하지 않아요? 왜 꽃들이 하나도 없어요?"

바닥에는 빈 화분과 호스가 널브러져 있습니다. 조금 전에 일을 한 듯 바닥이 축축이 젖어 있습니다.

"사람이 있긴 있는 모양이다. 저 옆 비닐하우스로 가 보자. 혹시 거기에는 야생화들이 있지 않을까?"

그래도 할머니는 기대를 버리지 못하고 주변을 두리번거렸습니다. 조심스럽게 비닐하우스 문을 열고 들어가는데, 중년 남자가 서 있다가 인사를 꾸벅했습니다. 게다가 흙바닥 위에 빙 둘러놓은 간이의자에는 일곱 명 가량의 아이들과 어머니들이 시큰둥한 표정으로 앉아 있습니다. 그렇게 많은 사람들이 있었는데 어찌 그렇게 조용했는지 모르겠습니다.

"늦으셨습니다. 조금 일찍 오셨으면 화분에 꽃씨를 심는 체험을 하셨을 텐데요."

새까맣게 그을린 얼굴에 눈만 반짝이는 중년 남자가 우리에게 자리를 안내했습니다. 그리고 자기가 만들었다는 책을 오천 원에 팔았습니다. 책날개를 보니 식물학자라고 적혀 있습니다. 그는 식물학자라기보다는 농투성이 같았습니다. 그는 유인물을 따로 나눠 주더니 봄철 야생화에 대해 설명하기 시작했습니다.

"저는 날이 따뜻해지면 전국 방방곡곡으로 희귀한 야생화를 찾으러 다닙니다. 사진을 찍고, 씨를 받아와 멸종 위기의 야생화를 살려내고 있습니다. 그러다 보니 이렇게 새까맣게 그을렸습니다."

그의 투박한 손은 상처투성이였는데, 사연을 듣고 나자 그것마저도 멋있게 보였습니다. 그는 실물을 보고 공부하자며 맞은편 온실로 수강생들을 안내했습니다.

"자, 잘될 놈은 떡잎부터 알아본다는 말이 있습니다. 여기 손톱만

한 떡잎을 자세히 들여다보세요. 나름대로 저만의 모양을 갖추고 있습니다."

빈 화분인 줄만 알았던 화분을 자세히 들여다보니 조그만 싹들이 보였습니다. 노랗게 피기 시작한 복수초가 앙증맞습니다. 노루귀, 까치수영, 기린초, 동의나물의 쌍떡잎이 보였습니다. 황량하다고 생각했던 온실이 갑자기 보물창고로 변하기 시작했습니다. 아이들은 화분 안을 들여다보느라 조용합니다. 어머니들도 고개를 끄덕거리며 설명을 듣고 메모를 하고 있습니다.

강의가 끝나고 나자 머리띠를 한 중년 부인이 앞으로 나섰습니다.

"저는 유연식 선생님 강의 들은 지 삼 년이 되었습니다. 지금은 동아리 회장을 맡고 있답니다. 우리는 회원이 스무 명 정도 됩니다. 저희 집에도 하나하나 마련한 화분이 수십 개 된답니다. 정원이 있다면 다 심어 보고 싶지만, 아파트라 베란다에 화분으로 꾸민 조그만 정원으로 만족하고 있지요. 혹시 여러분 중에 관심 있으시면 동아리에 가입해 주시고요. 마침 다음 주에 야생화 채취 여행을 가는데, 참여하고 싶으신 분은 지금 신청하시기 바랍니다."

할머니는 나를 돌아보았습니다. 할머니의 얼굴이 홍분으로 발그스름하게 달아올랐습니다. 어머니들과 아이들이 서로 의견을 묻느라 잠시 소란스러워졌습니다.

"할머니, 우리도 가요. 재미있을 거 같아요."

"그러자, 정말 의미 있는 체험 학습이 되겠구나."

우리는 이름을 적어 놓고 회비를 내고 해산했습니다.

비탈을 내려와 실개울을 건넜습니다. 아까는 잡초로만 보였던 풀들이 이름을 하나씩 달고 나를 올려다보았습니다. 아이들은 방금 배운 야생화의 이름을 부르며 반갑게 다가갔습니다. 소풍 갔을 때, 선생님이 꼭꼭 숨겨 놓은 보물을 찾았을 때처럼 흥분이 되었습니다. 할머니는 노란색 꽃망울이 많은 산괴불주머니를 뿌리째 뽑아들었습니다. 예전 같으면 잡초일 뿐이었을 텐데, 이름을 알고 나자 보석처럼 느껴졌습니다. 흙까지 떠서 비닐봉지에 넣으려고 하자 유 선생님이 나서서 만류했습니다.

"야생화를 아파트에서 키우려면 뿌리를 깨끗이 씻어 주어야 합니다. 들판에서의 기억을 완전히 지워야 하기 때문이지요. 그래야 새로운 환경에 적응해서 사는 겁니다."

아이들은 야생화를 하나씩 들고 징검다리에 쪼그리고 앉아 실개울에 뿌리를 씻고 있습니다. 유 선생님의 말을 들으니 야생화를 집으로 데려가는 일이 야생화에게 몹쓸 짓을 하는 것 같아 미안했습니다.

할머니는 그때 일을 일기에 적어 놓으셨습니다. 할머니의 글에 〈보물찾기〉라는 제목을 붙이니 감성적인 수필이 되었습니다.

* 월 * 일

대절해 놓은 대형버스에 올랐다. 야생화의 뿌리를 깨끗이 씻어, 야생의 기억을 완전히 지워야, 집이라는 새로운 환경에 적응해 살수 있다는 유 선생의 말이 자꾸 떠올랐다.

이제 저세상으로 떠난 사람은 잊고, 살아 있는 사람 속에서 살아

가야 한다는 말로 들렸다. 마음을 추스르다가도 조금만 더 살지. 조금만 더 애틋하게 살아 볼 걸. 그날 지수 유치원에 내가 함께 갔더라면 저승사자가 비켜 갔을 수도 있었을 텐데……. 되돌릴 수 없는 일인 걸 뻔히 알면서도, 자꾸 그 시간으로 되돌아가며 후회를 했다. 내가 갖고 있는 많은 기억들을 어떻게 다 깨끗이 지울 수 있을까?

버스 안은 울긋불긋한 등산복 차림의 여자들로 가득 찼다. 아이들도 몇 명 보였다. 지수도 한껏 들뜬 표정이었다. 삼 년 전부터 동아리를 해 왔던 사람들인 모양으로, 반가워 수선스레 인사들을 나누고 있다.

"어머, 금낭화 오랜만이야."

"무스카리 그동안 더 예뻐졌네."

"으아리, 더 우아해졌어."

지수가 여자들을 말끄러미 바라보더니 우리도 들꽃으로 아이디를 만들자고 했다. 뭐가 좋을까. 산마늘, 인동초, 암담초!

"저는 무스카리가 이름도 멋지고, 보라색 꽃도 예뻐서 좋은데, 저 아줌마가 벌써 가졌어요."

"그렇구나. 지수는 토끼라는 별명이 있잖아. 난 토끼가 좋은 것 같은데?"

"그건 동물이잖아요. 여기서는 야생화로 이름을 부르는 걸요?"

"그래? 그렇다면 우리끼리 무스카리라고 부르면 되지, 누가 뭐라겠니? 나는 매발톱 꽃이 좋긴 한데, 매발톱! 이렇게 부르면 좀 거시기하지? 참고 견디는 것만은 나 따라올 사람이 없지 나는 인동초로 할란다."

그렇게 나는 인동초가 되고, 지수는 무스카리가 되었다.

자동차는 서해안고속도로를 달려 태안반도로 향했다. 차에서 내려 바닷가로 내려갔다. 사람들은 모두들 바다를 향해 달려갔다. 야, 바다다! 해수욕장이 아니라 바위가 솟아 있고, 따개비가 다닥다닥 붙어 있어 위험해 보였다. 그래도 젊은 사람들은 바위를 지나갔다. 물이 빠진 해변에 불가사리가 하늘의 별만큼이나 많았다. 바다를 끼고 해송이 숲을 이루고 있다. 유 선생은 숲속으로 우리를 안내했다. 누렇게 떨어진 솔 갈비를 들추며 지나갔다.

"여깁니다."

유 선생이 손가락으로 가리키는 곳을 보니 동양란이 불가사리만큼이나 죽 깔려 있다. 흰 꽃의 자태가 너무 고왔다. 한 차례 부는 바람에 상큼한 난 향을 흩날렸다. 유혹하는 향기에 여기저기서 탄성이 터져 나왔다.

"이렇게 사람들의 발길이 닿지 않는 곳에 숨어 있었으니 군락지를 형성할 수 있었던 겁니다."

"너무 예쁘다. 이거 캐도 돼요?"

내 말에 유 선생이 깜짝 놀란 표정을 지었다.

"안 됩니다. 이거 가지고 가다 걸리면 벌금 내야 해요. 자, 이제 저 위에 채취해도 되는 야생화를 알려드리겠습니다."

우리는 행군하는 사람들처럼 일렬로 서서 비탈길을 올라갔다. 유 선생은 산마늘, 두메부추를 가리켰고, 모두들 모종삽을 들고 야생화를 캐느라 분주했다. 저 아래에 바다가 갈치비늘처럼 반짝거렸다.

아는 만큼 보인다는 말이 실감났다. 나는 안개가 걷힌 듯 맑은 눈으로 새로운 것에 눈을 뜨며 이 봄을 맞았다. 이 야생화들을 비탈에 심어야겠다. 야생화들이 비빌 언덕을 만들어 주고, 지수에게도 시골을 만들어 주어야겠다. 거기서 지수도, 무스카리도, 매발톱도 뿌리내리고 살게 하고 싶다. 행복한 하루였다.

　할머니와 함께 갔던 그 여행이 눈에 선합니다. 할머니의 몸은 늙었지만, 마음은 나와 똑같은 열두 살이었던 것 같습니다.
　전원주택 옆 비탈을 가득 채우고 바람결에 잘랑잘랑 춤을 추는 저 보랏빛 무스카리와 보랏빛 매발톱 꽃을 보니, 야생화 채취 여행을 바로 어제 하고 온 것처럼 느껴집니다. 제 꽃 무스카리와 할머니가 좋아하던 매발톱 꽃입니다.
　"매발톱! 하고 부르면 거시기하잖아."
　할머니의 장난꾸러기 같은 표정이 손에 잡힐 듯합니다. 할머니의 아이디인 인동초는 구하지 못했나 봅니다. 내년에는 인동초를 구하러 '들꽃사랑' 농원에 가 봐야겠습니다.

봄앓이

할머니가 나를 두고 훌쩍 떠날 때마다 참 섭섭했는데, 할머니에게 이런 시간이 절실하게 필요했다는 걸 이제야 깨닫습니다.

"사람은 어차피 혼자 사는 거야. 다 외로운 존재일 수밖에 없지. 나만 그렇겠니?"

아무렇지도 않은 듯 선선하게 말씀하시던 할머니. 할머니의 글을 읽으며 할머니의 외로움이 절절하게 다가옵니다.

*월 *일

이제 훌훌 털고 일어나서 혼자 여행을 하고 있다. 승용차를 영주역에 세워 놓고 중앙선을 탔다. 단양까지만 가 볼 생각이다. 이제 이렇게 느릿느릿하게 기어가는 기차는 타는 사람들이 별로 없다. 내가 탄 무궁화호 5호 객실에는 나를 포함해서 세 명밖에 없다.

짝 잃은 왜가리 한 마리가 긴 목을 구부려 무논을 내려다보고 서

있다. 왜가리는 먹을 걸 찾고 있는지 모르지만, 보고 있는 내 심정
은 그가 참 막막해 보였다. 초록으로 자라 오르기 시작한 벼이삭 사
이에 다리 한 짝만 물에 빠트리고 서서 물끄러미 내려다보는 곳에
는 산과 들판, 하늘의 구름도 비쳤다. 층층이로 모내기가 되어 있는
다락논이 아름답다. 논배미가 구불구불하게 이어져 있다. 벌써 연
록에서 초록으로 짙어지는 나뭇잎들, 그 사이에 핀 하얀 찔레꽃이
수채화를 그린 듯 아름답다. 그 물아래 비친 하늘은 더 아름다워서
왜가리는 그 깊은 곳을 향해 날고 싶은가 보다. 어느 날 문득 물에
비친 하늘이 너무 아름다워 얼굴을 가리고 풍덩 뛰어들면 하늘을
향해 날아갈 것만 같아 다리가 간질거린 적이 있었다. 저 아래 세상
에 가면 대영 오빠도 있을 것 같고, 언니 오빠도 있을 것 같았다. 부
모님과 할머니 할아버지도 만날 수 있을 것 같아, 물아래로 뛰어들
고 싶은 적이 한두 번이 아니었다.

　기차는 뱀처럼 구불구불 바쁠 것 없다는 듯이 언덕을 기어가고 있
다. 애기똥풀이 군락을 이루고 있는 둔덕은 노란 이불을 펼쳐 놓은
것처럼 포근해 보였다. 가물어 바닥을 드러낸 강바닥에는 제멋대로
자라난 풀들이 섬을 이루고 있다. 그 언저리로 백사장이 눈부시게
반짝거렸다. 아름다운 풍경이 천천히 꿈처럼 지나가고 있다. 이 세
상을 다 살고 저세상으로 향해 가는 기차를 탄 것만 같다. 기차가
아주 조그만 역인 문수역을 그냥 지나쳐 갔다. 간이역일까? 손님이
있으면 서고, 손님이 없으면 지나쳐 가는 곳?

　검은색의 얼금얼금한 그늘막이 길게 늘어서 있다. 인삼계베단지
풍기를 지나는 모양이다. 논 한가운데에 있는 인삼밭은 참 인상적

이었다. 초록색 바지 무릎을 검은 천으로 기워 놓은 것처럼……. 그렇게 무릎을 기워 입던 가난했던 날들이 또한 스쳐 지나갔다. 그렇게 모든 건 지나가게 마련이었다. 기쁘고 행복해서 오래오래 끌고 싶었던 날들도, 가슴이 너무 아파서 죽을 것 같았던 날들도 다 지나갔다. 쉬지 않고 지나가는 기차처럼.

거대한 소백산이 앞길을 막고 하늘과 맞닿아 있다. 두려움이 가슴을 꽉 메웠다. 거대한 자연 앞에 인간은 참 하찮은 존재인 것 같았다. 그때 터널이 길을 터 주었다. 막막하던 마음에 한 줄기 빛이 들어왔다. 기차가 터널을 향해 가는데 육이오전쟁 때의 기억이 하나 툭 튀어나오며 두려운 생각이 들었다. 아홉 살의 내가 기차에 타고 있다.

우리들은 두 명씩 짝을 지어 서로 꼭 끌어안고 있었다. 고모는 두 살 난 말자를 안고, 나는 일곱 살짜리 여동생을 끌어안았다. 부모님은 우리 구 남매를 두 명씩 짝을 지어 주었다. 여기 소백산 또아리 굴을 지날 때였다. 옆에 앉은 남자가 우리 쪽을 흘금흘금 보면서 친구에게 속닥거렸다. 그러고는 내 곁으로 다가와서 내 엉덩이를 슬쩍 어루만졌다. 고모를 쳐다보았다. 고모 곁에도 다른 남자가 찰싹 붙어 앉았다. 고모와 나는 새파랗게 질려서 눈만 마주치고 있었다.

그때였다. 갑자기 기차가 서 버렸다. 잠시 후 기차가 분리되었다. 사람들의 비명 소리가 들렸다. 기차 위에서 사람들이 떨어져 내렸다. 그러고는 아수라장이었다. 우리는 두 남자 덕에 다행이라고 해야 할까, 아무데도 다친 곳이 없었다. 두 남자만 우리를 껴안은 채

부상을 당했다. 나중에 들어보니 그때 사고로 오십일 명이 질식사로 죽고, 삼백육 명이 부상을 당했다고 했다.

그 오래된 기억 하나가 끈이 되어, 저 밑바닥에 가라앉아 있던 기억들을 줄줄이 낚아 올렸다. 기차를 타고 가는 내내 유리창밖에 파노라마로 펼쳐졌다. 귀신들이 떼거리로 따라올 것 같아 등줄기가 서늘해졌다.

할아버지와 아버지는 등에 쌀을 짊어지고, 할머니는 솥단지 냄비 같은 살림살이를 머리에 이었다. 엄마는 이불 보따리를 머리에 이고, 고모는 두 살짜리 말자를 업었다. 나는 아홉 살인데 일곱 살짜리 동생의 손을 잡고 걸었다. 오빠 둘은 올망졸망한 살림살이를 짊어졌다. 언니 둘은 각각 다섯 살, 네 살짜리 동생들을 업었다, 걸렸다 하고 있다. 그렇게 열네 명이 피난길에 올랐다.

그 당시에 재판소에 다니던 할아버지는 국군을 만나면 증명서를 내보이고, 인민군을 만날 시에는 증명서를 던져 버릴 요량으로 똘똘 뭉쳐서 몸에 지녔다. 할머니는 치맛단 아래를 뜯어 돈을 빙 돌려 넣고는 꿰맸다.

원주에서 기차를 탔다. 할아버지와 할머니는 기차 꼭대기에 자리 잡을 수 있었다. 우리는 부상병들이 탄 기차 안에 있었다. 신음 소리, 피비린내가 났다. 갑자기 문이 열리더니 군인들이 우리를 끌어 내렸다. 우리는 악을 쓰며 울었다. 전쟁고아가 될 판국이었다. 그때 열여섯 살이던 고모도 어린아이처럼 퍼질러 앉아서 울었다. 엄마가 정신없이 뛰어와 우리들을 부둥켜안고는 소리 내어 울었다. 군인들은 우리를 차마 떼어 놓지 못하고 다시 기차에 태웠다. 총격이 시작되었다. 딱콩딱콩 다다다다다! 우리는 귀를 막고 몸을 숙였다.

그러더니 밝은 빛이 양쪽에서 머리 위로 휙휙 지나갔다.

"조명탄을 쏘는 걸 보니 기차를 폭격하라는 신호 같은데?"

부상병들이 웅성거렸다.

"아이고, 이제 다 죽었구나."

그때 기관차가 거꾸로 와서 붙더니 기차가 반대 방향으로 달리기 시작했다. 제천에 기차가 섰다. 사람들은 기차에서 정신없이 내리더니 밥을 하기 시작했다.

"기차 꼭대기에 탔던 사람들이 많이 떨어졌어. 우리도 떨어져 죽는 줄 알았단다."

우리는 얼싸안고 울었다. 사람들은 가족들끼리 모여 앉아 솥을 걸고 밥을 해 먹었다. 가족을 잃은 사람들도 울면서 밥을 해 먹었다. 참 비참한 광경이었다.

다시 기차에 올랐다. 기차는 다시 또아리 굴로 들어갔다. 굴속은 다 정리가 되어 있었다. 하지만 억울한 죽음의 환영들이 눈앞을 가로막았다.

기차는 가까스로 안동에 도착했다. 거기에서 영천까지는 내내 걷고 또 걸었다. 일곱 살짜리 동생이 더 이상 걷지 못하면 내가 업었다. 비틀비틀 몇 걸음도 못가 주저앉았다. 그러면 엄마는 염치 좋게도 지나가는 남자에게 조금 실례하자면서 업어 달라고 했다.

운이 좋아서 영천의 갑부 집에 들어갈 수 있었다. 할아버지는 새로운 삶에 적응을 잘 했다. 늘 공부를 게을리하지 않았다. 내가 할 아버지를 닮은 모양이다. 독학으로 영어도 공부했는데, 띄엄띄엄 대화가 가능했다. 할아버지는 미군 부대에 찾아가서 일거리를 갖고 왔다. 미군 병사들의 옷을 받아다 강에 나가서 빨았다. 다른 사람들도 빨랫감을 가져오기는 했지만, 미군들의 옷이 바뀌는 통에 매번 야단을 맞았다. 그러나 할아버지는 옷이 바뀌지 않게 하려고 옷 안쪽에 할아버지만 아는 표시를 해 놓았다. 그래서 미군들은 우리 집에만 옷을 맡기게 되었다. 우리는 열네 명의 대식구였다. 어린 동생들만 빼고 식구대로 다 나가서 옷을 빨았다. 나도 빨아 놓은 빨래를 강가 자갈돌 위에 펴서 너는 일을 했다. 형제들이 모두 고물고물 모여서 일을 했다.

"저 집은 피란 나와서 영천 돈을 다 끌어모으네."

영천에서 전쟁이 끝날 때까지 굶지 않고 살아남았다.

휴전 후에 우리는 다시 집을 향해 떠났다. 재판소가 춘천으로 들어가지 못하고 원주에 삼 년쯤 있었다. 그래서 원주재판소 사택에서도 살았다.

할아버지는 일제강점기 때에도 재판소에서 일했다. 우리나라 사람들 편에 서서 알게 모르게 도움을 많이 주었다. 그래서 일본 사람들이 쫓겨 간 후에도 재판소에 남을 수 있었던 것이다. 명절 때면 고마워서 찾아오는 사람들 때문에 하루 종일 떡국을 끓이곤 했다.

"할아버지는 물려받은 재산이 많아 만석꾼 소리를 듣는 부자였지. 독립군 군자금을 대느라 이렇게 살림이 줄어든 거란다. 자식들 먹을 건 좀 남겨 둬야 하는 거 아니겠니?"

할머니는 할아버지 앞에서는 입도 뻥긋 못하면서, 우리들에게 소곤소곤 옛날이야기를 들려주었다. 우리는 본 적도 없는 재산이 아까워서 할머니 말에 맞장구를 치곤 했었다.

할아버지는 부지런해서 재판소에 다니면서도 새벽 네 시면 일어나서 농사를 지었다. 배추, 호박, 오이를 심어 놓고 매일 새벽 깡통을 가지고 나가서 배추벌레를 잡아 놓고 출근을 했다. 오이가 얼마나 자랐는지 확인하느라, 자를 들고 재던 모습이 지금도 눈에 선하다.

"오늘은 과장님보다 일찍 일어났을 거라며 나가 보면, 과장님은 벌써 엎드려서 벌레를 잡고 계시더군요."

동네 농사꾼들도 할아버지의 바지런함에 혀를 내둘렀다. 내가 부지런한 것도 할아버지의 유산인지 모르겠다.

그렇게 많은 사람이 죽었던 또아리 굴 옆으로 이제는 중앙고속도로가 뚫렸다. 죽령터널을 통해 소백산을 순식간에 지나다닐 수 있게 되었다.

이제 기차는 죽령역에 도착했다. 소백산 중턱이다. 저 아래 도시에는 꽃들이 하나둘 지고 있는데, 여기는 싱싱한 꽃을 주렁주렁 매달고 향기를 내뿜고 있다. 흰 꽃들이 등불을 매단 것처럼 탐스럽게 피었다.

기차역에 내렸다. 소설 속으로 걸어 들어가고 있는 듯했다. 뻐꾸기의 노래, 작은 새들의 노랫소리가 들렸다. 자운영이 보라색 양탄자처럼 나를 반겼다. 잠시 후, 기차가 멈추었다가 떠나는 소리가 들렸다.

바람에 풀들은 한들거리고, 적막한 가운데 또 뻐꾸기가 울었다. 내 마음도 가만가만 흔들렸다. 대영 오빠가 그리웠다. 이 세상을 떠난 가족들과 친구들이 그리워지면 나는 훌쩍 여행을 떠나곤 했다. 봄앓이도 끝낼 때가 되었다. 이제 여름도 가까이 내려와 있다.

원두막 앞에 바비큐 그릴을 걸어 놓고 아빠가 생고기를 얹고 있습니다.

"지수야! 빨리 오라니까 어째 그리 꾸물거리는 거니?"

대고모가 손을 흔듭니다. 숯불 연기가 피어오릅니다. 엄마는 한쪽에 상추와 깻잎, 쌈추, 치커리, 당귀를 쟁반에 담아 놓았습니다. 할머니는 특히 향이 진한 당귀를 좋아했는데, 저도 당귀 향을 좋아합니다. 대고모가 상추에 당귀를 놓고 고기를 얹어 쌈을 싸줍니다. 커다란 쌈을 입에 넣으니 씹을 수가 없습니다.

"꼭꼭 씹어서 먹어라. 네 할머니도 이 당귀를 무척 좋아했니라."

상추쌈이 커서인지, 할머니가 그리워서인지 목이 멥니다. 그토록 꿈꿔 왔던 아름다운 그림에 할머니만 빠져 있으니까요.

여름

내가 여름방학 동안 수영을 다 배웠을 때,
할머니는 대견해하며 수영반에 떡과 음료수를 사서 잔치를 해 주었습니다.
정말 뿌듯했던 기억이 납니다.
그때 할머니를 따라 수영장에 다니기를 정말 잘했습니다.
지금도 여름방학 때면 새로 사귄 친구들과 수영장에 가곤 합니다.

수영장

그해 여름엔 정말 더웠습니다. 6월 말부터 장마가 시작되어 눅눅하고 꿉꿉했습니다. 장마가 끝나고 나자 불볕더위가 시작되었습니다. 민소매 옷을 입고 나서면 해수욕장에 다녀온 것처럼 어깨에서부터 팔꿈치까지 벌겋게 익었습니다. 여자들은 모자를 쓰고, 얼굴 전체를 덮는 마스크까지 덮어쓰고서야 길을 나섰습니다. 팔목까지 오는 장갑을 끼고 다니는 사람들도 심심찮게 보였습니다. 어린이들은 그냥 챙모자에 반팔 옷을 입었습니다. 핫팬츠를 입은 다리는 햇빛에 그을어 까무잡잡합니다. 온몸이 끈적끈적한 장마철보다는 낫지만, 이 뜨거운 햇볕에는 길에 나서기가 겁이 났습니다.

여름방학을 하자마자 할머니가 다니는 수영장에 등록을 했습니다. 목욕탕에서 샤워를 한 후 물에 적신 수영복을 입고, 수영모를 쓰고 수경을 들고 들어갔습니다. 동네 아이들이 수영장으로만 다 모인 것 같습니다. 실내 풀장이 아이들의 아우성으로 웅웅 울렸습니다. 코치가 호루라기를 불자 조용해졌습니다. 수영장 언저리에 둘러앉아 발로 물장구치는 것부터 배웠습니다.

"다리는 무릎 아래를 펴서 엄지발가락끼리 스치듯이 하되, 허벅지부터 물장구치기를 합니다."

철벅철벅 철벅, 이제 수영장은 물장구치는 소리로 가득 찼습니다. 한쪽에서는 어른들이 수영을 하고 있습니다. 할머니도 자유형으로 끝까지 헤엄쳐 가고 있습니다. 물속에서 숨을 쉬는 동작은 생각보다 두렵습니다. 머리를 물속에 넣고 코로 숨을 내쉬며 '음' 소리를 냅니다. 그리고 물 밖으로 머리를 내밀고 '파' 하면서 입으로 숨을 들이쉽니다. 박자를 딱딱 맞추지 못하고 엇박자가 나면 코로 물이 들어가 콧속이 맵습니다. 키 판을 가랑이 사이에 끼우고 벽을 잡고 걸으며, 병아리가 물 먹고 하늘 한 번 쳐다보듯이 머리를 물에 담갔다가 빼며 '음파' 연습을 합니다. 한 아이의 키 판이 방귀를 뀌듯이 퐁 튀어 오르자, 아이들이 까르르 웃음을 터뜨리느라 허벅지에 힘이 빠져, 여기저기서 파란 키 판이 팝콘처럼 톡톡 튀어 오릅니다.

오 일이 지나자, 드디어 엎드려서 팔을 쭉 뻗고 키 판을 잡고 물에 뜹니다. 다리로는 물장구를 치면서 머리로는 열심히 음파를 합니다. 몸이 기우뚱 돌면서 물에 빠질 것 같습니다. 키 판을 놓치면 죽을 거 같아서 부둥켜안고 버둥거리다가 기어코 코에 물이 들어가고, 목으로 물이 넘어갑니다. 그냥 키 판을 버리고 일어서도 가슴 높이밖에 되지 않는데, 왜 그렇게 겁이 나는지 모르겠습니다.

"저 할머니 보이지? 허리가 구부러지고 걸음을 제대로 못 걷잖아. 그런데 물속에만 들어가면 자유형으로 레인을 서른 바퀴 돈다. 그러니 너희들은 이거 누워서 떡먹기다. 알겠나?"

"네!"

우리는 힘차게 대답을 합니다. 그 꼬부라진 할머니는 수영장에 있는 것만으로도, 새로 수영을 시작하는 사람들에게 용기를 줍니다.

저는 손을 가슴 앞에 모으고 고개를 숙인 후, 로프 위로 펄쩍 뛰어오르면서 머리를 물속으로 쏘옥 들어가게 하는 '돌고래 뜨기' 가 재미있습니다. 로프를 잡고 철봉 한 바퀴를 돌 듯하며 로프 돌기도 합니다. 조금 늦게 등록한 아이가 로프돌기를 하다가 코에 물이 들어가자 놀라서 엉엉 웁니다. 물속에서 턴을 할 때 '음' 을 하는 걸 깜빡했나 봅니다. 코가 얼마나 매운지 알기에 공감은 가지만 그렇다고 소리 내어 우는 건 좀 창피한 노릇이죠.

"새까만 눈동자의 아가씨~"

음악이 나오자, 수영 코치가 우는 아이의 손을 마이크처럼 붙잡고는 가수 남진 흉내를 내며 익살을 부립니다. 우리 할머니가 이쪽을 보면서 소리칩니다.

"여기도 새까만 눈동자 많구먼!"

아주머니들이 맞다! 맞대이! 하면서 박수를 칩니다. 울던 아이가 웃으면서 불편한 순간이 지나갑니다.

또 우스운 사건이 하나 있습니다. 물안경이 자꾸 흐려져서 걱정을 했더니, 코치가 손가락으로 문질러 닦으면 절대 안 된다고 주의를 줍니다. 코팅이 벗겨지면 더 흐려진답니다. 수영장 물에 살살 흔들어서 쓰던지, 제일 좋은 방법은 혓바닥으로 닦는 것이라고 합니다. 나는 시키는 대로 혓바닥으로 살살 닦아서 썼습니다. 코치는 못 볼 걸 본 듯이 인상을 쓰며 고개를 저었습니다.

"그냥 쓰면 좀 찝찝하지 않아? 물로 헹궈서 써야지."

코치의 말에 아이들이 손바닥으로 물을 두드리며 와자지껄 웃습니다. 이십 일이 지났을 때 자유형을 배우고, 배영까지 배웠습니다. 저는 특히 배영을 잘했습니다.

"자아, 온몸의 힘을 빼고 누워서 물장구를 칩니다. 발등으로 공을 툭툭 찬다는 생각을 하세요. 야, 지수 잘 간다. 잘 간다."

코치의 칭찬에 죽어라고 물장구를 치다 보니 벽에다 머리를 쿵 박았습니다. 일어서서 보면 아이들은 레인 중간쯤에서 일어섭니다. 여름방학 동안 평영, 접영까지 다 배웠습니다. 아주 잘하지는 못하지만 흉내는 다 냅니다.

할머니도 수영장에 다니면서 글을 하나 쓰셨습니다. 읽으면서 수영장에 함께 다녔던 그 여름이 그립게 다가옵니다.

＊월 ＊일

일 월 일 일이 되면 나는 계획을 세우느라 생각이 많다. 운동을 한 가지 해야 할 텐데 뭐가 좋을까? 선영은 함께 댄스스포츠를 하면 어떻겠느냐고 하지만, 그건 좀 남우세스러워서 못할 것 같다. 수영에 한 번 도전을 해 볼까?

사실 나는 어렸을 때 물에 빠져서 죽을 뻔했던 기억이 있다. 냇가에서 멱을 감는데 갑자기 몸이 물속으로 쑥 딸려 들어갔다. 물풀 같은 것이 다리에 감겼다. 버둥거릴수록 더 감겼다. 몇 번 물속으로 들어갔다 나왔다 하는 걸 보고 동네 청년들이 구해 준 적이 있다.

그래서 수영을 배우지 못했다. 동해안으로 피서를 가서도 가족들만 튜브를 타고 놀았다. 나는 파도가 나를 집어삼키기라도 할세라 멀찌감치 떨어진 파라솔 아래서 수영하는 사람들을 구경만 했다. 여태 배우지 못한 수영을 육십 대 중반이 넘어서야 배운다는 게 좀 겁이 났다.

"선택을 해야 할 기로에 섰을 때, 판단이 잘 서지 않는다면 무조건 '첫경험' 쪽으로 결정하는 게 좋습니다."

텔레비전에서 이런 강의를 들은 후, 올 초에는 수영을 배우기로 결심했다. 세상은 빠른 속도로 변화하고 있다. 새로운 걸 배우지 않으면 젊은 사람들과 아예 의사소통이 되지 않았다. 어린아이처럼 순수한 마음으로 돌아갈 때 새로운 걸 배울 수 있는 것 같다.

처음 수영을 배우겠다고 수영복을 입고 목욕탕 거울 앞에 섰을 때, 내 몸매가 어찌나 부끄러운지 혼났다. 배는 불뚝 나왔고, 가느다랗고 짧은 다리는 오자로 벌어져서 펭귄 같은 모양새였다. 중년 여자들은 대부분 펭귄처럼 뒤뚱거리며 수영장에 들어섰다. 키 판으로 배를 감추고 후다닥 물속으로 들어가 몸을 감추기 바빴다. 어깨까지만 물 위로 내놓고 서 있으면 그런대로 봐줄만 했다. 어른들이라 레인을 일렬로 걸어가면서 서로의 어깨를 주물러 주는 것부터 배웠다. 서로 맨살을 주물러 주면서 금세 친해졌다. 몇 년생인가 서로 물어 본 뒤 금방 형님, 동갑, 동생 순으로 서열이 매겨졌다.

물에 뜨지 않아 물을 많이 먹었는데, 일 년이 지난 후 모든 영법을 익혔다. 새로운 것에 도전했기에 그만큼의 보람과 뿌듯함을 느낄 수 있었다. 수영복을 입을 용기를 낸 것 자체가 절반은 성공한 거라는 코치의 말이 이제 실감났다. 젊은이들이 한 달에 배울 거 우리는 일 년 걸리면 된다는 생각으로 열심히 연습했다.

평영이 잘 되지 않아서 한 달 가까이 안간힘을 썼다. 함께 수영하는 사람들이 한 사람 한 사람 평영에 성공했다고 할 때마다 그 느낌이 어떨까 참 궁금했다. 새벽녘에 글을 쓰다가 물 마시러 나와 식탁 위에 엎드려서 그네를 타듯 살살 발을 굴러 보았다. 이 느낌 같은데? 수영장에 가서 한 번 해 보니까 몸이 앞으로 쑥 나갔다. 바로 이 느낌이구나. 개구리가 쭉쭉 앞으로 나가는 모양. 그렇게 하나하나 터득할 때의 희열은 정말 해 보지 않으면 모른다. 조급하게 생각하지 않는다면 우리들도 뭐든지 할 수 있다. 허리가 구부러지고 다리는 나처럼 벌어져서 땅에서는 간신히 걷는 노파가 자유형으로 레인을 삼십 바퀴씩 돌았다. 나도 그 노파의 나이쯤 되면 삼십 바퀴는 문제없을 거라는 자신감을 갖는다.

할머니의 글에 〈첫경험〉이라는 제목을 붙여 드리고 싶습니다.

"확실히 아이들이 빠르네요. 우리는 육 개월 걸리는 걸 한 달 만에 다 배우다니. 정말 신통방통하네."

내가 여름방학 동안 수영을 다 배웠을 때, 할머니는 대견해하며 수영반에 떡과 음료수를 사서 잔치를 해 주었습니다. 정말 뿌듯했던 기억이 납니다. 그때 할머니를 따라 수영장에 다니기를 정말 잘했습니다. 지금도 여름방학 때면 새로 사귄 친구들과 수영장에 가곤 합니다.

천리포 여행

얼마 전에는 태안반도에 있는 만리포해수욕장에 다녀왔습니다. 몇 년 전만 해도 기름 유출로 사람들의 발길이 뚝 끊겼는데, 올여름에는 사람들로 북적거립니다. 해수욕장이 깨끗합니다. 할머니들은 파라솔 밑 그늘에 앉아서 찰옥수수를 뜯으며 저 멀리 바다를 바라보기만 합니다.

"얼른 탈의실에 가서 수영복 갈아입고 바닷물에 가서 놀다 와."

"할머니도 같이 가요. 수영 잘 하시잖아요."

"아이고, 여기서 펭귄처럼 어기적거리면서 백사장을 걸어가라고? 창피해서 나는 못한다."

나는 수영복으로 갈아입고 어깨가 햇빛에 탈까 봐 긴팔 옷을 걸쳤습니다. 혼자서 바닷가로 철벅거리며 걸어갑니다. 이럴 때면 동생이라도 하나 있었으면 좋겠습니다. 할머니들은 자꾸 뒤돌아보는 나를 향해 어여 가라며 손짓을 합니다. 할머니가 조금만 젊었어도 함께 수영복을 입고 나설 수 있을 텐데. 할머니는 수영을 일 년 동안 열심히 배워 놓고 써먹지를 못합니다. 아이들은 하얗게 밀려오는 파도를 타느라 길게 늘어서 있습니다. 친구들끼리 놀러 와서 손에 손을 잡고 파도를 타는 아이들을 바라봅니다. 슬그머니 그 아이들의 손을 잡고 함께 뛰어오르고 싶은 심정입니다. 박자를 놓쳐 무너져 내리며 까르르 넘어가는 아이들의 웃음소리가 부럽습니다. 혼자서는 아무리 재미있으려고 애를 써도 흥이 나지 않습니다.

파라솔까지 터덜터덜 걸어가는 길이 아득히 멀게 느껴집니다.

"왜 좀 더 놀지 않고?"

"재미없어요."

할머니에게 그러면 안 되는 줄 알면서도 나도 모르게 퉁명스럽게 말을 합니다.

할머니는 내가 어렸을 때 운전을 배웠습니다. 내가 아기였을 때부터 조수석 카시트에 나를 앉혀서 태우고 다녔답니다. 대고모는 별필요를 못 느낀다며 운전을 배우지 않았습니다. 고모할아버지가 세상을 떠나자, 여간 불편한 게 아니라며, 운전면허 못 딴 것을 후회합니다.

"지금이라도 늦지 않았다니까? 도전을 해 봐."

"자신이 없어. 네가 나갈 때 좀 태워 주면 되잖아."

"내가 뭐 천년만년 여기서 살 줄 아나 보지?"

그래서 대고모는 가끔 우리와 함께 동행을 합니다.

부모님과 함께 가야 할 놀이동산이나 박물관, 수목원을 나는 늘할머니와 다녔습니다. 아빠 엄마는 나를 위해 미래를 열심히 준비한다고 하지만, 지금 현재 내가 꼭 필요로 할 때 엄마 아빠는 늘 부재중입니다. 내 어린 날의 사진 속에, 추억 속에는 늘 할머니들만 함께 있습니다. 부모님이 맞벌이를 하는 친구들 대부분은 그렇게 살고 있습니다.

가정 형편이 어려운 친구들은 방과 후에 복지센터에서 친구들과 선생님들과 저녁 시간을 보내기 때문에 외롭지는 않다고 합니다. 하지만 나처럼 살기도 넉넉하고 할머니가 있는 아이들은 늘 혼자입니다. 사람들은 이런 우리들에게 배부른 소리한다고 하겠지만, 정말 외로움만큼 견디기 힘든 게 없습니다.

"어차피 인생은 혼자 가는 거야. 그러니 외롭지 않은 사람은 없단다."

할머니 말도 맞지만, 저는 할머니들처럼 인생을 다 살아 본 게 아니라 이제 시작이라는 말이 목구멍까지 치밀어 오릅니다.

"그럼, 우리 천리포 수목원에 가 볼래?"

썩 마음이 당기는 건 아니지만, 옷을 주섬주섬 입고 따라나섭니다. 미 해군 장교로 1945년에 입국한 민병갈 박사가 1962년에 이 땅을 사들여 1970년부터 수목원을 조성하기 시작했답니다. 사십 년 동안 정성을 들인 수목원은 국제수목학회로부터 '세계의 아름다운 수목원' 으로 인증을 받았답니다. 13,200여 종의 식물이 있답니다. 여름이라 붓꽃과 수국, 수련이 많이 피었습니다. 나무들이 우거진 사이로 작은 오솔길이 나 있어서 비밀의 화원으로 들어가는 느낌이 듭니다.

"숲속을 걸으니 나도 식물처럼 수액을 빨아들여 탱탱해지는 것 같구나."

할머니는 요즘 문학적이고 멋진 표현들을 많이 사용합니다. 여러 갈래의 작은 오솔길 중에서 바다를 내려다보며 걷는 오솔길은 너무 멋집니다. 여름 바다와 하늘이 온통 푸르러 어디가 하늘인지 바다인지 모를 지경입니다. 그런데 저 끝에 하얀 크레파스로 줄을 그어놓은 것처럼 선명한 수평선이 보입니다.

연못 한쪽에 참 이상한 나무가 서 있습니다. 사람들이 축축 늘어진 줄기를 들추고 들락날락합니다. 우리도 주렴처럼 늘어진 줄기들을 들추고 들어갔습니다. 열 명이 들어가도 좋을 만큼 넓은 공간이 있습니다. 비밀 공간 같습니다. '닛사─물을 사랑한 친절한 꼬마요정' 이라는 팻말이 붙어 있습니다.

"아아, 이 나무의 이름이 닛사구나 닛사!"

할머니는 연극배우처럼 오버합니다. 물을 사랑해서 연못 곁에 심었나 봅니다. 사진도 여러 장 찍고 돌아왔습니다. 관광지도를 보니 일리포, 십리포, 백리포, 천리포, 만리포가 주욱 연결되어 있습니다. 참 재미있는 고장입니다.

할머니는 전원주택에 그 닛사를 구해다가 연못 옆에 심었습니다. 주렴처럼 축축 늘어진 줄기를 쓰다듬어 봅니다. 할머니는 나에게 추억을 만들어 주기 위해, 그리고 할머니와의 추억을 내가 기억해 주기를 바라며 이 집을 지었나 봅니다.

오페라와 뮤지컬

　대고모와 오페라를 보러 가는 날은 마음에 가득 찬 풍선이 팡팡 터지는 것 같습니다. 우리 할머니는 배우들이 수십 명 나와서 들뛰며 노래하는 것은 정신 사나워서 싫다고 합니다. 도서관이나 박물관처럼 조용한 곳을 좋아합니다. 일주일에 이틀은 부모님이나 대고모와 함께 보냅니다. 할머니는 토요일, 일요일 이틀 동안 혼자서 일박이일 여행을 떠나기 때문입니다. 여행을 하고 오면 얼굴빛이 달라집니다. 햇볕에 조금 그을린 얼굴은 환하고 행복해 보입니다. 사람에게는 그런 충전의 시간이 필요하다고 합니다. 할머니에게는 혼자만 간직하고 싶은 비밀이 있는 모양입니다.

　대고모와 함께 지내는 이틀은 연극, 뮤지컬, 영화 등 주로 문화생활을 합니다. 공연장에 들어갈 때마다 가슴이 두근거립니다. 나는 환상적인 무대에 빠져들어 주인공이 됩니다.

　그날은 로시니의 〈세빌리아의 이발사〉를 보러 갔습니다. 무대가 펼쳐지자, 나는 곧바로 무대 속으로 빠져들었습니다.

　세빌리아 시에 있는 작은 광장에서 아름다운 세레나데가 울려 퍼지고 있다. 바르톨로의 집 발코니 아래에 악사들이 모여 음악을 연주하고 있다. 집에서는 아무 반응이 없다.
　"나는야 세빌리아의 이발사, 피가로라네! 새벽이 되었으니 이발소로 가야지. 어, 알마비바 백작님? 왜 이상한 복장을 하고 계세요?"
　로지나가 발코니에 나타나서 종이를 길바닥에 떨어뜨렸다. 백작은 종이를 집어 얼른 펼쳐 읽었다.
　"제 후견인이 외출할 때, 저와 만날 방법을 찾아보세요."
　백작은 기뻐서 어쩔 줄 몰랐다.
　"로지나의 후견인 바르톨로는 로지나의 지참금이 탐이 나서 그녀와 결혼하려고 애씁니다."
　"피가로, 나는 로지나에게 백작이라는 걸 숨기고 린도로라고 하겠어. 조건보다 내 모습 그대로를 사랑했으면 좋겠어."
　백작은 노래를 부르기 시작했다.
　"아름다운 아가씨, 내 이름은 린도로! 당신과 결혼하고 싶다오."
　"사랑하는 린도로, 계속 세레나데를 들려주세요."
　"사랑하는 아가씨, 가난하지만 사랑만은 항상 드릴 수 있다오."
　"로지나가 마음을 드립니다."

　나는 로지나처럼 사랑에 빠져들었습니다. 바르톨로가 중간에서 이간질을 하는 대목에서는, 정말 무대로 뛰어가 로지나에게 사실을 밝혀 주고 싶었습니다.

　자정에 백작과 피가로는 사다리를 걸치고 오르기 시작했다.
　"나를 꼬여서 알마비바 백작에게 넘기려 했다니, 린도로! 당신은
정말 나쁜 사람이야."
　"로지나, 린도로를 진심으로 사랑한단 말이지요?"
　"그래요. 당신을 사랑해요."
　"로지나, 내가 알마비바 백작이요."
　"바르톨로, 내가 로지나와 결혼했으니, 로지나의 지참금을 가지시
오."
　바르톨로는 너무 기뻐서 그들을 축복했다. 피가로는 흐뭇한 미소
를 지었다.
　"역시, 난 세빌리아의 이발사 피가로야. 또 멋진 일을 해냈지!"

　관객들은 모두 일어나서 기립박수를 쳤습니다. 저도 힘차게 박수
를 쳤습니다. 저는 이렇게 해피엔딩으로 끝나는 극이 좋습니다.
　사람들의 성격은 국경을 뛰어넘어 다 비슷한 거 같습니다. 바르톨
로처럼 돈밖에 모르는 사람이 있는가 하면, 로지나처럼 사랑하는
사람밖에 보이지 않는 여자도 있습니다. 할아버지를 사랑하는 할머
니의 모습이 로지나와 닮았습니다. 할아버지가 많이 늙었어도 할머
니는 언제나 존경하는 눈빛으로 바라봅니다.
　피가로처럼 남의 일에 끼어들어 해결사 노릇을 하는 사람을 보면
참 재미있고, 속이 후련합니다.

대고모는 "지수야." 하며 살짝 내 이름을 부르다 말고 혀를 참니다.

"아직도 오페라 속에서 나오지 못했구먼. 오페라는 몇 백 년 동안이나 그대로 내려온단다. 이다음에 네가 어른이 되었을 때도 오페라를 보며, 이 고모할머니와 보냈던 시간을 떠올린다면 좋겠구나."

〈오페라의 유령〉을 본 날도, 소리치고, 울고, 매료되고……. 대고모를 따라 나도 브라보!를 외칩니다. 오페라가 끝나고 나면 감정 소모를 너무 많이 해서 기진맥진합니다.

"네 할머니한테 또 혼나겠다. 아이 혼을 다 빼놓았다고."

나는 대고모의 손을 꼭 잡고 극장을 나오면서도, 흥분이 가라앉지 않습니다. 그 아름다운 장면들이 내 머릿속을 빙빙 돕니다.

"대고모 너무 황홀했어요. 내용이 코믹하고 재미있지만, 목소리들이 너무 아름다워요."

나는 화려한 무대가 좋습니다. 〈명성왕후〉는 웅장한 매력이 있고, 〈오페라 유령〉은 환상적입니다. 〈천상의 서커스〉 같은 것도 좋고, 대학로까지 가서 보는 연극들도 좋습니다. 영화도 좋지만, 눈앞에서 펼쳐지는 연극 무대가 더 실감납니다.

한 번은 앙상블 연주회에 갔습니다. 연주회에 이렇게 많은 학생들을 본 건 처음이라 너무 반가웠습니다. 약간 소란스러웠지만, 학생들이 많아서 그러려니 했습니다. 어린아이에게 큰소리로 야단치는 목소리가 귀에 거슬렸습니다. 꿈결 같은 바이올린 선율을 둔탁한 막대기로 벅벅 긁어 대는 것 같아서 참다 참다 뒤를 돌아다보았습니다. 여자는 나와 눈이 마주치자 얼른 자기 입을 손으로 가립니다. 대고모가 내 손을 잡았습니다.

"아이들에게 멋진 앙상블 연주를 듣게 해 주려고 온 것이니, 괜찮은 엄마일 거야. 신경 쓰지 말고, 무대에만 집중해라."

대고모는 내 귀에다 대고 조그맣게 속삭였습니다. 앞좌석의 예닐곱 살짜리 남매가 앉아서 선율에 맞춰 지휘를 하고, 아이들의 부모는 무대로 빨려 들어갈듯이 보고 있습니다. 어릴 때부터 엄마 아빠 손을 잡고 이런 연주회에 올 수 있는 아이들이 부러웠습니다. 그래도 부모님 대신 할머니들이 그 역할을 대신해 주니 다행입니다.

다음 날, 짝꿍에게 앙상블 연주회에 갔던 얘기를 했습니다.

"우리 고모할머니와 연주회에 갔는데, 그렇게 많은 학생들은 처음 봤어. 중학생 오빠들도 많더라. 너도 왔으면 좋았을 걸."

"얘, 우리 오빠도 어제 갔다 왔어. 오늘이 수행평가 마지막 날이거든. 팸플릿과 감상문을 제출해야 한다더라."

나는 경악했습니다. 그들이 나처럼 클래식 음악에 목말라 온 줄 알았습니다. 대고모에게 너무 한심하다며 투덜거렸더니, 대고모는 그렇게라도 중학생들이 고급 문화를 맛보는 게 다행이랍니다.

학교에서 연극 발표회가 있으면 저는 무조건 참가합니다. 주연은 못하지만 들러리라도 서고 싶습니다. 무대 위에 서면 내가 서야 할 자리에 선 것처럼 행복합니다. 나는 이다음에 커서 무엇이 될까? 소설가가 되고 싶기도 하고, 연예인이 되고 싶을 때도 있습니다.

"우리 지수는 가능성이 무궁무진하단다. 어려서부터 한 가지 재능만을 키워서 성공하는 것도 좋지만, 이것도 배워 보고 저것도 배워 보고 나서, 내가 정말 좋아하고 잘하는 것을 발견해야 한단다. 그래야 오래오래 행복할 수 있단다."

할머니는 나에게 책을 읽어서 행복한 삶과 여행하며 즐기는 삶을 알려 줍니다. 대고모는 다양한 교양을 알려 주려고 애씁니다. 뮤지컬을 보고 나면 레스토랑에 가서 함께 식사를 하면서 포크와 나이프를 사용하는 방법이라든가, 주문하는 방법도 일러 줍니다.

나는 할머니와 대고모의 영향을 받고 자라는 아이입니다.

홍콩 여행

할머니들과 함께 지내면서 인생의 팁이 주어질 때가 많습니다. 부모님이 계신 아이들도 이런 행운을 갖기 힘듭니다. 대고모는 여러 번 해외 나들이를 했지만, 할머니와 나는 처음으로 해외여행을 왔습니다. 할머니의 초등학교 동창 모임에 저를 끼워 준 겁니다. 대고모와 할머니 두 사람이 봐야 할 손녀라서 그들도 어쩔 수 없습니다. 내가 더 어렸을 때도 할머니들이 데리고 다녀서 대부분의 동창들은 저를 잘 알고 있습니다.

"젖병 빨리며 데리고 다니던 게 엊그제 같은데, 처녀가 다 되었구면."

할머니 동창들은 매년 만나면서도 꼭 옛날 얘기를 해서 저를 민망하게 만듭니다. 설악산, 제주도, 홍도, 외도, 울릉도 등 우리나라의 웬만한 관광지는 다 가 보았습니다. 할머니 동창들을 따라다니며 체험 학습을 하는 겁니다.

가이드는 두 사람입니다. 인천공항에서부터 함께 간 가이드가 있고, 홍콩에 내렸을 때 현지 가이드가 있습니다. 홍콩 말을 한마디도 못 하는 사람도 관광하는데 불편한 게 없습니다.

"여기서는 단어 하나면 다 통합니다. '아야!' 라고 하는 말인데, 기분이 좋으면 말끝을 살짝 올리면 됩니다. 아쉬우면 말끝을 내리며 무릎을 탁 치면서 '아야!' 라고 하면 됩니다. 참 쉽죠잉. 아마도 홍콩영화에서 많이 봤을 겁니다."

현지 가이드는 개그맨 같은 표정으로 홍콩 말을 가르쳐 주고, 우리는 무릎을 치면서 따라하다가 쑥스러워 차 안은 웃음바다가 됩니다.

"저기 미스코리아 출신처럼 보이시는 한 여사님, 너무 멋지십니다."

"제가 대학 다닐 때, 메이퀸이었는데, 사람 보실 줄 아네요?"

할머니가 대고모의 무릎을 탁 치면서 아야! 하고 말끝을 올리면서 홍콩 사람처럼 말하며 흥을 돋웁니다.

"어어, 정말이신가요? 저는 그냥 찍었는데요. 그리고 저기 한지수 어린이는 여사님 손녀 맞지요? 아주 판박이십니다."

가이드는 명단을 훑어보면서 내 이름을 말합니다.

"고모할머니이니 닮기도 했겠네요."

동창 중 한 명이 나와 대고모를 번갈아 보더니 고개를 끄덕입니다.

나는 기분이 좋아서 웃다가 할머니를 돌아보았습니다. 아야! 하던 표정은 없고 금세 얼굴에 시무룩한 표정이 나타났습니다.

"이분이 우리 할머니예요. 옛날부터 할머니랑 저는 붕어빵이라고 했어요."

내 말에 할머니가 다시 아야! 하면서 목청을 높입니다. 가이드가 민망해합니다.

"제가 족집게인데, 오늘은 영 선무당이 된 기분입니다."

버스 안은 웃음으로 가득 차고 우리는 서로 마음을 활짝 열게 되었습니다.

"자, 이제부터 홍콩에 대해 설명합니다. 홍콩은 영국이 백오십 년 동안 지배했습니다. 그동안 영국 귀족에게 아무도 대들지 않았는데, 그 이유는 여자들을 윗자리에 앉혔기 때문이랍니다."

할머니는 창밖을 내다보며 중얼거립니다.

"우리나라는 삼십육 년간 일본의 지배를 받았는데, 홍콩은 우리보다 더 모진 세월을 보냈구나."

도심에 아프리카 고무나무인 용수나무가 가로수처럼 늘어져 있습니다. 옛날에는 유럽에서 신혼여행을 많이 왔답니다.

"여기가 영화 〈모정〉의 촬영지입니다. 영화 보신 분?"

대부분의 할머니들이 손을 듭니다. 옛날에는 중고등학교 다닐 때 단체 관람이 많았답니다.

"나는 네 할아버지와 이 영화를 함께 보았단다. 네 할아버지가 군대 있을 때였지. 양평읍에 있는 유일한 극장이었지. 그때 생각을 하면 참 재미있어. 애국가가 울려 퍼지면 모두 자리에서 일어났지. 영화에 앞서 대한뉴스를 보는 게 당연하던 시절이었지. 이 영화를 보면서 연인들의 사랑에 가슴이 뛰기도 하고, 뭉클하기도 했단다. 여자는 한국전쟁에 종군기자로 다녀오겠다던 남자가 사망했다는 소식을 듣는단다. 여자는 애인과 함께 갔던 장소로 달려가지. 애인이 팔을 내밀어 자기를 끌어당겼던 비탈길을 보니, 그가 실제로 손을 내밀고 있었어. 순간 기쁜 표정으로 손을 내밀었는데, 아무도 없는 거야. 슬픈 얼굴로 섬세하게 바뀌어 가는 여자의 표정 때문에, 보는 사람들이 먼저 울컥했지. 영화관은 울음바다가 되었단다. 그 장면을 떠올리면 지금도 눈물이 핑 돌아."

대고모도 창밖을 보며 눈을 껌뻑거립니다.

가이드가 다시 마이크를 들었습니다.

"정말 명장면이었지요? 자, 바로 여깁니다. 내려서 사진들 찍으시지요? 건물들이 너무 아름답죠? 이 항구가 세계 삼대 미항에 속합니다."

우리는 버스에서 내렸습니다. 홍콩의 바다는 우리 한강 정도의 폭밖에 되지 않았습니다. 현대와 삼성 광고판이 보이자, 너무 반갑고 자랑스러웠습니다.

우리는 칠십육 층 건물인 니나 호텔에 짐을 풀었습니다. 우리는 가이드를 통해 이야기를 듣고 있습니다. 가이드가 엉뚱하게 설명을 해도 우리는 믿을 수밖에 없다고 생각하니, 가이드의 역할이 중요하다는 생각이 듭니다. 나는 내가 하고 싶은 일에 가이드라는 직업도 포함시켜 봅니다.

"니나라는 여자는 원래 호텔 주인의 아내입니다. 이 호텔 주인이 행방불명이 되고 나서 니나와 시아버지는 십 년 동안 법정에서 싸웠습니다. 재판부는 니나의 손을 들어주었습니다. 그러나 이긴 것도 잠시, 그녀는 삼 개월 후에 직장암으로 사망합니다. 니나의 유산은 두 아들에게 돌아갔을까요? 아닙니다. 삼 년 동안 사귄 사십 대의 애인에게 돌아갔습니다."

가이드의 설명에 할머니들이 혀를 찹니다.

"니나는 삼 년 동안 얼마나 행복했기에 스무 살이나 어린 남자에게 유산을 다 주고 갔을까?"

"참 슬픈 이야기네요. 이렇게 거대한 재산을 시아버지와 나눠도 평생 먹고 남았을 텐데, 십 년 동안 투쟁이라니?"

"우리 나이에도 조금 희망이 보이네. 스무 살 젊은 남자 한 번 수소문해 볼까?"

대고모의 말에 심각했던 버스 안이 웃음바다가 됩니다.

"정자도 양평에 땅을 샀다며?"

동창 중 한 명이 할머니를 쳐다봅니다.

"지수는 좋겠네. 먼 훗날 그 땅은 지수 거 되는 거잖아?"

"그러게. 형제가 없으니 다 지수 차지네."

할머니 동창들이 부러워하는 바람에 기분 좋게 웃었습니다.

할머니가 너무 빨리 돌아가시고, 유산을 받게 되자, 마음이 많이 아픕니다.

우리는 그날, 사십육 층의 침대가 세 개 있는 방으로 안내되었습니다. 커튼을 걷던 할머니가 감탄하는 소리에 모두 창가로 달려갔습니다. 하늘에서 세상을 내려다보는 것 같습니다. 번쩍거리는 홍콩의 야경에 우리는 입을 다물지 못했습니다. 아야! 아야!

다음 날 아침, 할머니는 만나는 사람들에게 조우산! 하고 홍콩식으로 아침 인사를 합니다. 직원들이 웃으면서 화답합니다. 대고모와 나는 쑥스러워 웃기만 했습니다.

바다에 허름한 집들이 많이 떠 있습니다. 삼판 수상마을이랍니다. 보트를 타고 수상마을을 골목골목 누볐습니다. 배 위에서 개를 키우고, 화분도 가지런히 놓여 있습니다. 수상마을 사람들을 모두 육지로 보냈다고 합니다. 그런데 육지 멀미가 나서 못 살겠다며 다들 돌아오고 말았답니다. 중년 여인이 배를 운행하는데, 맨발입니다. 얼굴은 잔뜩 찌푸린 채인데다 말없이 관광객들을 바라보니 참 어색했습니다. 주변 경관을 한 바퀴 돌고, 선착장에 배를 댑니다. 손님들이 한 명씩 내리는데도 여자는 물끄러미 바라만 봅니다. 다른 사람들이 보트에서 다 내리도록 할머니는 노트를 뒤적이고 있습니다.

"할머니 빨리 내리세요."

"빨리 와! 네 할머니는 왜 저리 꾸물거리는지 모르겠다. 해외여행까지 와가지고 가방을 뒤적뒤적거리며 늙은이 티를 꼭 내야 한다니?"

대고모가 비꼬는 말에 짜증이 와락 났습니다. 뒤돌아보니 할머니는 보트 운행을 한 여자에게 다가가고 있습니다.

"쪼이낀!"이라고 소리칩니다. 찌푸리고 앉아 있던 여자도 "쪼이낀!" 하고는 활짝 웃습니다.

다른 나라 말이라 외웠는데 생각이 나지 않아서 노트를 뒤적이고 계셨답니다. 쪼이낀은 헤어질 때 하는 인사입니다.

"언제 그런 걸 다 적어 왔어?"

대고모가 의아한 표정으로 할머니를 봅니다.

"여행하려면 그 나라 인사 정도는 할 줄 아는 게 기본 아닌가? 그래서 홍콩 가이드북을 보고 간단한 말을 적어 왔는데, 막상 닥치니 도통 기억이 나야 말이지."

우리는 픽트램을 타기 위해서 빅토리아 산정까지 버스로 올라갔습니다. 픽트램은 수동 전철입니다. 영국 귀족들이 아래는 습하고 더워서 산 위에 올라와 집을 짓고 살았답니다. 꼭대기에서 픽트램을 타고 내려갑니다. 비탈에는 팔십 층 빌딩들이 세워져 있고 그 사이로 픽트램이 달립니다. 비탈을 내려오는데 빌딩들이 도미노처럼 쓰러지는 착시현상이 일어납니다. 우리는 내려와 이 층 버스를 타고 도시를 누볐습니다. 버스 꼭대기에 올라앉아 바람을 맞습니다. 고개를 들면 높은 빌딩들이 하늘을 찌르고 있습니다.

"여기는 세계에서 가장 비싼 은행 건물입니다."

달이 뜨고 달무리도 졌습니다. 건물들에서 쏘아 대는 레이저, 여러 가지 색깔로 변화하는 칠십 층 건물, 팔십팔 층 건물들은 현실에서 벗어난 듯, 몽롱하게 보입니다. 그 현란한 색깔에 정신을 잃고 맙니다. 어디에서나 달은 똑같을 텐데, 빌딩숲 사이로 보는 달은 아주 작고, 초라해 보입니다.

전철을 타고 이동했습니다. 전철에서 내려 출입국관리소로 가는데, 대고모가 보이지 않습니다. 할머니 관절염 때문에 늘 꼴찌여서 나는 할머니를 부축하고 앞 사람만 보고 정신없이 가다 보니 대고모가 안 보입니다.

"우리 고모할머니가 안 보여요."

내 말에 가이드의 얼굴이 하얘졌습니다. 모두들 출입국관리소 앞에 여행 가방을 세워 놓고 대기하랍니다. 가이드가 전철역으로 갔습니다. 좌측으로 내려가면 전철을 갈아타는 곳이고, 출입국관리소는 오른쪽입니다. 대고모가 가이드를 따라오고 있습니다.

"가이드가 두 명이면 한 사람은 뒤쪽에서 챙겨 주서야죠. 앞쪽으로 두 사람이 다 몰려가면 어떻게 해요?"

대고모는 벌겋게 달아오른 얼굴로 가이드를 야단칩니다. 어떤 상황에도 주눅 들지 않는 공주병이 이럴 때는 다행입니다. 중국말도 홍콩말도 못하니 여기서 길을 잃으면 어쩔 뻔했는가 생각하면 아찔했을 텐데도, 여전히 기가 살아 있습니다.

대고모는 전철에서 쏟아져 나온 사람들 속에 섞여 지하로 내려갔답니다. 그래도 많이 놀랐는지 숨을 쉴 때마다 가슴이 들썩들썩합니다.

출입국관리소 한쪽에서 중국 남자가 야구방망이 같은 걸로 얻어맞고 있습니다. 아무도 말리는 사람이 없습니다.

"여기가 국경이기 때문에 몰래 철책을 넘어가 전철을 타고 홍콩으로 밀입국하는 사람들이 많이 있습니다."

가이드의 설명을 들으니 국경이 정말 허술하다는 생각이 듭니다.

공연을 보기 위해 광동성 내의 민속촌으로 갔습니다. 우리는 맨 앞자리에서 관람을 했습니다. 중국은 모든 게 웅장한 것 같습니다.

"땅덩어리가 커서 그런가. 인구가 많아서 그런가. 예쁜 여자들도 어쩜 저렇게 많을까? 우리나라 공연하고는 비교가 안 되네."

사백 명이나 되는 공연자가 나왔습니다. 건물 꼭대기에서 대각선 쪽 건물 위의 성화대를 향해 불화살을 쏩니다. 성화대에 불이 활활 타오릅니다. 무대 앞으로 수십 마리의 말을 타고 병사들이 달리는데 바닥을 울리면서 달리는 통에 정말 무섭기도 하고 영화 속에 들어온 듯 실감이 났습니다.

대포를 쏘고 다이너마이트를 터뜨립니다. 무대가 쫙 갈라지면서 바닥에서 분수가 솟구칩니다. 목동이 수십 마리의 양떼를 몰고 지나갑니다. 그러더니 아름다운 여인들이 나비 날개를 달고 나와서 너울너울 춤을 추는데 꿈을 꾸고 있는 것 같습니다. 노랑, 분홍, 하늘색 날개를 단 여인들이 백 명도 넘어서 진짜 나비들이 모여 팔랑거리는 것 같습니다.

"아이고, 정신이 하나도 없네."

할머니가 고개를 흔듭니다. 대고모는 무대에 완전히 빠져들어가 넋을 잃고 봅니다. 이런 걸 보면 내가 대고모를 닮은 모양입니다.

"공연은 정말 완전 홍콩 가도록 좋았는데, 경제적으로는 너무 후진국이다."

홍콩에서 전철로 한 시간도 안 되는 거리인데, 너무 심한 차이가 납니다. 화장실에도, 음식점에도 휴지가 없습니다. 다시 전철을 타고 홍콩으로 넘어오자, 음식점 화장실에 휴지와 타월을 들고 서서 서비스하는 종업원이 따로 있습니다.

다음 날은 세 가지 시장을 둘러보았습니다.

가방 하나에 몇 백만 원 하는 명품 시장을 구경하면서 마음이 씁

쓸했습니다. 무장을 한 직원들이 눈을 두리번거리며 명품을 지킵니다. 가격이 얼마인가 물건에 다가가면서도 그 직원들의 눈치를 흘금흘금 보게 됩니다. 죄를 짓지 않았는데도, 도둑으로 오해받을까 봐 가슴이 두근거립니다.

할머니들이 가이드에게 짝퉁 상점을 알려 달라고 했습니다. 이거 불법이라면서 자기는 안 들어간다며 손짓으로 가게를 가리킵니다. 일본 여자들이 좋아해서 많이 찾는 짝퉁 가게라고 합니다. 문 양옆으로 체격이 좋은 남자들이 경계를 서고 있습니다. 첩보 영화를 찍는 것처럼 스릴이 있습니다. 대고모는 짝퉁 가방을 하나 사려고 합니다. 할머니는 굳이 몇 십만 원씩 들여서 가짜를 구입할 필요가 있겠냐며 말립니다. 대고모는 아빠 서류 가방을 하나 사 주라고 합니다. 할머니는 손사래를 치고 나왔습니다. 그런데 명품 매장에 다시 가서 비교해 보니 정말 똑같아서 분간이 되지 않았습니다. 아빠 가방을 사지 않고 온 게 후회됐습니다.

"짝퉁 하나 잘 사면 비행기 값 빠진다니까."

대고모는 여행을 많이 다녀봐서 안다며 큰소리칩니다.

저녁에는 야시장을 둘러보았습니다.

"세계적으로 유명한 야시장은 동대문과 남대문시장입니다. 그리고 이곳이 세 번째입니다."

그럴 바에는 여길 뭐 하러 온 걸까 하는 생각이 들었습니다. 대고모는 머리카락 색깔과 비슷한 부분가발을 찾느라 여러 개를 머리에 대 봅니다. 팔 불에 사서 정수리 부분에 꽂아 봅니다. 푹 가라앉았던 머리가 미용실에 다녀온 것처럼 볼륨이 살아납니다. 상인이 엄지손가락을 치켜듭니다.

"재미있어요?"

백인 남자가 나에게 한국말로 물어봅니다.

"우리나라가 잘 살게 되어 돈을 많이 쓰니까 외국인들도 우리말을 배우는 것이지. 가슴이 뿌듯하구먼."

할머니의 말에 내 어깨도 덩달아 으쓱 올라갑니다.

대고모는 가방을 여러 개 꺼내 놓고 흥정을 합니다. 가격을 너무 후려쳐서 점원이 삐쳤습니다. 계산기를 두드리며 고개를 흔듭니다. 그래도 서로 얘기가 됐는지 가방을 넣어 줍니다. 할머니는 십 불을 주고 내 배낭을 하나 사 주었습니다. 만화 그림이 인쇄된 일본 상품 짝퉁인데, 비슷합니다.

버스에 돌아온 할머니가 지갑을 꺼내 놓고 안절부절못합니다.

"어, 내가 십 불짜리 열 장을 주고 왔나 봐. 지갑에 일 불짜리만 있네."

대고모가 혀를 찹니다.

"언니는 일 불짜리인지 십 불짜리인지 구별도 못해요?"

가이드가 놀라서 함께 가자고 합니다. 그 삐쳤던 여 점원은 받은 적 없다고 딱 잡아뗍니다. 가이드는 어디에다 전화를 겁니다. 짧은 스포츠 머리에 체격이 좋은 남자가 뛰어옵니다. 잘 아는 '조직'의 형님이랍니다. 남자가 눈을 부라리자, 여자는 전대를 뒤적여 칠십 불을 내놓습니다. 가이드는 칠십 불이라도 찾았으니 다행이라며 위로합니다. 할머니는 가이드에게 고맙다고 인사를 하면서도 얼굴은 펴지지 않습니다.

"이 나이 먹도록 어리석게 살았구나. 내가 달러를 생전 처음 봤잖니. 나 자신에게 화가 나는구나. 왜 이렇게 살았을까?"

다시 니나 호텔로 돌아왔습니다. 이번 침실은 사십칠 층입니다. 커튼을 걷고 다시 환상적인 홍콩의 야경을 내려다봅니다. 구름 위에라도 두둥실 뜬 기분입니다.

"이게 바로 노래에 나오는 홍콩의 밤거리구나."

할머니들은 〈홍콩 아가씨〉라는 가요를 흥얼거립니다. 카멜레온처럼 색깔을 바꾸며 반짝반짝 빛나는 건물이, 살아 있는 거대한 동물 같습니다.

이제 엘리베이터에서 관광객들과 직원들을 만나면 우리도 '조우산!' 하고 자연스럽게 인사를 합니다. 그들도 조우산! 하며 웃습니다. 이제는 낯선 사람들에게 인사를 해도 쑥스럽지 않습니다. 할머니는 언어적 감각이 뛰어난 것 같습니다. 어려서 영천으로 피난을 가서도 경상도 사투리를 어찌나 금방 습득하는지 식구들이 혀를 내둘렀답니다.

"니 츠팔로마?"

우리는 욕을 하는 것 같은 발음 때문에 쓰지 않는데, 할머니는 식사 때만 되면 여지없이, 누군가에게는 써 먹습니다. 식사하셨느냐는 인사입니다.

삼박사일의 여정이 모두 끝나고 우리는 공항에 도착했습니다. 대고모는 공항면세점에서 또 가방을 여러 개 샀고, 할머니는 가족들과 골고루 나눠 먹으려고 초콜릿을 여러 상자 샀습니다. 두 사람은 모든 게 다 다릅니다. 대고모는 짝퉁 가방이 세관에서 걸릴까 봐 새 가방을 바닥에 놓고 발로 툭툭 차면서 헌 가방처럼 굴립니다. 줄을 서서 보니 통과하는 사람들이 대부분 비슷한 모양의 명품 가방을 하나씩 들고 서 있습니다. 어느 것이 진짜인지 짝퉁인지 정말 구별이 가지 않았습니다.

인천공항에 내려서 공항버스를 타고 달리니까, 한강 너머의 아파트들이 납작하게 보입니다. 그것도 삼십 층은 넘을 텐데, 눈이 너무 높아졌습니다.

어제는 홍콩의 니나 호텔 사십칠 층에서 잤는데, 오늘은 집에 돌아와 내 침대에 누웠다는 것이 정말 이상합니다. 꿈속에서 공간 이동을 한 것만 같습니다.

할머니의 노트북에도 홍콩 여행에 대한 짤막한 단상이 적혀 있습니다.

＊월 ＊일

니나의 심정이 충분히 이해가 되었다. 사람이 늙어도 감성은 늙지 않으니까. 겉 사람은 늙어도 속사람은 여전히 열여섯 살이니까.

나도 니나처럼 불타는 사랑을 해 볼걸. 내 모든 전 재산을 다 주어도 아깝지 않을 사랑을 해 볼 걸. 사십 년간 사랑을 하긴 했지만, 니나처럼 불타는 사랑은 아니었다. 그저 바라만 보며 만족하는 사랑이었다. 열여섯 살 때는 손목을 잡히고도 가슴이 콩닥거렸다. 밤새 백마 탄 왕자님을 만난 것처럼 마음이 들떴다. 꿈속에서 나는 언제

나 열여섯 살이었다.

어느 날, 내게도 기적이 일어났다. 그렇게 기다리던 왕자님이 나타났다. 백마를 타지는 않았지만 늠름하고 멋지게 등장했다. 외삼촌네서 사촌 동생을 보고 있을 때였다. 외삼촌이 군인을 데리고 왔다. 모자를 벗으며 활짝 웃는 남자는 선영의 오빠 대영이었다. 공부를 잘해서 경기고등학교에 다니고, 서울대학교에 들어간 그 오빠였다.

"정자구나, 반갑다. 네 외삼촌 부대에 자대배치 받았어."

대영 오빠는 그렇게 말하면서 내 손을 덥석 잡았다. 그의 두터운 손에 잡힌 내 작은 손이 참새처럼 떨고 있었다. 고향과 멀리 떨어진 곳에서 만나 반가운 것인지 내 꿈속의 왕자님을 만나 얼떨떨한 것인지 정신을 차릴 수 없었다. 그때 대영 오빠는 스물한 살이고, 나는 열여섯 살이었다.

오빠는 틈만 나면 외삼촌 집으로 달려왔다. 휴가를 받아도 서울에 가지 않을 때가 많았다. 오빠는 둘이서 할 수 있는 재미있는 놀이를 많이 알고 있었다. 여름에는 냇가에서 피라미를 잡았고, 겨울에는 눈밭에 토끼 사냥을 갔었다.

가끔은 라디오 연속극처럼 나 혼자서 이야기를 엮으며 흥겨웠다.

오빠가 나를 안아 보려고 달려들었다. 그런 오빠가 싫지는 않았지만, 여자는 조신해야 한다는 외숙모의 말이 떠올라 피해 달아날 궁리만 했다. 오빠를 만나 사랑을 한다는 것이 너무 가슴이 벅찼다. 아주머니들은 정자가 몰라보게 예뻐졌다며 내 얼굴을 빤히 쳐다보았다. 군복무를 하던 삼 년 동안 나의 사랑은 풍선처럼 부풀어 올랐다.

어쩌다 방 안에 둘만 남을 때는 온몸이 긴장되었다. 오빠는 병아리를 낚아채려는 매 같았다. 네 살 먹은 사촌 동생에게 들켜 당황스러울 때가 한두 번이 아니었다.

"언니, 뭐해? 오빠랑 싸워?"

"아무것도 아니야, 넌 몰라도 돼."

오빠의 욕구를 끝내 외면하지 못하고 여인숙에 들었다.

"정자 너무한 거 아니냐? 너 때문에 정기 휴가 받고도 집에 안 가고 있는데?"

옆방에서 남자의 거칠거칠한 목소리가 들려왔다.

"거, 불 좀 끕시다. 조용히 하고 잠 좀 잡시다."

"네, 죄송합니다."

오빠는 얼른 일어나 불을 껐다. 그때는 전기가 귀하던 시절이라 방 두 칸의 천장 사이에 기다란 형광등을 하나만 달아 놓았다. 우리는 옆방에서 또 큰소리가 날아올까 봐 가만가만 안았다.

오빠가 스물네 살이 되던 해였다. 제대를 몇 달 앞두고 덜컥 임신이 되었다. 내 나이 열아홉 살 때였다. 외숙모는 내 등을 주먹으로 때리며 한숨을 내쉬었다.

"네 엄마한테 미안해서 어쩌니? 내가 그렇게 조신하게 행동하라고 일렀건만."

외삼촌은 오빠의 어깨를 두드려 주었다.

"그럼, 한창 젊은 사람들이 사랑하는데 절제가 쉬운가? 데리고 내려가게. 결혼해서 행복하게 살면 되는 거야."

오빠가 제대하던 날, 나도 보따리를 쌌다. 우리 둘은 무작정 서울로 향했다. 사촌 동생은 내 치마꼬리를 붙들고 울었다.

"나도 데려간다고 했잖아. 왕자님 따라갈 때 나도 데려가야지."

엄마는 부잣집 외아들에게 시집을 가니 평생 배곯을 염려 없어 다행이라며 잘 되었다고 했다. 외삼촌이 웨딩드레스를 입은 내 손을 붙잡고 예식장에 들어갔다.

나의 꿈은 항상 여기서 해피엔딩으로 끝났다.

니나는 얼마나 행복했을까?

"우리 나이에도 조금 희망이 보이네. 스무 살 젊은 남자 한 번 수소문해 볼까?"

선영의 농담이 농담으로만 들리지 않았다. 니나처럼 내가 갖고 있는 모든 걸 지수에게 주어도 하나도 아깝지 않다. 사랑이란 그런 거니까.

아하, 할머니는 그때 할아버지를 따라 내려와 결혼을 했나 봅니다. 그래서 아빠와 나이 차이가 열아홉 살밖에 안 나는군요. 그런데 꿈이 해피엔딩으로 끝난다는 말을 쓴 걸 보면 할머니가 소설을 쓴 것인지, 사실인지 잘 모르겠습니다. 대고모에게 여쭤 봐야 할 것 같습니다. 그리고 모든 걸 나에게 다 주어도 아깝지 않다는 할머니 말에 가슴이 먹먹해집니다. 저는 할머니에게 모든 걸 다 드려야겠다는 생각을 한 번도 해 본 적이 없었습니다. 그래서 내리사랑은 있어도 치사랑은 없다는 말이 있나 봅니다.

도서관에서

 토요일과 일요일은 할머니께서 혼자만의 여행을 떠나는 날입니다. 그리고 나머지 오 일은 거의 둘이 붙어산다고 보면 됩니다. 내가 학교에 간 동안에 할머니는 집안을 치우고 도서관에 갑니다. 책을 대출 받아서 도서관에서 읽기도 하고, 집에 가져와서 밤새워 베끼기도 합니다. 처음에는 할머니도 어린이실의 책을 빌려 보았습니다. 해리포터를 할머니가 먼저 읽고 제게 추천해 주셨습니다. 대출실에 앉아서 책을 읽으면 주위 사람들 때문에 집중이 안 되어서 할머니는 일반 열람실, 나는 어린이실에서 따로따로 읽었습니다.

 어느 날, 도서관을 기웃거리다가 여학생실에 빈자리가 많은 걸 발견했습니다. 그래서 우리는 절충해서 여학생실로 올라가 책을 읽기 시작했습니다. 한 사람씩 칸막이가 되어 있어서 몰입할 수 있었습니다. 그런데 시험 기간이었나 봅니다. 평소에는 오지 않던 중학생들이 몇 명 둘러앉아서 잡담을 하고 있습니다.

"학생들, 조용히 하자."

할머니가 주의를 주었습니다. 그들은 할머니를 빤히 쳐다봅니다.

"저 할머니 너무 웃기지 않니? 여학생실에 웬 할머니?"

내가 기운이 세다면 다들 한 대씩 때려 주고 싶을 정도로 얄밉습니다. 하지만 일곱 명이나 되는 중학생들이라 아무 말도 못했습니다. 칸막이에서 머리를 내밀고 그들을 향해 인상을 쓰거나, 헛기침을 할 뿐, 아무도 싫은 소리를 하는 사람이 없습니다. 책의 내용은 눈에 들어오지 않고, 속만 부글거렸습니다.

그때 마침 키가 크고 힘이 세어 보이는 남자 직원이 들어왔습니다.

"너희들 뭐야? 여기가 휴게실이냐? 빨리 가방들 챙겨서 각자 흩어져 앉아."

학생들은 불빛에 깜짝 놀라 쏜살같이 숨어 버리는 바퀴벌레처럼 칸막이 뒤로 사라졌습니다. 열람실은 조용해졌습니다.

잠시 후 입이 한 발씩 나온 일곱 명의 여학생들이 가방을 메고 나갑니다. 결국 자기들도 공부를 못하고, 남들의 기분도 망치고 말았습니다.

엄마가 일주일 휴가라 함께 있고 싶은데, 엄마는 할 일이 많다면서 할머니랑 도서관에 가라고 내쫓곤 합니다. 도서관은 걸어서 이십 분 정도 걸립니다. 할머니는 빨리 걷는 법이 없습니다. 길가의 꽃도 살피고, 개미에게도 한눈을 팝니다. 꼭 어린 동생 같을 때가 많습니다. 오늘은 군부대 담장 밑에 무더기로 피어 있는 원추리 꽃을 살피느라 돌부리에 걸려 넘어질 뻔했습니다. 주황빛 원추리 꽃이 담 벽을 따라 피어 있어 눈이 부십니다.

"어머나, 저게 웬일이니? 저것이 미쳤나 보다."

할머니는 갑자기 담장 쪽을 향해 쪼르르 달려갑니다. 할머니가 다다른 곳에는 메꽃의 덩굴손이 원추리 꽃송이를 친친 감고 있습니다. 할머니는 덩굴손을 풀며 중얼거립니다.

"목이 졸려서 죽을 뻔했구나. 이제 숨통이 트이지?"

덩굴손을 풀어 주자 원추리가 방긋 피어납니다.

할머니를 보면 돌아가신 할아버지가 생각납니다. 할머니는 할아버지의 행동을 못마땅하게 말하곤 했는데, 이제 할아버지를 닮아 가고 있습니다.

우리 집에서 약수터로 올라가는 길에 초등학교가 있습니다. 초등학교 운동장 언저리로 담장 대신에 무궁화나무를 빙 둘러 심었습니다. 할아버지는 무궁화를 꽁꽁 묶고 있는 칡넝쿨을 보고 그냥 지나치는 법이 없습니다. 약수터에 가는 길에 그것들을 다 끊어 주고서야 가던 길을 가는 통에 할머니는 조바심을 냈습니다.

"제발 좀 그냥 가세요. 약수터에 가서 물 뜨려면 빨리 줄을 서야지요."

할아버지는 할머니 말엔 대꾸도 하지 않고 칡넝쿨을 비비 돌려서 끊느라고 정신이 없습니다.

"우리나라 꽃에는 왜 이렇게 진딧물도 많이 끼고, 칡넝쿨도 칭칭 감아 못살게 구는지 모르겠다. 에이 못된 것들."

나중에는 아예 작은 가위를 주머니에 넣고 다니셨습니다.

나는 활짝 피어난 원추리 꽃과 환하게 웃는 할머니 얼굴을 번갈아 보며, 슬며시 할머니의 손을 잡았습니다.

"할머니도 할아버지처럼 주머니에 가위 넣고 다니세요. 할아버지 생각이 나네요."

할머니의 눈자위가 붉어집니다. 할아버지가 세상을 떠난 지도 벌써 오 년이 되었습니다. 할머니는 아직도 할아버지 얘기만 나오면 눈시울을 적십니다. 나는 할머니가 슬픔에서 빨리 빠져나올 수 있도록 도서관을 향해 빨리 걷습니다. 할머니도 전자사전이 목에서 덜렁거리도록 빨리 따라옵니다.

도서관에는 늘 오는 사람들이 옵니다. 서로 말은 한마디도 하지 않았지만, 서로의 얼굴에 익숙합니다. 머리를 하나로 묶은 저 아주머니는 무슨 공부를 하는지 모르겠지만, 너무 말라서 안쓰럽습니다. 점심시간이 되면 휴게실에서 건빵과 물만 먹습니다. 머리가 허연 저 아저씨는 직원들처럼 슬리퍼를 끌고 다닙니다. 승용차를 끌고 도서관으로 출근하는 아저씨들이 많아서 주차장에 차를 세우지 못해 길가에 대 놓는 차들이 많습니다.

일주일에 한 번은 외국인 여성들이 많이 보입니다. 한글 공부를 하기 위해 오는데, 주로 베트남, 필리핀 여성들이랍니다. 아기들을 안고 옵니다. 더운 나라에서 온 때문인지, 봄인데도 겨울 코트를 입고 덜덜 떨고 섰습니다. 할머니는 여자들을 물끄러미 쳐다봅니다.

"내가 많이 배웠다면 저 외국인 여성들에게 한글을 가르치는 일을 했으면 좋겠구나. 이국땅에서 말두 통하지 않구 얼마나 답답할까?"

할머니는 한 여자에게 다가가 아기를 얼러 줍니다. 까꿍.

"몇 개월 됐어요?"

"일 년 됐습니다."

아기처럼 어눌하게 발음하는 여인이 귀엽습니다. 엄마도 아기도
할머니를 향해 환하게 웃었습니다.

가을

할머니의 일기와 수필을 들여다보면,
가로 세로 퍼즐게임을 하는 것 같습니다.
할머니의 과거가 퍼즐 조각들로 하나하나 채워지면서
할머니의 모습이 차차로 선명하게 그려집니다.
할머니가 걸어온 역사가 선명하게 떠오르면서
겉으로 보이는 할머니의 모습이 아니라,
내면의 아름다움이 배어나옵니다.

할머니의 일기

 할머니는 책을 쌓아 놓고 읽습니다. 재미있는 책은 아끼며 읽는다고 합니다. 맛있는 아이스크림을 먹다가 얼마 남지 않으면 아끼며 핥아먹듯이 아껴서 읽는다고 합니다. 남아 있는 부분이 얼마 없으면, 이야기가 빨리 끝나 버릴까 봐 조바심이 난다고 합니다. 그래서 책갈피를 끼워 놓고는 그때부터는 머리카락을 세듯이 더 천천히 읽는다고 합니다. 행간에 작가의 의도까지 상상하다가, 정말 놓기 싫은 책은 처음부터 다시 펼쳐서 한 줄 한 줄 노트에 베끼기 시작한다고 합니다.

 "지수야, 나는 말이야. 이런 책을 쓰고 싶어. 읽기 시작하면 잠시도 그 책에서 떨어지기 싫고, 사랑하는 사람처럼 곁에 두고 또 읽고 싶어지는 책. 몇 년이 지난 후에라도 다시 찾아 읽고 싶은 책 말이다. 내가 몇 년 동안 책을 꾸준히 읽다 보니 그런 책들은 역시 고전 문학인 것 같더라."

그래서 할머니는 『빨강머리 앤』을 읽기 시작했는데, 열 권을 다 읽고도 책을 놓기가 안타까웠나 봅니다. 그 열 권을 다 베껴 쓰면서 참 행복해했습니다. 사실은 저도 할머니가 사 준 『해리포터』를 일곱 번을 읽었습니다. 할머니는 『해리포터』를 먼저 읽어 보더니 너무 만화 같다고 합니다. 한번 읽어 보라고 주었는데, 저는 작가가 만들어 놓은 환상의 세계에 완전히 빠져들었습니다. 책 속에 나오는 마법의 학교에 가고 싶을 지경이었습니다. 그리고 조앤 롤링이 다음 편을 쓰기를 기다리곤 했습니다. 그래서 할머니의 조바심하는 마음을 이해할 수 있습니다.

할머니는 날이 갈수록 몸을 돌보지 않을 정도로 책에 몰입했습니다. 글도 열심히 썼습니다. 저도 할머니가 도서관에 갈 때마다 따라가서 책을 많이 읽었습니다. 교내 백일장에서 장원을 하고, 학교 대표로 서울시에서 주최하는 백일장에 나가 우수상을 받았습니다. 엄마와 아빠는 엉덩이를 두드리며 칭찬을 합니다.

"우리는 둘 다 문학과는 거리가 먼데 누굴 닮았을까?"

부모님은 내가 하루를 어떻게 보내는지 짐작만 할 뿐, 특별히 신경을 쓰지는 않습니다. 늘 함께 붙어 다니는 할머니의 영향을 받았으리라는 생각은 하지 않는 모양입니다. 엄마는 내 머리카락을 한번도 빗어 준 적이 없습니다. 할머니는 내 긴 머리카락을 한 가닥으로 묶어 주기도 하고, 혹은 정수리까지 치켜올려 돌돌 말아 똥머리를 만들어 주기도 합니다. 귀밑머리를 쫑쫑 땋아서 뒤통수에서 맞잡아 예쁜 핀을 꽂으면 친구들은 공주 같다며 놀립니다. 할머니는 처녀 때 미용 학원에 다닌 적이 있어서 내 머리를 여러 가지 모양으로 손질해 줍니다. 다른 아이들은 엄마가 머리도 빗겨 주고 옷도 챙겨 준다는데, 우리 엄마는 그런 건 하나도 못하면서 애정 표현만큼은 만점입니다. 엉덩이를 두드려 주고, 이마에 뽀뽀를 합니다. 엄마는 내가 아직도 어린아이인 줄 압니다.

할머니는 특별히 저를 아기 취급하지는 않습니다. 다른 할머니들을 보면 "아이구 내 새끼! 내 강아지." 하며 예뻐하는데, 우리 할머니는 늘 저에게 어른 대하듯 합니다.

"나는 이렇게 생각하는데, 지수 생각은 어때요?"

초등학교 일 학년 때까지도 할머니는 제게 존댓말을 썼습니다. 그래야만 제가 컸을 때 버릇없는 사람이 되지 않을 것이라고 했습니다. 정말 그런 것 같습니다. 다른 친구들은 엄마에게도 친구처럼 반말을 합니다. 어떤 때는 친구 같은 엄마를 둔 아이들이 부러웠습니다. 그런데 길에서 엄마에게 반말로 대드는 아이들을 보면, 할머니의 말이 맞다는 걸 깨닫습니다.

할머니와 나는 서로 일기를 교환해서 읽기도 합니다. 할머니의 글은 점점 문학적이면서 세련되어졌습니다.

＊월 ＊일

새벽에 일어나서 글을 조금 썼다. 새벽 다섯 시 반쯤, 하늘이 희붐하게 밝기 시작하면 약수터까지 산책을 하는 것이 나의 아침 운동이다. 복사기로 밀어낸 듯 똑 닮은 하루하루다. 우리가 느끼지는 못하지만 조금은 다른 날이다. 차츰차츰 기온이 내려가고 있다. 스웨터를 하나 걸치기 시작한 지 얼마 안 되었는데, 오늘은 얇은 내복을 꺼내 입었다. 이 시각에 약수터로 향하는 사람들은 대부분 노인들이다. 캐리어에 큰 물통을 여러 개 싣고 가는 사람들은 그래도 젊었을 때 기운깨나 썼을 법한 남자들이다. 나는 1.5리터짜리 물병 세개가 정량이다. 빈 병을 배낭에 메고 가서 약수터에 줄 세워 놓았다. 물 한 잔을 마신 후에 의자에 앉아서 차례를 기다렸다. 나무에 등을 텅텅 쳐 가며 기다리는 노인도 있고, 앞뒤로 팔을 뻗어 박수를 치며 기다리는 노인도 있다. 남자 노인들은 말없이 기다렸다가 물을 떠가지고 말없이 돌아갔다. 그래서 그들의 뒷모습은 더 쓸쓸해 보였다. 노파들은 모르는 사이라도 앉아서 곧장 이런저런 이야기를 시작했다. 만만한 게 날씨라 나는 날씨 이야기를 꺼내곤 했다.

"오늘은 바람이 많이 부네요. 하루가 다르게 기온이 내려가니, 우리 같은 중늙은이들은 감기 걸리기 십상이에요. 마스크 쓰고, 얇은 옷을 여러 겹 입었어요."

"그러게 말이에요. 병원에 갔더니 온통 감기 환자예요. 오히려 감기를 옮겨 오겠더군요."

약수터에 매일 다니다 보니 낯이 익어 알은체를 하지만, 약수터가 아닌 엉뚱한 장소에서 만나면 서로 고개를 갸웃거렸다. 어디서 봤더라. 매일 아침 약수터에서 얼굴을 보는데, 왜 이런 현상이 일어나는 걸까. 요즘 젊은 사람들은 조금만 친분이 있어도 모임을 만들었다. 약수터 모임이라도 만들 걸 그랬나? 친구를 많이 만들지 못한 게 참 아쉬웠다.

약수통을 짊어지고 돌아와 아침 식사를 준비했다. 지수 아빠와 엄마는 토스트에 우유 한 잔을 마시고, 출근 준비를 한다. 나와 지수는 된장찌개와 반찬을 식탁에 다 늘어놓고 먹은 뒤, 후식으로 사과 한 쪽도 곁들인다.

"다녀오겠습니다."

"다녀오겠습니다."

식구들이 우루루 현관문을 빠져나갔다. 갑자기 집안의 공기가 싸늘하게 식었다. 적막함이 집안을 가득 메웠다. 그 순간이 너무 싫어서 라디오를 틀어 놓고 집안일을 하기 시작했다. 세탁기를 돌려 놓고, 설거지를 했다. 베란다 문을 활짝 열어 놓고 청소기를 돌렸다. 텔레비전을 틀었다. 청소기 소리에 세탁기 돌아가는 소리까지 가세하자, 집안은 인공적인 활기로 되살아났다.

간단하게 점심 식사를 한 후에 도서관으로 향했다. 대출실에 들러 문학 코너로 갔다. 보고 싶은 책이 너무 많아서 책을 골라잡기가 힘들었다. 너도나도 읽어 달라고 책들이 조르는 것 같았다. 노트를 들고 가서 읽을 책을 몇 권 메모해 놓고, 한 권만 뽑아들었다. 읽는 속도는 느리고, 읽고 난 후에는 까맣게 기억이 나지 않을 때가 많았다. 그래서 책을 읽으면서 내용을 써 나가기 시작했다. 나름대로 내 기억력에 노크를 하는 셈이었다. 줄거리도 써 놓고 아름다운 문장들, 내게 울컥하는 감동을 주었던 문구들을 베껴 놓았다. 한참 지난 후에 노트를 펼쳐서 읽어 보았더니 그 책을 읽었던 감동이 다시금 새록새록 떠올랐다.

아무리 복사기로 밀어낸 듯 똑 닮은 날일지라도 오늘은 특별하게, 또 내일은 조금 다르게, 모레는 또 다르게 색칠하고 싶다. 약수터에서 담뱃갑의 비닐을 물고 날아가는 참새를 보았다. 입에 물었다가 떨어뜨리고는 다시 종종종 걸어와서 물었다. 날다가 떨어뜨리자 다시 내려와 물면서 무던히도 집요하게 애를 쓰고 있었다. 마침내 참새가 비닐을 물고 날아가자, 노인들의 얼굴에 웃음꽃이 피었다.

"거참, 먹을 것도 아닌데, 어째 저리 열심일까?"

"저 비닐이 참새에게 무슨 소용이 있을까요?"

나는 엉뚱하게도 그 참새의 입장에서는 그건 예술이 아니었을까 하는 생각이 들었다. 예술이라는 것이 실용적이거나 돈을 버는 것은 아니지만, 인생에 활력을 주고, 정신적으로 풍요로움을 안겨 주지 않는가? 나도 저 참새처럼 글을 새롭게 접근해서 써 보는 건 어떨까?

옛날 옛날에 예쁜 아기가 살았어요. 하는 식의 형식으로 글을 써 볼까? 지수에게 옛날이야기를 해 주듯이 글을 쓴다면 쉬울 것 같았다. 옛날에, 내가 돌보던 사촌 동생이 내가 지어낸 얘기를 재미있게 들어주었던 기억이 떠올랐다.

내 삶은 가난하고 형편없었다. 다락방에 누워서 왕자님과 공주님이 등장하는 황홀한 이야기를 지어낼 때면 행복했다. 어린 사촌 동생은 꿈나라로 가며 입가에 웃음이 번지곤 했었다.

"할머니, 옛날에 사촌 동생에게 옛날이야기 해 주었던 거, 제게도 들려주세요. 할머니가 해 주시는 얘기는 전래동화처럼 재미있거든요. 할머니는 창작 동화를 쓰셔도 좋을 것 같아요."

지수는 옛날이야기를 해 달라며 밤마다 졸랐다. 그래서 나는 또 기억을 더듬어 이야기를 지어내곤 했다. 이 글도 지수에게 이야기하는 형식으로 쓰니까 훨씬 수월했다.

"할아버지가 아버지에게 산토끼 노래를 가르쳐 주셨단다. 아버지는 또 우리 구 남매에게 산토끼 노래를 알려 주셨단다. 아버지를 생각하면 추운 겨울날 따뜻한 이불 속이 떠오르지. 토끼 가족처럼 고물고물한 아홉 명의 아이들을 이불 속에 집어넣고 모두들 만세를 부르라고 했단다. 만세를 부르면 이불은 텐트가 되었단다. '산토끼 토끼야 어디를 가느냐? 깡충깡충 뛰어서 어디를 가느냐?' 우린 아버지가 가르쳐 준 노래를 반복해서 합창했지. '산 고개 고개를 나 혼자 넘어서 토실토실 알밤을 주워서 올 테야.' 참 행복했던 시절이었지. 풍족하게 먹을 것이 있는 것도 아니었고, 옷을 빨고 나면 갈아입을 옷이 없어서 내복만 입고 이불 속에서 옷이 마를 때를 기다렸지. 단칸방을 가로질러 길게 늘어뜨린 빨랫줄의 빨래는 어찌 그리 더디 마르던지.

우리 할아버지는 일제강점기 때 비밀스레 독립군을 도왔다고 하더라. 그 많던 땅을 다 팔아서 군자금을 대느라 자손들이 너무 힘들게 살았다고 한다. 아버지 형제는 둘 뿐이었다. 아들들은 자식들을 많이 두었다. 우리 형제가 구 남매, 작은 집의 형제가 칠 남매였다. 엄마 말을 빌자면 정말 똥구멍이 찢어지게 가난하게 살았다. 우리 할아버지는 독립운동을 하며 자손들 먹을 것도 남기지 않았다. 그런데 왜 나라에서는 할아버지를 인정해 주지 않는 걸까?

옆집 남자는 부친이 독립운동을 했기 때문에 나라에서 연금이 나왔다. 오 형제인데, 맏형이 연금을 받기 시작하더니, 맏형이 죽으니까 둘째가, 둘째가 죽으니까 셋째가 받았다. 이제 셋째가 죽고 나니 넷째인 옆집 남자가 받기 시작했다. 옆집 여자는 남편이 돈도 못 벌고, 집에서 나가지도 않는다며 무던히도 구박을 하더니, 연금이 나오기 시작하자, 이제는 죽을까 봐 걱정이다. 몸에 좋다는 건 다 고아 먹이며 제발 오래만 살아 달라고 한다. 연금이 뭐 길래 사람의 가치가 그렇게 달라질 수 있는 건지, 원. 젊으나 늙으나 모든 가치를 돈으로 따지는 세상이 되었다.

할아버지 할머니가 돌아가신 지도 삼십여 년이 흘렀고, 부모님이 저 세상으로 떠난 지도 십 년이 다 되어 간다. 이제 작은아버지마저 작년에 돌아가셨다. 이제 이 세상에 남아 있는 사람보다 저세상으로 떠난 식구들이 더 많아졌다. 그들이 꿈에 자주 나타났다. 그들이 그립다.

이야기를 맛깔나게 잘 한다는 소리는 들었지만, 말처럼 글이 줄줄 써지지 않았다. 글 쓸 일이 없이 살아왔다. 어쩌다 글씨를 쓸 일이 있으면 삐뚤빼뚤한데다 받침도 하나씩 빼먹기 일쑤였지. 네 대고모들이 무식하다며 비웃을 때마다 얼마나 자존심이 상하고 비참했는지 모르겠다. 이제 네 대고모에게 기죽을 일이 하나도 없는데, 어린 시절을 돌이켜 보면 나도 모르게 주눅이 들곤 했다.

네 대고모가 중학교 고등학교 대학교를 차근차근 올라갈 때, 나는 초등학교만 졸업하고 외삼촌 댁에 아이 보기로 들어갔단다. 육 학년 때 한 반에서 일이 등을 다투었던 라이벌이었는데, 환경이 사람을 이렇게 변하게 하는구나.

외숙모가 아기를 낳았어. 나는 빨래를 들고 냇가로 갔지. 겨울이라 맨손으로 빨래를 하고 나면 손가락이 곱았어. 더운 방 안에 들어가면 어찌나 간지러운지 긁지 않고 배길 수가 없었어. 그때는 동상에 걸린 사람들이 많았단다.

나는 돌도 안 된 사촌 동생에게 동화책을 읽어 주었단다. 『백설공주』를 읽어 주고 또 읽어 주었지. 그러면서 내게도 왕자님이 찾아오기를 간절히 빌었단다. 그 시간이 내게는 제일 행복한 시간이었어. 도무지 벗어날 길 없는 현실에서 벗어나 꿈을 꿀 수 있었으니까. 어떤 목사님 설교를 들으니까 앞뒤좌우가 다 막혀서 막막하면 하늘을 보라고 하더라. 하늘은 뻥 뚫려 있으니까. 정말 창조주는 숨 쉴 구멍을 만들어 놓은 것 같더라.

나는 밥을 할 때마다 누룽지를 긁어서 말렸단다. 마른 누룽지를 찬장 한쪽에 모아 두었다가 집에 갈 때 가지고 갔단다. 그러면 엄마는 누룽지를 끓여서 몇 끼니를 때울 수 있었지. 외숙모는 그걸 뭐에 쓰려고 말리냐며 고개를 젓곤 했지. 있는 사람들이야 별것 아니었지만, 그건 우리 식구들의 목숨을 연장시키는 중요한 양식이 되었단다.

그것이 버릇이 되어 지금도 무엇이든지 말리고, 보따리에 싸 놓기도 하는구나. 전번에 내가 정신이 오락가락했던 거 기억하지? 그때 생각을 하면 지금도 온몸이 오그라드는 것 같구나. 지수가 우리 할머니가 치매에 걸렸다며 울고불고 난리였었지.

"할머니, 보따리를 왜 싸는 거예요? 어디 가시려고요?"

"으응, 우리 동생들이 배를 곯고 있는데, 나만 더운 밥 먹기가 미안해. 동생들한테 이 누룽지 갖다 주고 올게요."

동생들은 이제 아파트와 별장, 상가 건물까지 갖고 사는 부자가 되었다. 가난이 지긋지긋하다면서 악착같이 돈을 모은 결과였다. 그런데 내 눈에는 먹지 못해서 눈이 쾡 하게 들어가고, 벗겨 놓으면 갈비뼈가 알른알른하게 보이는 동생들 모습이 아직도 어른거렸다."

지수에게 말하듯이 글을 쓰니까 잘 써졌다. 이런 식으로 글을 쓰고 난 후에 잘 다듬어 봐야겠다. 노트북에 속을 탁 털어 놓고 나니 후련했다.

＊월 ＊일
오늘은 혼자서 병산서원에 갔다. 예전 같으면 여자는 들어오지도 못하던 곳이란다. 홀로 만대루에 앉았다. 일곱 개의 기둥 사이사이로 보이는 경치가 병풍을 펼쳐 놓은 듯 아름다운 경치라서 붙여진 이름이란다. 한 칸 한 칸 잘라서 보는 경치가 정말 한 폭의 그림이었다.
"경치를 빌리는 걸 차경이라고 합니다. 바깥의 경치를 공간 안으로 불러들인다는 뜻입니다."
해설사가 다가와서 설명을 해 주었다.
"공민왕이 지나가다가 유생들이 글 읽는 소리에 감복했다고 합니다."
이곳의 경치는 고려 공민왕이 살던 때나 지금이나 변하지 않았을 것 아닌가? 고즈넉하다. 세월이 뒷걸음질 쳐 내가 그 시대에 와 있는 것 같았다.
어릴 때 공부하던 생각이 났다. 나는 여섯 살부터 학교에 다니기 시작했다. 엄마는 집 앞에 있는 학교의 소사 아저씨에게 부탁해서 작은오빠가 학교에 갈 때 나까지 딸려 보냈다. 줄줄이 연년생으로 낳은 아이들을 돌보는 게 힘에 부치니까 그냥 학교에 보낸 것이다. 지금 생각하니 어린이집에 맡기듯이……

내 이름도 써 보지 못한 채 그냥 가서 책상 앞에 앉았다. 선생님은 칠판에 줄 긋는 것부터 가르쳤다. 선생님을 따라 가로로 줄을 긋다 보면 선생님은 싹 지우고 세로로 줄을 긋고 있다. 삐뚤삐뚤 줄을 긋다 보면 선생님은 다음 진도를 나가고 있다. 나는 그렇게 쉬운 것도 따라하지 못해 눈물을 뚝뚝 흘리면서 줄을 그었다. 아이들이 울고 있는 나를 놀렸다. 작은 오빠가 놀리는 애들을 한 대씩 때려 주었다. 나이가 어린 생각은 못하고 나는 왜 이렇게 매사에 굼뜨고 빠릿빠릿하지 못할까 하는 생각을 했다.

육이오전쟁 때 경상북도 영천으로 피난을 갔기 때문에 천막 교실에서 공부를 했다. 어린아이들에게 어찌나 혹독하게 공부를 시켰는지 모르겠다. 그래도 학교에 가는 시간이 제일 좋았다. 초등학교도 한 군데서 제대로 다닌 것이 아니라 여기서 찔끔, 저기서 찔끔 공부를 했다. 그러다 보니 초등학교 이 학년과 삼 학년을 두 번씩 다닌 것 같았다. 선생님은 숙제를 많이 내주었다. 산수책 이십 페이지를 푸는 숙제를 하다 보면 가운뎃손가락이 움푹 패었다. 연한 살이 육각형 연필의 모서리에 닿을 때마다 너무 아팠다. 아파서 눈물을 뚝뚝 흘리며 숙제를 했다. 엄마는 굳은살이 박이면 괜찮다며 남동생을 등에 업은 채 옆에서 연필을 깎아 주었다. 두 살 터울의 동생은 내 어깨 너머로 기웃거리며 자기도 학교에 가겠다고 칭얼거렸다.

전쟁이 끝나고 재판소에 다니던 할아버지를 따라 원주 백간리 사택에서 살 때는 책상 걸상이 있는 학교에 다녔다. 전쟁 통에 제대로 공부를 못했다. 엄마가 여섯 살에 학교에 보낸 것이 얼마나 잘한 일인지 모르겠다.

서울로 이사 와서 판잣집에 살면서 우리 형제들은 배를 곯아 가면서도 공부를 열심히 했다. 시험 때면 밤을 새웠다. 열두 살밖에 안 되었는데 어찌나 치열하게 공부를 했는지 모르겠다. 잠이 오면 대자로 손바닥을 때려 가며 공부했다. 단칸방에 동그란 밥상을 펴고 오빠 둘과 언니 둘의 틈에 끼어 앉아서 나는 밤늦도록 공부를 했다. 동생들 네 명은 엄마와 아빠 사이에 나란히 누워서 평화롭게 자고 있었다. 엄마 젖을 쪽쪽 소리 내어 빨다가, 또 자다가 하는 막내가 제일 행복해 보였다.

나는 네 대고모와 항상 일이 등을 다투었단다. 시험이 끝나고 나면 네 대고모인 선영네 놀러 가곤 했다. 선영네는 부자여서 양옥집에 살았다. 파란 대문을 열고 들어가면 바로 변소가 있었다. 냄새나지 말라고 탈취제도 매달아 놓고, 빗자루도 있었다. 그때 우리는 동네에 있는 공동변소를 이용하고 있었다. 누가 딱히 치우는 사람이 없어서 늘 냄새나고 지저분했다. 지금이야 간이 화장실에 들어가서도 냄새가 난다며 코를 싸쥐고 숨을 참고 난리지만, 그때는 개인 변소가 너무 부러웠다.

선영과 함께 동시도 외우고, 선영의 파란 눈 인형을 갖고 놀기도 했다. 우리는 종이에 인형을 그리고, 예쁜 옷을 만들어 입히며, 동화 속 나라를 함께 꿈꾸었다. 선영의 엄마는 항상 하얀 앞치마를 두르고 부엌에서 음식을 만들고 있었다. 비가 오는 날은 고추장을 넣어서 부침개를 부쳐 주었다. 들기름에 지글지글 소리를 내며 빨갛게 지져 낸 장떡을 한없이 집어먹으며 행복했다. 여름에는 미숫가루를 타 주었다. '집' 하면 떠오르는 집은 선영의 집이었다.

"오빠 방에 들어가면 안 돼. 성격이 얼마나 예민한지 조금만 비뚤어져 있어도 금방 안다니까."

금지된 그 방에 너무나 들어가고 싶었다. 문이 살짝 열린 틈으로 천장까지 맞닿은 책장이 보였다. 대영 오빠 방에 살며시 들어갔다. 세계동화전집, 세계문학전집, 셰익스피어 전집, 그 두툼한 책이 너무나 읽고 싶어서 안달이 났다. 책등을 만져 보고 있는데, 경기고등학교 교복을 입은 대영 오빠가 불쑥 들어섰다.

"오빠, 내가 오빠 방에 들어가지 말라고 했는데, 내가 변소에 간 사이에 정자가 살짝 들어간 거야. 나는 아무 잘못 없어."

선영이 쪼르르 들어와서 변명을 늘어놓았다.

"괜찮아. 정자는 무슨 책이 보고 싶니?"

"셰익스피어 전집이 다 보고 싶어요."

"그렇구나. 내가 한 권씩 빌려줄 테니 집에 가지고 가서 읽어도 돼."

"오빠, 정자한테 너무 친절한 거 아냐? 나는 손도 못 대게 하면서."

"니가 언제 책이나 읽었니?"

나는 대영 오빠를 오래도록 좋아하고 있었다. 우리 초등학교 교문에 플래카드가 붙었었다.

'경기고등학교 합격을 축하합니다.'

나는 셰익스피어 전집을 육 학년 여름방학 동안 다 읽었다. 오빠와 책에 대한 얘기를 나누고 싶었다.

그런데 가난 때문에 중학교 진학을 포기하고 외삼촌네로 아기 보기로 들어갈 때는 정말 굵은 눈물이 뚝뚝 떨어졌다. 공부에 한이 맺혔다. 신문 쪼가리만 보여도 읽고 또 읽었다.

일흔 살을 바라보는 나이에도 네 대고모가 배운 티를 낼 때마다 자존심이 상했다. 그리고 그 어린 날의 침울한 내 모습이 보였다. 열등감을 극복하기 위해서라도 이번 기회에 꼭 대학에 가고 말겠다.

E대 동창회에 다녀오겠다며 화려하게 차려 입고 나서는 선영을 볼 때면 가슴이 턱 막혔다. 돌아와서도 나의 존재는 무시하고 무슨 레스토랑에서 동창회를 했는데, 장관 부인도 왔다며 떠벌이는 선영 때문에 자존심이 상하다 못해 무참했다. 철없는 지수는 얘기를 더 해 달라고 선영을 붙들었다.

대학 갈 기회가 늘 주어지는 것은 아니다. 일흔 살이 넘어서 대학에 다니며 자신감을 회복한 언니를 보면, 나도 힘이 솟고, 소망이 생겼다.

* 월 * 일

가끔 혼자 누워서 나를 가만히 생각해 본다. 나는 누구일까? 나의 뿌리는 어디서부터 시작되었을까? 텔레비전에 나온 학자가 우리가 어디로부터 왔을까에 대해 속시원히 해결해 주었다.

우리의 먼 조상은 아프리카에서부터 시작되었단다. 북쪽으로 이동해서 시베리아를 거쳐 온 사람들의 얼굴은 하얗고 코가 크며 눈이 작다고 한다. 그리고 저 남쪽을 거쳐서 온 사람들은 피부가 검으며 눈이 크고 코가 넓적하다고 한다. 그러면 내 조상은 아무래도 시베리아를 거쳐 온 모양이라고 추측한다.

나의 본관은 충주 김씨다. 선영은 자기가 칠십 평생을 살아오면서 충주 김씨라고는 들어 본 적이 없다면서, 아무래도 상놈일 거라며 비웃었다. 사실 나도 그런 줄 알고 살아왔다. 족보도 없고, 종중도 없었다. 이 집 식구들이 종중산을 가꾸고 비석을 다시 세우고 대대적으로 벌초하는 걸 보면 부러웠다.

외국에서 온 사람이 귀화하여 자기 스스로 성씨를 만드는 걸 보면서 우리 충주 김씨도 그렇게 지어진 줄 알았다. 그런데 어느 날 인터넷을 뒤적이다가 충주 김씨를 찾아보게 되었다. 뜻밖의 이야기에 나는 얼마나 흥분했는지 모른다.

충주 김씨는 신라의 마지막 왕인 경순왕의 셋째 아들 영분공 김명종의 후손이라는 것이다. 그의 십육 세손 김남길을 시조로 하고 있다. 김남길은 고려조에 높은 벼슬인 문하시중을 지냈다. 지금으로 치면 수상이나 국무총리 정도의 높은 벼슬이다. 1466년 김도민이 평안북도로 유배를 가는 바람에 남한에는 몇 명 남아 있지 않다. 2000년 통계에 의하면 남한에 구천구십구 명이 살고 있단다. 오천만 명이 넘는 인구 중에서 겨우 구천 명이 살고 있으니 평생을 살면서 충주 김씨를 만난 적이 없었나 보다. 어쨌든 나는 왕족의 후손이라는 말에 어깨가 으쓱해졌다.

"그래서 그런 사실이 이제 와서 너에게 밥을 주나? 돈을 주나?"

선영은 내 말에 입을 비죽거렸지만, 나는 얼마나 뿌듯한지 모르겠다. 내 뿌리를 찾고 보니 내가 이렇게 형편없이 살 인생이 아니며, 나는 정말 고귀한 사람이라는 생각이 들었다. 내가 지어내는 옛날 이야기 속의 공주님이 바로 나였구나. 세상 길거리에 잘못 나와서 거지처럼 고생하던 공주가 생각났다. 옛날이야기는 언제나 행복한 결말로 끝난다. 나의 인생도 그렇게 될 것이라고 굳게 믿는다.

  할머니의 일기와 수필을 들여다보면, 가로 세로 퍼즐게임을 하는 것 같습니다. 할머니의 과거가 퍼즐 조각들로 하나하나 채워지면서 할머니의 모습이 차차로 선명하게 그려집니다. 할머니가 걸어온 역사가 선명하게 떠오르면서 겉으로 보이는 할머니의 모습이 아니라, 내면의 아름다움이 배어나옵니다.
  창밖으로 바비큐 그릴을 닦는 아빠 모습이 보입니다. 엄마와 대고모가 설거지거리를 들고 집을 향해 들어오고 있습니다. 저만치 유리창 너머로 보이는 가족들의 모습이 이 세상이 아닌 것처럼 느껴집니다. 할머니 노트북 속의 시간 속에 내가 들어간 것 같습니다. 내 몸은 여기 있지만, 내 영혼은 몸을 떠나 노트북 속으로 여행을 떠났습니다. 드디어 할머니의 젊은 날이 나타납니다. 열세 살의 어린 소녀 시대로 가기 위해 시곗바늘이 거꾸로 회전합니다.

젊은 날

* 월 * 일

초등학교 졸업식 날이다. 오 학년 후배가 송사를 읽었다.

"오늘 졸업식을 앞둔 언니 오빠들, 이제 이 학교를 떠나면 언제 만날 수 있을까요?"

졸업생들은 여기저기서 훌쩍거렸다.

"저 가시나가 왜 우리를 울리고 지랄이고?"

중학교로 진학하는 아이들은 아무렇지도 않은데, 이제 초등학교를 마지막으로, 더 이상 공부를 할 수 없는 여자아이들은 많이 울었다.

답사는 남학생이 읽었다. 그리고 후배들이 노래를 불렀다. 오 학년 때는 선배들을 향해 별 느낌 없이 불렀던 노래의 가사가 가슴을 후벼 파는 것 같았다.

'빛나는 졸업장을 타신 언니께 꽃다발을 한 아름 선사합니다. 냇물이 바다에서 서로 만나듯 우리들도 이다음에 다시 만나세.'

다시 만날 수 있을까? 졸업식을 끝으로 영영 못 만나는 친구도 있을 것이다. 졸업식에 참석한 엄마는 언니 오빠의 졸업장이 들어 있던 통을 비워서 가지고 왔다. 졸업장을 돌돌 말아서 통에 넣으며 눈물이 비어져 나왔다. 나를 위해서 졸업장 통 하나도 장만할 수 없는 가난이 너무 싫었다.

졸업식을 마치고 집에 돌아오니, 외숙모의 언니가 와 있었다. 졸업식을 마치고 하루도 집에 더 둘 수 없었던 엄마가 원망스러웠다. 언니들도 모두 졸업식과 함께 남의집살이로 보내졌다. 그녀는 나를 양평에 있는 외삼촌네 데려다 주려고 온 것이다. 그녀는 명동 백화점에서 일한다. 투피스에 코트를 걸치고 예쁜 가방을 든 모습이 영화배우 같았다.

어머니는 벌써 보자기에 내 옷을 싸 놓으셨다. 나는 보따리를 가슴에 안고, 그녀의 하녀처럼 길을 나섰다. 동생들이 따라오며 울었다.

"누나, 가지 마."

"언니, 언제 와?"

"우리 이제 다시는 못 봐?"

우리를 태운 버스는 강을 끼고 구불구불한 길을 조심스레 나아갔다. 양평읍을 지나면서 부대가 많았다. 철조망 안으로 군인들의 모습이 언뜻언뜻 보였다. 사람보다 군인이 더 많은 곳이었다.

외숙모가 이 추운 겨울에 딸을 낳았다. 강바람이 세어서 너무 추웠다. 내 나이 열세 살이었다. 별로 할 줄 아는 게 없었지만 외숙모는 옆에 있어만 줘도 든든하다고 했다. 군인인 외삼촌이 부대에서 하루 걸러 나오기 때문에 혼자 있기 무섭기 때문이었다. 밤이면 늘

대 우는 소리가 가까이에서 났다. 문은 창호지 문이라 짐승이 구멍을 뚫고 달려들 것 같았다.

외숙모와 잘 지내다가도 외숙모가 야단을 치면 엄마와 동생들이 보고 싶었다. 나는 심통이 나서 외숙모가 묻는 말에 대답하기도 싫었다.

겨울이 가고 봄이 왔다. 동네 여자들은 삼 월에는 논두렁으로 밭으로 다니며 냉이를 캤다. 나도 바구니와 작은 칼을 들고 여자들을 따라나섰다. 냉이를 캐는 것도 시간 가는 줄 모르게 재미있었다. 바구니로 하나 캐 오면, 외숙모는 된장을 풀어 넣고 냉이 국을 끓여 주었다. 서울에서는 다 사서 먹는데, 여기는 반찬이 널려 있었다. 사 월이 되자 쑥을 뜯으러 다녔다.

어느 날 산나물을 뜯으러 야산으로 몰려가는 여자들을 따라나섰다. 외삼촌이 좋아하는 씀바귀를 캐느라 정신을 팔다 보면 사람들이 아무도 없었다. 벌써 저만치 숲 속으로 들어가 있다.

"같이 가요~"

내가 소리치면 이쪽을 흘끗 쳐다보며 손짓을 하고는 앉은걸음으로 슬금슬금 더 들어갔다. 여자들은 나물 종류를 많이 알고 있어 이것저것 대바구니로 하나 뜯었지만, 나는 아는 게 없어 더듬거릴 수밖에 없었다.

"아악!"

뱀이 또아리를 틀고 나를 향해 갈라진 혀를 날름거렸다. 발이 땅바닥에 딱 들러붙어서 떨어지지 않았다. 정신 차려 김정자. 이럴 때는 어떻게 하라고 했지? 나는 뱀에게 길게 보이려고 이리 구불 저리

구불 뛰어서 사람들에게로 달려갔다. 그런 기억들이 무의식의 바다에 가라앉아 있다가 순서도 없이 툭툭 튀어나왔다.

외삼촌네 집에서 찻길을 건너면 초등학교가 있다. 어느 날, 초저녁에 그네가 몹시 타고 싶었다. 그날따라 놀이터에는 아무도 없었다. 나는 사촌 동생을 업은 채로 그네에 올라탔다. 조금만 더 올라가야지, 조금만 더 올라가자 하면서 발을 힘차게 굴렀다. 그런데 등 뒤가 허전했다. 돌아다 보니 아기가 모래 바닥에 떨어져 있었다. 입술이 새파랗게 질려서 달달달 떨 뿐 울지도 못했다. 앞이 캄캄했다. 그네에서 내려 아기를 끌어안았다. 이마에 모래가 박혔다. 그제서야 으앙 하고 울음이 터졌다. 길 건너에서 외숙모가 들을까 봐 아기를 들쳐 업고 운동장을 종종걸음으로 뛰었다. 어쩌나, 어떻게 하지 하면서 한참 뛰다 보니 아기가 잠들었는지 조용했다. 규칙적으로 뛰는 심장 소리가 등 뒤에 느껴졌다.

"정자야! 밥 먹어라."

찻길 너머에서 외숙모가 소리쳤다. 나는 슬슬 찻길을 넘어가면서 가슴이 콩닥콩닥 뛰었다.

"애 이리 주고 어서 밥 먹어라."

나는 괜찮다며 자꾸 뒷걸음질 쳤다.

외숙모가 아기를 포대기 위로 쭉 잡아 뺐다.

아기를 받아 안고는 기가 막힌다는 표정으로 나를 바라보았다.

"아니, 어쩌다가 이렇게 됐어?"

"그네를 타다가."

"그럼, 빨리 와서 치료를 해야지. 모래가 박힌 자리에서 진물이 나잖아."

외숙모는 소독약과 솜을 꺼내서 아기의 이마를 닦으며 후후 불어
주었다. 아기는 죽겠다고 울어 젖혔다. 나는 죄책감에 덩달아 흐느
껴 울었다.

"뭘 잘했다고 울어. 얼른 가서 밥이나 먹어."

그날은 배도 고프지 않았다. 이불을 뒤집어쓰고 울다 지쳐 잠이
들었다. 아침에 일어나니 눈이 퉁퉁 부었다. 그런 일이 있고 나면
며칠씩 외숙모 얼굴 보기가 껄끄러웠다. 잘 지냈던 세월들은 기억
이 나지 않고 사건 사고만 떠올랐다.

사촌 동생이 벌써 세 살이 되었다. 이제 말귀도 좀 알아들었다. 여
름날이었는데, 외숙모 반지를 보고는 자기도 반지를 끼워 달라고
졸랐다. 외숙모는 돌잔치 때 받은 금반지를 꺼내 늘려서 아기에게
끼워 주었다. 한나절 흙장난을 하며 놀았는데, 손가락에 끼었던 금
반지가 온데간데없다. 나는 아기를 잠깐 혼자 놀게 하고, 동네 아이
들과 술래잡기를 한 것이 마음에 걸렸다.

외숙모는 내게 아무 말 하지 않았지만, 괜히 눈물이 났다. 외숙모
는 아기가 흙장난 하고 놀던 곳을 다 뒤지고 다녔다. 아기가 물을
조금 섞어서 막대기로 두들기며 놀던 자리에는 진흙이 꾸덕꾸덕하
게 말라 가고 있었다. 나는 말도 하기 싫었고, 외숙모와 눈도 마주
치기 싫었다.

"정자야, 그렇게 말도 안 하고 입만 댓 발 나와서 부루퉁하고 있을
거면, 네 집에 가거라."

나는 외숙모의 말이 떨어지기 무섭게, 장작에 불이 붙듯이 푸르르

일어섰다.

외삼촌의 낡은 러닝셔츠를 꿰매서 그 안에 건빵과 말려 두었던 누룽지를 착착 집어넣고 마구리를 꿰맸다. 외숙모가 엄마 갖다 드리라며 돈을 주었다. 주머니에 넣어서 팬티 안에다 옷핀으로 찔러 두었다. 보따리를 머리에 이고는 서울행 버스에 올랐다. 서울로 향할수록 산이 낮아지고 하늘이 점점 넓어졌다.

동생들이 반가워서 나를 둘러 안고는 폴짝폴짝 뛰었다. 내가 내려놓는 보따리에 눈을 반짝였다. 아무리 좁은 집이라도 집에 오니 너무 좋았다. 엄마는 근심하는 눈초리로 나를 살폈다.

"외숙모가 다녀오라고 했어요. 걱정하지 마세요."

나는 팬티에 옷핀으로 찔러 두었던 주머니를 꺼내 엄마에게 내밀었다. 그제야 엄마의 얼굴이 펴졌다. 동생들은 건빵을 먹느라 목이 메었다.

몇 년째 보지 못한 언니들이 보고 싶었다. 언니들은 버스 차장이 되었기 때문에 기숙사에서 먹고 잔다고 했다. 오빠 둘만 고등학교와 중학교에 다니고 있었다. 동생 넷은 초등학교에 다니고 있었다. 언니들이 번 돈으로 오빠들 등록금을 대고 있었다.

아침에는 누룽지를 끓여서 끼니를 때웠다. 며칠 지나자 그것마저도 똑 떨어졌다. 엄마는 외삼촌네 빨리 가야 하지 않느냐고 물었다.

"집에서 쉬다가 천천히 오라고 했어요."

"쉬기만 하면 뭘 하나? 먹을 게 있어야 말이지. 외삼촌네 가면 먹는 걱정은 없을 테데……"

엄마는 똑 부러지게 가라는 소리는 못하고 이렇게 중얼거렸다. 동생들은 움직이면 배가 금방 꺼지니까, 하루 종일 천장만 보고 누워 있었다. 산토끼 노래를 가르쳐 주던 아버지가 몹시 보고 싶었다. 아버지는 장돌뱅이로 전국을 떠돌고 있었다. 한 달이나 두 달에 한 번 집에 들러 엄마에게 돈을 맡기고는 또 집을 나선다고 했다. 엄마는 그 돈으로 아껴 가며 아버지가 돌아올 때까지 살아야만 했다.

나는 오빠들과 동생들이 학교에 간 사이에 다시 양평으로 가는 시외버스에 올랐다. 강줄기가 보이고 부대들이 보이기 시작했다. 부대 철조망이 보이기 시작하자 반갑기도 하고, 마음이 불편하기도 했다.

"다시는 안 올 것처럼 푸르르 가더니, 왜 또 왔니?"

외숙모는 눈을 흘기면서 웃었다.

"아기가 보고 싶어서요."

사촌 동생이 반가워서 어쩔 줄 몰라 하니까 덜 무안했다. 나는 얼른 아기를 들쳐 업고 밖으로 나왔다. 너무 민망했고, 돌아올 수밖에 없는 우리 집 형편이 너무 속이 상해서 눈물이 핑 돌았다. 마당은 봄볕에 녹아 고무신을 신은 발이 쑥쑥 들어갔다. 사촌 동생은 등 뒤에서 펄쩍펄쩍 뛰며 좋아라 했다.

나는 사촌 동생에게 서울에 다녀온 이야기를 해 주었다. 구경한 것이 많아서 이야깃거리가 많았다. 여기서 사촌 동생을 돌보며 열심히 사는 수밖에 없었다. 동생은 아직 말은 잘 못해도 영리해서 내 이야기를 귀담아 들었다. 그리고 이야기 듣는 걸 무척 좋아해서 또 해 달라고 자꾸 졸랐다 여행은 짧았지만 추억은 길어서 이야기가 절로 만들어졌다.

"나는 아주 큰 나라의 공주였단다. 어느 날 나를 질투하는 마귀할 멈의 마법에 걸려서 그만 이 산골에 떨어지고 말았단다. 나는 왕자 님을 기다리고 있어. 이제 몇 년 동안 고생을 하면 왕자님이 백마를 타고 나타나서 나를 말에 태워 갈 거야. 아주 멋진 궁궐로 가서 매 일 드레스를 입고 춤을 추며 지낼 거야."

나는 백마 탄 왕자님을 그리워할 때마다, 대영 오빠를 떠올렸다. 보고 싶었다. 대영 오빠는 어떻게 지내고 있을까? 경기고등학교에 다녔지. 얼굴이 하얗고 귀티가 나서 꼭 왕자님 같았지.

"언니, 나도 궁궐에 데려갈 거야?"

"응, 언니 말 잘 들으면 데려갈 거야."

"이야기 또 해 줘."

아기는 끝없이 이야기를 탐했다. 이야기가 바닥이 났다 싶을 때, 엉뚱한 이야기가 머릿속에 떠올랐다. 아마도 어린 시절, 누군가 나 를 놀리느라 지어낸 얘기인지도 모르겠다.

"옛날에 어떤 아기가 살았단다. 언니가 개울에 가서 빨래를 하는 데 저 위에서 된장이 둥둥 떠내려 오는 거야. 고무신으로 건져서 먹 어 보니 우엑! 말도 안 듣고 편식이 심한 애기 똥이었던 거야. 고등 어도 안 먹고 시금치도 안 먹는 애기 똥이었어. 정말 맛이 없었지."

동생은 등 뒤에서 작은 주먹으로 내 등을 통통 두드렸다.

"언니, 그거 혹시 내 얘기야? 그 애기 이름은 뭐야?"

"이름이 없어."

"그 애기 이름이 없어야?"

나는 동생의 말이 재미있어서 눈물이 나도록 웃었다.

"에구, 저런 쓸개 빠진 것, 뭐가 저리 재미있누?"

외숙모는 문을 열고 내다보며 혀를 찼다. 나는 동생을 업고 더 멀리 동구 밖까지 나갔다. 외삼촌이 올 때까지 밖에서 빙빙 돌았다.

저만치 지프차가 와서 섰다.

"와, 아빠다!"

나는 지프차를 향해 뛰었다. 외삼촌이 내리고 지프차는 떠났다.

"정자 왔구나. 그래 집안은 다 편안하시고? 다들 고생이 많지?"

"네."

"외숙모가 너를 많이 기다렸어. 밤에 나도 없고, 너도 없으니 집이 절간 같다며 무서워했지. 네 외숙모한테 잘해라."

"네."

나는 마음이 놓였다. 외숙모는 내가 보고 싶었으면서 그렇게 쌀쌀맞게 말했구나. 하긴 내가 심통을 부리고 다시는 안 올 거처럼 찬바람을 일으키고 갔으니 화가 날만도 했다.

나는 좀 둔한 구석이 있었다. 외숙모가 깨 볶아 놓은 걸 아기랑 주워 먹다가, 촛불이 스펀지를 넣고 누빈 나일론 점퍼에 옮겨 붙었다. 나는 벽에 등을 문지르면 꺼질 줄 알고 비벼 댔다. 아기가 언니 불, 언니 불! 하면서 외숙모를 불렀다. 부엌에서 방을 들여다보던 외숙모가 달려와서 점퍼를 손으로 잡아 뜯었다.

"아이고 이것아, 얼른 나를 불러야지. 나일론이 등에 쩔꺽 들러붙으면 어쩌려고 그랬어. 시집도 못 갈 뻔했잖아."

외삼촌이 부대에서 바셀린을 얻어다 발라 줘서 내 등은 흉터 하나 없이 말짱하게 나았다. 외숙모 손에는 덴 자국이 크게 남아서 볼 때마다 죄송했다.

겨울이면 이 양평 산골은 허벅지까지 빠질 정도로 눈이 많이 내렸다. 동네 아이들은 산토끼 사냥을 나갔다. 산토끼가 밤에 다닌 발자국을 따라가면 토끼들을 잡을 수 있다고 했다. 두 패로 나뉘어서 한 패는 산꼭대기로 올라가고, 한 패는 산 아래에서 기다렸다. 산토끼는 뒷다리가 길어서 오르막길에서는 깡충깡충 잘도 뛰어오르지만, 내리막길에서는 잘 뛰지 못했다. 그래서 위에서 밑으로 내몰면 잘 잡혔다.

똥개를 동원해서 산으로 올라가는 애들을 보면, 일제강점기 때 일본 순사가 우리 독립군을 잡기 위해 하는 행동 같아서 보기 싫었다. 산토끼가 일본군에게 내몰리는 독립군 같아서 마음이 안타까웠다.

산토끼 노래를 가르쳐 주던 아버지의 모습도 떠오르고, 아홉 명이나 되는 형제들도 보고 싶었다. 뿔뿔이 흩어져서 이산가족이 되어 버려 찾을 길이 막막했다. 엄마는 어딘가에 잘 살아 있기만 바랐다.

열여섯 살이 되었다. 이팔청춘이었다. 춘향이 이 도령을 만났을 때의 나이가 되었다. 냇물이 반짝이며 흘러가고, 야트막한 산에 진달래가 피었다. 참새들이 포르릉 포르릉 마당에 내려와 풀씨를 쪼아 대며 쨱쨱쨱 즐거워하고 있다. 여기 와서 네 번째 봄을 맞았다. 여태까지와는 다른 봄이었다. 몸도 마음도 이상하게 달뜨는 느낌이었다. 체격이 작아서인지 열여섯 살이 되던 그 봄에 달거리가 있었다. 어쩔 줄 몰라 동동거리는 걸 외숙모가 보더니, 눈치를 챘다. 외숙모는 급한 대로 조카의 기저귀를 내 속옷에 꿰매 주었다. 그리고는 시내에 나가 기저귓감을 끊어다가 내 생리대를 만들어 주었다. 피에 젖은 생리대를 들고 나가 냇가에서 빨았다. 냇물에 핏물이 섞여 흘러갔다. 이런 건 엄마가 가르쳐 주어야 하는 거 아닌가? 눈물이 쏟아졌다.

"정자야. 이제 너도 아기를 가질 수 있는 여자가 된 거니까, 특별히 몸가짐을 조심해야 한다."

나는 부끄러워서 얼굴도 들지 못한 채 걸레만 비틀었다.

외숙모는 뜨개질을 잘했다. 빨간 털실로 내 옷도 떠주고, 사촌 동생 옷도 떠 주었다. 앞으로는 여자도 기술이 있어야 벌어먹고 사는 세상이 되었다고 했다. 아이를 보는 틈틈이 기술을 배우라며 미용 학원에 등록시켜 주었다. 명동 백화점에 다니는 외숙모의 언니가 백화점에서 예쁜 옷을 사다 주었다. 나도 지수처럼 예쁜 시절이 있었다.

마네킹 머리에 파마를 말기도 하고, 고대기를 화롯불에 달궈서 종이를 둥글게 마는 연습을 했다. 새로운 기술을 배운다는 게 참 재미있었다. 처음에는 서툴렀는데, 얼마쯤 지나자, 일이 손에 착착 붙었다. 이제는 학원생들끼리 서로 상대방의 머리에다 고대를 해 주는 연습을 했다.

양평읍에 나가기만 하면 군인들이 졸졸 따라왔다. 외숙모는 아무나 보고 헤프게 웃으면 안 된다고 주의를 주었다. 그래서 땅만 보고 걷기 시작했다.

어느 날, 내게도 기적이 일어났다. 그렇게 오매불망 기다리던 왕자님이 나타난 것이다. 백마를 타지는 않았지만 늠름하고 멋지게 등장했다. 외삼촌이 데리고 온 군인이 모자를 벗으며 활짝 웃었다. 대영 오빠였다.

대영과 읍내에 있는 영화관에서 영화를 많이 보았다. 나와 단둘이 있을 때면, 대영이 읽은 명작 소설에 대해 이야기해 주었다. 그리고 대영이 제대하면 어떻게 살아갈 것이라는 청사진을 펼쳐놓았다. 대영의 이야기를 듣다 보면 내가 이렇게 아이나 보는 소녀가 아니라, 훌륭한 사람이 될 것 같은 희망이 솟았다. 대영은 나를 동생 이상으로 생각하는 것 같지 않았지만, 나는 밤마다 대영과 사랑하는 꿈을 꾸었다.

대영이 군복무를 하던 삼 년 동안 나는 너무 행복했다. 대영의 여자라도 된 것처럼 좋았다.

어쩌다 방 안에 둘만 남을 때면 라디오 연속극에 나오는 남자처럼 나를 끌어안고 기습적으로 키스라도 할까 봐 걱정이 되면서도 기대가 되었다.

대영이 제대를 앞두자, 마음이 부산스러웠다. 대영을 따라나서고 싶었다. 내 나이 열아홉 살 때였다.

"오빠, 서울 갈 때 나를 좀 데려가면 안 될까?"

"정자가 집에 가고 싶구나?"

"사촌 동생도 이제 다 컸고, 나도 서울 가서 일자리 알아보고 싶어요."

외숙모는 내 등을 주먹으로 때리며 한숨을 내쉬었다.

"내가 네 속셈 모를 줄 아니? 언감생심, 대영에게 딴맘먹지 말거라. 잘못하면 너만 상처 입어. 너와 비슷한 처지의 남자를 만나 결혼해서 사는 게 좋은 거다. 그 집에서 널 받아 줄 줄 아니?"

외삼촌은 대영의 어깨를 두드려 주었다.

"이렇게 가고 싶다고 하니 데리고 올라가게. 본인이 좋은 게 좋은 거지. 정자야. 언제든지 오고 싶으면 다시 와도 된다. 알겠지?"

대영이 제대하던 날, 나도 보따리를 쌌다. 사촌 동생은 내 치마꼬리를 붙들고 울었다.

"언니, 왕자님 따라갈 때 나도 데려간다고 했잖아."

'집'은 내가 늘 꿈꾸던 그 집이 아니었다. 파란 대문을 열고 들어가면 변소가 있었던 그 집이 아니었다. 집 자리는 같은 곳이었지만, 거기에는 삼 층집이 세워져 있었다.

일 층에는 거실과 주방과 안방, 서재가 있었다. 이 층에 신혼 방과 아이 방, 삼 층에 손님방이 있었다. 화장실이 층마다 있었다. 지하에는 커다란 창고가 있어서 술, 김치, 과일 등이 가득 저장되어 있었다. 정말 꿈을 꾸는 것 같았다. 궁궐에 들어간 것 같았다.

화장실 세 개 딸린 삼 층짜리 집은 내게 너무나 힘겨운 일터가 되었다. 나는 매일 쓸고 닦았다. 그래도 외삼촌 집에서 부지런하게 일한 것이 몸에 배어서, 차라리 견디기 쉬웠다.

외숙모에게 배운 요리 솜씨와 사촌 동생을 돌보던 경험이, 살림을 사는 데 많은 도움이 되었다. 외숙모처럼 뜨개질을 해서 집안도 예쁘게 치장했다. 손님들이 많이 찾아왔다. 요리 학원에 다니며 서양 요리도 배우고 한식 조리사 자격증도 땄다. 손님을 잘 치르는 나를 보더니, 모두들 인정하며 믿고 맡겨 주었다.

"귀염 받는 것도 다 저 할 나름이라니까."

친척들도 뒤에서 나를 칭찬하기 시작했다. 선영이 어떻게든 트집을 잡으려고 했지만, 대영이 나를 싸고돌자 뒤에서만 투덜거렸다.

그렇게 긴 세월이 찰나처럼 지나갔다.

병국이가 어느새 자라 아내를 얻게 되었다. 여자 판사라는 말만 들어도 주눅이 들었다. 나는 점점 작아지고 있었다. 새 사람에게 책 잡히지 않으려고, 그리고 태어난 지수에게 무시당하지 않으려고 무엇이든 배우는 사람이 되었다.

저는 할머니의 일기를 보며, 우리 할머니, 할아버지에게도 그런 젊은 날이 있었다는 게 믿어지지 않습니다. 할머니가 처음부터 할머니는 아니었겠지만, 부끄러워 얼굴을 붉히며, 할아버지와 아름다운 사랑을 했다는 게 싱그럽습니다.

할머니가 처음 생리를 하던 날 빨래를 하며 눈물이 났다는데 나도 비슷한 경험이 있습니다.

수영장에서 갑자기 생리가 터졌는데, 어쩔 줄을 몰랐습니다. 마침 할머니가 계셔서 화장실로 데려갔고, 우선 진정을 시켜 주었습니다. 사 학년 때부터 이론적으로는 다 배웠는데 막상 닥치니까 당황스러웠습니다.

나는 할머니 손을 잡고 어기적거리며 집으로 돌아왔습니다. 대고모가 케이크와 꽃다발을 내밀며 환하게 웃었습니다.

"우리 지수! 여자가 된 걸 축하한다!"

나는 꽃다발을 받으며 대단한 사람이라도 된 듯 어깨가 으쓱거렸습니다. 할머니는 생리용 팬티를 선물해 주었습니다. 그러고는 연신 등을 쓸어 주었습니다. 다른 아이들은 부모님이 친구들을 초대해서 파티를 해 준다는데, 나는 그렇게 지나간 것이 섭섭해서 혼자 방에 들어가 울었던 기억이 납니다.

나는 내성적인 성격이라 친구가 별로 없습니다. 학년이 올라갈 때마다 짝하고만 어울립니다. 그렇다고 아주 친해서 집에까지 오고 가는 사이도 아닙니다. 또 학년이 올라가 반이 갈리면 자연스럽게 멀어지고, 새로운 짝하고만 어울립니다. 어떤 아이들은 열 명씩 클럽을 짜고 학년이 바뀌어도 쉬는 시간마다 모여서 쑥덕거리곤 합니다. 저희들끼리 깔깔거리며 웃을 때면 정말 소외감에 눈물이 나려고 합니다.

'유치한 얘기일 거야. 별것도 아닌 걸 가지고 괜히 폼 잡는 거야.'
비웃어 보지만, 그들이 부러운 건 사실입니다.

아빠는 승진을 빨리 해서 은행 지점장이 되었습니다. 엄마는 어린 날의 꿈을 이루어서 판사가 되었습니다. 외할머니는 대학교수입니다. 외가에 놀러 가서 할머니에게 다가가면, 할머니는 신문을 들고 돌아앉습니다.

"지수야, 잠깐만 엄마랑 놀아. 할머니 신문 좀 마저 보자."
"엄마는 지수가 귀찮으세요? 어머니한테 매일 맡기기 미안해서 데리고 왔는데, 이럴 거면 도로 집에 가는 게 낫겠어요."

엄마는 외할머니에게 퉁명스럽게 톡 쏘아 대고는 내 장난감을 가방에 챙겨 넣고 내 손을 잡아끌고 나옵니다.

"저저, 성질머리하고는!"

외할머니와 엄마는 늘 바쁘기만 하고, 행복해 보이지 않았습니다. 어떻게 사는 게 진짜 행복한 걸까요? 난 엄마 같은 사람은 되고 싶지 않습니다.

나는 놀이터에서도 늘 혼자 그네를 타거나, 미끄럼틀에서 미끄러져 내려옵니다. 할머니는 벤치에 앉아 내가 가는 곳마다 눈으로 따라다닙니다.

"형제라도 있으면 덜 외로울 텐데, 지수가 불쌍하네."

할머니는 혀를 차며 중얼거립니다. 초등학교 다닐 때는 눈을 계속 깜빡거리거나, 설사를 하거나 토할 때도 있었습니다. 병원에서는 틱 장애라고 합니다. 엄마의 관심을 끌어 보고 싶어서 그러는 거랍니다.

이제 다 크고 나니까 혼자라서 특별히 외롭거나 하지는 않습니다. 고독하면서도 한편으로는 간편하다는 생각이 듭니다. 어린 동생이 있으면 성가실 것 같습니다. 성공을 해 보겠다고 몸부림치는 엄마도 이제는 이해가 됩니다. 어차피 인생은 홀로 가야 하는 길이라는 걸 일찌감치 몸으로 체득했으니까요. 어린 나이에 이런저런 고민을 많이 하니까, 대고모가 나를 보드기라고 놀립니다.

내가 매일 보는 두 할머니의 삶을 통해서 내 미래를 점쳐 봅니다. 대고모는 무대에서 공연을 하고 싶다는 꿈을 아직도 갖고 있습니다. 다음 달, 축제 때 우리 댄스아카데미 회원들이 체육관에서 공연을 하게 되어 있어서 대고모는 가슴이 부풀었습니다. 대고모는 무대 체질이랍니다. 여섯 살 때 혼자 스케이트 유치부 부문에 나가서 일 등을 했답니다. 그때만 해도 스케이트를 타는 어린아이들이 없었답니다.

그리고 E대에 합격을 했답니다. E대 앞에서 옷을 사 입고 오면 사람들의 시선이 따라다녔고, 남자들이 집까지 졸졸 따라와서 신경이 쓰였답니다. 공부보다는 유행의 첨단을 걷고, 화장을 하고, 매니큐어를 칠하는데 시간을 더 보냈나 봅니다. 졸업 무렵에는 남자들이 학교 앞에 줄을 섰다네요. 메이퀸을 했다니 많이 예쁘긴 했나 봅니다. 의대를 졸업한 고모할아버지와 결혼해서 지금까지 아쉬움 없는 생활을 했답니다. 칠십 세가 다 되어 가는데 무대에 서는 꿈을 꾸는 대고모의 삶도 멋집니다.

할머니 말씀이 대고모처럼 부모덕에 대학 공부까지 다 마친 사람들은 공부에 목말라하지 않는답니다. 졸업과 함께 그냥 끝나는 거지요. 가난해서 때를 놓친 사람들은 평생 공부가 한으로 남아, 이것저것 끊임없이 배우려고 찾아 헤맨다고 합니다. 대고모처럼 남은 인생을 재미나게 사는 것이 좋은 건지, 할머니처럼 죽을 때까지 끊임없이 책을 읽고 공부하는 삶이 좋은 건지 아직은 모르겠습니다. 아무튼 할머니는 돌아가시는 그 순간까지 공부하면서 행복했던 것 같습니다.

두 분을 보면서 나의 백마 탄 왕자님은 어디 있을까 궁금합니다. 나도 언젠가는 결혼을 할 텐데, 그 사람은 지금 어디에 살고 있는지 궁금해집니다. 나는 거울을 들여다보며 대고모처럼 머리카락을 틀어 올려 봅니다. 우아해 보입니다. 그 순간 갑자기 누군가의 얼굴이 떠오릅니다. 할머니가 늘 자신의 왕자님을 꿈꾸다가 대영 오빠가 떠오르자 마음이 달떴다고 하던데, 그 달뜨는 마음이라는 게 이런 느낌일까요? 갑자기 얼굴이 달아오르며 가슴이 콩닥콩닥 뜁니다.

떠오르는 얼굴은 댄스아카데미의 고등학생 오빠 얼굴입니다. 결혼이라는 실체가 구체적으로 다가오지는 않지만, 나는 웨딩드레스를 입고, 오빠는 턱시도를 입고 음악에 맞춰 춤을 추는 거라는 생각이 듭니다. 호박마차를 타고 궁궐에 도착한 신데렐라가 왕자님의 눈에 들어 밤새 파트너가 되어 춤을 추듯이……. 상상하는 것만으로도 마음이 간질거립니다.

오빠는 댄스 특기생으로 체육학과에 합격했습니다. 그 대학의 교수가 되는 게 꿈이랍니다. 그때는 정말 그 오빠가 나의 우상이었습니다.

도전

매일 밤 눈알이 깔깔하면서도 잠이 오지 않았다. 텔레비전을 켜 놓고 잠깐 잠이 들었다가도 새벽 한 시면 잠이 깨서 아무리 눈을 감고 잠을 불러도 잠은 저만치 달아났다. 일어나서 주방으로 들어가 그릇들을 정리하고, 화장실에 들어가 깨끗이 청소를 했다. 그래도 시간이 가지 않았다. 마음이 불안했다. 기어코 깊이 잠이 든 병국과 지수 엄마를 깨우고 말았다.

"내일은 저하고 병원에 가 보세요."

"아닙니다. 병원에 가면 더 오래 살 거 아닙니까? 나는 빨리 지수 할아버지를 따라가고 싶어요."

처음에는 울적해하던 병국이 점점 짜증을 내었다.

"거기가 어디라고 따라가요, 산 사람은 살아야지요."

다음 날 휴가를 얻은 병국 내외는 나를 대학병원 신경정신과에 데려갔다.

"내가 정신병자에요? 여길 왜 데려와요?"

의사는 병국의 또래였다.

"어머니, 많이 힘드시죠?"

그런데 의사의 그 말 한마디에 눈물이 펑펑 쏟아졌다. 대영 오빠와 처음 만났던 열여섯 살의 꽃다웠던 시절부터, 그가 세상을 떠났던 그날까지 사십여 년의 세월이 주마등처럼 지나갔다.

"스트레스 중에서도 사랑하는 사람을 잃은 충격이 가장 큰 스트레스에요. 이 약은 마음을 편안하게 안정시켜 주는 것이고, 잠을 잘 자게 해 주는 약이에요."

"혹시 약에 중독되어서 평생 약 없으면 못 자는 거 아닌가요?"

"예, 예전에는 그랬는데, 지금은 약이 많이 좋아졌어요. 치료를 하시고 약을 끊으셔도 절대로 중독이 안 됩니다. 잡수시다 보면 어느 순간에 그만 먹어도 되겠다 하실 때가 올 거예요. 이 약을 잡숫고 아침에 일어나시면 마음이 편안하실 겁니다."

의사의 말처럼 아침에 일어나니 불안하던 마음이 가라앉았다. 이제 안정제를 먹으니 잠이 오지 않을까 봐 염려되지는 않았다. 그 대신, 저녁에 잠자리에 들면서 주변을 깨끗이 정리하고 깨끗한 옷을 입고 누웠다. 만약 내일 아침에 눈을 뜨지 않게 된다면 누구에게 발견되더라도 깔끔한 모습을 보이고 싶었다. 이렇게 살아서 무슨 의미가 있을까? 한시라도 빨리 지수 할아버지를 따라가고만 싶었다.

가족들이 하는 말들이 어려웠다. 전문 용어를 쓰면 알아듣지 못할 때가 많았다. 배우지 못한 것이 제일 서러웠다. 같은 거실에 앉아 있으면서도 외딴섬에 뚝 떨어진 듯 막막했다. 지수 할아버지가 살아 있을 때는 내가 몰라서 갸우뚱거리면, 가려운 데 긁어 주듯이 차근차근 설명을 해 주곤 했다.

"데트라포트가 날아갔다는데, 그게 뭐예요?"

뉴스를 함께 보다가 낯선 단어에 내가 답답해하면 지수 할아버지는 내게 노트를 가져오라고 했다. 지수도 쪼르르 와서 앉았다.

"자 봐. 바닷가에 보면 파도를 막기 위한 방파제로 콘크리트용 구조물이 있어. 삼발이 알지? 그렇게 생겼어. 지수도 후포에 갔을 때 봤지?"

노트에 그림까지 그려 가며 자상하게 설명을 해 주었다. 지수와 나는 똑같이 아하? 하고 웃었다.

"그런데 그렇게 엄청나게 큰 데트라포트가 날아가요?"

나는 놀라서 눈을 동그랗게 뜨고 지수 할아버지를 바라보았다.

"바람이 무서워요."

지수도 내 품에 안기며 진저리를 쳤다. 지수는 그때 유치원에 다니고 있었다. 우리는 수준이 똑같았다.

정신과에서 안정제를 타다 먹으며 살았다. 그냥 살았다. 멍하니 텔레비전 드라마를 보면서 살았다. 여기를 틀었다가 저기를 틀어도 드라마 속의 이야기는 다 연결이 되는 것 같았다. 막장 드라마라며 지수 엄마는 보지 말라고 했다. 그러나 그 이야기가 그 이야기였어도 달리 할 게 없었다.

그렇게 죽었는지 살았는지 모르게 살고 있던 어느 날, 무심코 텔레비전을 보다가 눈이 번쩍 뜨였다. 구십칠 세의 할머니가 그녀의 그림과 함께 소개되었다.

그랜마 모세는 열 명의 자녀들을 다 키워 출가시키고 나니 칠십팔 세가 되었다. 손가락 관절염 때문에 더 이상 바느질을 할 수 없게 되었다. 그녀는 그때부터 그림을 그리기 시작했다. 구십칠 세가 된 지금 그녀는 세계적으로 유명한 화가가 되었다.

나는 그때 육십삼 세였으니 그랜마 모세가 그림을 그리기 시작했을 때보다 열다섯 살이나 아래였다. 갑자기 나도 무언가 할 수 있다는 의욕이 생겼다. 가라앉아 있던 욕망이 들썩거렸다. 내게 아직도 이런 마음이 있다는 게 의아할 정도였다. 지수 할아버지가 저세상으로 간 지 이 년째 되던 해였다. 의사의 말대로 이제 약을 그만 먹어도 되겠다는 생각이 들었다. 그날 밤부터 안정제를 단호하게 끊기로 했다. 지수 엄마는 안정제를 영양제라 여기고 계속 먹는 게 좋을 것 같다고 했다.

병원에 가서 의사와 상담을 했다.

"처음 약을 먹기 시작했을 때, 선생님이 약을 안 먹어도 괜찮을 것 같은 생각이 들 때가 온다고 하셨잖아요. 지금 그런 생각이 들어서요."

의사는 환하게 웃었다.

"그렇게 하세요. 많이 좋아지셨어요. 제가 그런 때가 올 거라고 했잖습니까? 어머니, 운동도 하시고, 취미 생활도 해 보세요. 지내시다가 또 이상한 느낌이 드시면 곧바로 병원에 오세요. 이것도 다른 병처럼 잘 두지거든요."

의사의 선선한 대답에 마음이 놓였다.

이제부터 뭘 하지? 뭘 해야 내가 제일 보람을 느끼며 행복할까? 특별히 하고 싶은 일이 떠오르지 않아 하루 종일 뒹굴며 궁리를 했다. 창밖으로 추적추적 비가 내렸다. 창문을 열면 빗소리에 모든 소리들이 숨죽였다. 빗줄기에 시원하게 목욕을 하며 파릇파릇 초록으로 살아나는 나무들과 풀들의 생동감이 내게도 힘을 실어 보냈다.

아, 내가 왜 그 생각을 못했지? 늘 한으로 맺힌다면서 중얼거려 놓고는 까맣게 잊고 있었다. 지수 할아버지를 잃은 슬픔이 생각의 통로를 꽉 막고 있었나 보다. 통로가 열리자 생각들이 서로 밀치고 나오기 시작했다. 공부였다. 그래, 나는 공부가 너무 하고 싶었다. 그 생각 하나만으로도 내 마음에 따뜻한 물이 가득 차오르는 느낌이 들었다. 그중에서도 문학 공부를 하고 싶었다. 그리고 그중에서도 소설책을 읽고 싶었다. 소설이야말로 수많은 인생을 간접적으로 살아 볼 수 있는 길이었다.

어떻게 시작할까? 좋은 방법이 떠오르지 않았다. 일단은 내 방에 책상과 책장을 들여놓아야겠다. 서재로 들어갔다. 책이 많기는 했지만, 가족들이 보던 전공 서적이라 어려워서 볼 수가 없었다. 무슨 수학 공식이 잔뜩 적힌 영어책들이 가득했다. 지수 할아버지가 보던 책들은 이제 오래되어서 글씨가 너무 잘았다. 게다가 세로 줄에 이 단으로 되어 있어서 이제는 볼 수가 없었다. 내가 어렸을 때 빌려다 보던 셰익스피어 전집도 마찬가지로 글씨가 세로 줄에 이 단이었다.

이런 책을 어떻게 읽었을까? 사람 눈이 가로로 생겼기 때문에 가로 글씨를 보아야 한다는 어느 학자의 이야기가 떠올랐다. 책을 많이 사고 싶었다. 노트와 펜도 많이 사야겠다. 메모지에 필요한 것을 적어 나가는데, 너무 흥분이 되어 손가락이 떨렸다. 서점에 가서 읽고 싶은 책을 다 뽑아서 들고 올 생각에 가슴이 벅찼다. 왜 진작 이런 생각을 하지 못했을까? 이 년 동안 누워서 허송세월을 보낸 것이 너무 안타까웠다.

작은 책이 전공 서적들 한 귀퉁이에 꽂혀 있어서 꺼내 보았다. 버지니아 울프의 『자기만의 방』이었다. 그 책 제목을 보는 순간 머리에 번개를 맞은 것 같았다. 바로 이거였다. 나만의 방을 만들어 보자. 돋보기를 꺼내서 읽기 시작했다.

영국의 여류작가 제인 오스틴은 런던에 가 본 적도 없다고 했다. 그녀는 자기 방도 없이 사람들이 드나드는 거실에서 그 유명한 『오만과 편견』을 썼다고 했다. 제인 오스틴에 비하면 나는 나이가 많다는 것 외에 부족한 것이 아무것도 없질 않은가? 자신감이 생겼다. 누워서 죽을 날만 기다리던 나는 훌훌 털고 일어났다. 『자기만의 방』을 읽고 난 후, 나는 완전히 다른 사람이 되었다. 지수 할아버지도 내가 비관적으로 죽음만 기다리는 것보다 힘차게 일어서길 바랄 것이다.

지수 할아버지는 노후 준비를 한다며 개미처럼 돈을 모았다.

"사람이 아무리 열심히 노후 준비를 해도, 하느님께서 그날 밤 생명을 거둬 가 버리면 재산이 다 무슨 소용이 있겠습니까?"

목사님의 설교가 떠올랐다. 행복하고 보람차게 보내기 위해서는, 취미 생활을 만들었어야 했다. 내 재능을 충분히 살리면서 평생을 해도 싫증나지 않는 일을 찾았어야 했다. 그나마 다행인 것은 내게 돈이 많이 남아 있다는 것이다. 취미 생활을 하기에 충분했다.

서둘러서 그 다음 날로 책상과 책장을 장만했다. 서점에 가서 책을 트럭으로 한 차 싣고 왔다. 내 방은 누울 자리만 빼놓고는 책으로 도배를 하다시피 했다. 행복하다 못해 황홀했다. 병국은 다시 정신이 이상해진 게 아니냐며 약을 끊었기 때문이라고 충고했다. 나는 그랜마 모세와 『자기만의 방』에 대해 이야기해 주었다. 가족들은 그제야 선택을 잘한 거라며 격려해 주었다.

"방이 너무 비좁아요. 책장을 거실 한쪽 벽면에 설치하는 게 좋겠어요. 도서관처럼 꾸며 드릴게요. 지수에게도 좋을 것 같아요."

지수 엄마의 성화에 그쯤에서 합의를 보았다.

벅찬 마음으로 새벽을 맞은 지 벌써 여러 해가 지났다. 그때 서둘러서 책상과 책장을 장만한 건 지금 생각해도 너무 잘한 일이었다. 순간의 선택이 평생을 좌우한다는 광고도 있지만, 정말 선택을 잘했다.

나는 새벽에 일어나면 화장실에 들어가 제일 먼저 거울을 보았다. 손바닥으로 얼굴을 문지르고 귀를 문지르고 온몸을 사랑스럽게 주물렀다. 봄철의 시든 사과처럼 온 얼굴을 덮고 있는 자글자글한 주름은 내가 문지르는 대로 이리 밀리고 저리 밀렸다. 탄력이라고는 조금도 없는 얼굴이었다. 꼬불꼬불하게 파마한 머리카락도 쓰다듬어 보았다. 그리고 거울을 향해 엄지손가락을 치켜들었다.

"김 정자, 멋지다. 오늘 하루도 힘차게 시작하는 거다."

나는 거울 속의 김정자를 향해 하하하! 큰소리로 웃었다.

책상 위에 쌓아 놓은 노트를 보면 흐뭇했다. 나는 어떻게 작가가 되는지 몰라 무조건 읽고 베꼈다. 지수의 교과서, 우리나라 소설에서 부터 번역 소설까지 무조건 베꼈다. 단어, 띄어쓰기, 맞춤법은 배우지 않아도 절로 터득이 되었다. 성경책을 한 권 필사하는데 일 년 반 정도 걸렸다. 몇 시간씩 앉아서 글씨를 쓰고 났더니 변비에 걸렸다. 하루는 변기에 앉아서 끙끙대다가 항문에서 피가 터지는 바람에 병원에 실려 갔다. 게다가 아침에 손가락이 구부러지지 않았다. 관절염인가 싶어서 병원에 갔더니 인대가 늘어났다며 무슨 일을 하느냐고 물었다. 의사는 늘어진 고무줄처럼 인대가 탄력을 잃으면 어떻게 되겠냐며 손가락을 아끼라고 했다. 하지만 멈출 수가 없었다.

처음에 쓴 노트를 보면 글씨가 엉망이었다. 평생 펜을 잡지 않았던 터라 손끝이 떨려서 제대로 글씨가 써지지 않았다. 지렁이가 기어가듯 삐뚤빼뚤한데다 글씨가 컸다 작았다 하며 고르지 못했다. 이제 가운뎃손가락 손톱 근처에 제법 큼지막한 굳은살이 박였다. 삼 년간 펜을 몇 백 자루는 쓴 셈이었다. 책상 위에 쌓아 놓은 노트를 바라보면 내가 작가라도 된 것처럼 뿌듯했다. 먹지 않아도 배가 불렀다.

내친 김에 복지관에 가서 컴퓨터를 배웠다. 젊은이들이 한 달 배울 거 나는 일 년 배우면 된다는 각오로 시작했다. 노트북을 장만했다. 이제는 펜으로 쓰지 않고 워드프로세서로 작업을 하니, 아침마다 아파서 절절매던 손가락이 이제 아프지 않았다. 블로그도 만들었다. 내 아이디는 인동초라고 지었다. 정말 오랜 겨울을 인내하며 살아온 것 같다. 내가 글을 올리면 수백 명이 댓글을 달아 주었다. 용기가 나고 살맛이 났다. 이제 내 나이 예순여섯 살이 되었다. 다른 것에도 도전할 용기가 생겼다. 뭐든지 할 수 있을 것 같았다. 행복하고 뿌듯했다. 지수 할아버지 없이 혼자서는 못 살 줄 알았는데, 문학을 통해 나는 새롭게 태어났다. 문학이 나에게 살아야 할 목표를 제시해 주었다.

　할머니의 글을 읽고 박수를 쳐주고 싶습니다. 가슴이 뭉클합니다. 이 글의 제목을 〈한계를 뛰어넘다〉나 〈도전〉으로 하면 어떨까요?
　저는 지금 고등학교 이 학년에 다니고 있습니다. 이제 키가 백칠십삼 센티미터가 되었습니다. 사람이 꿈을 꾸는 대로 이루어진다는 말이 실감납니다. 열두 살 때 대고모와 함께 다닌 댄스아카데미 원장 선생님을 부러워했습니다. 그런데 지금 내 모습을 보니 내가 기억하고 있는 원장 선생님과 너무 닮아 있습니다.
　할머니도 저와 함께 고등학교 이 학년 과정을 공부하고 있었습니다. 할머니의 언니가 칠십 세에 수원에 있는 대학교에 들어갔습니다. 할머니는 내년에 대학교 국문학과에 진학하는 게 첫 번째 꿈이었습니다. 졸업하고 나면 외국인 여성들과 배움의 기회를 놓친 노인들에게 한글을 가르치는 게 두 번째 꿈이었습니다. 마지막으로 작가가 되는 게 세 번째 꿈이었습니다. 할머니의 도전은 끝이 없었습니다.
　얼마 살지는 않았지만, 나의 인생은 할머니가 한 걸음 한 걸음 앞서가며 발자국을 내 주신 길을 따라가는 것이었습니다. 삶을 소중하고 치열하게 사는 방법을 몸소 실천하며 내게 가르쳐 주었습니다.

남자 친구

＊월 ＊일

　출근하는 지수 엄마에게 근처 도서관에 데려다 달라고 부탁했다. 도서관 입구에 내리자, 주변을 둘러보았다. '책 속에 길이 있다' 라는 까만 머릿돌이 마음에 들었다. 이 도서관은 공원 안에 있다. 공원은 나무가 많았다. 쥐똥나무, 낙상홍으로 울타리를 쳤다. 쥐똥나무는 까만 열매를 낙상홍은 빨간 열매를 매달고 있다. 잔디밭 중간에 살구나무, 대추나무, 산딸나무, 꽃사과나무가 서 있고 그 사이로 이리저리 오솔길이 나 있다. 오솔길을 걸으면서 정말 책 속에 길이 있어서 걸어 들어가는 상상을 해 보았다. 도서관 건물 현관에 게시판을 들여다보았다. 일 층에 대출실과 어린이실이 있다. 특이한 것은 어르신 방이 있다는 것이다. 이 층에 남자 열람실과 여자 열람실이 있다. 삼 층에 여학생 열람실이 있다. 내 연배의 노인이 모자를 벗더니 꾸벅 인사를 하며 웃었다.

"여긴 무슨 일로 오셨나요?"

이곳에서 일을 보는 분인가 싶어서 나도 목례를 했다.

"도서관에 처음 왔는데, 책을 빌려 볼까 하고 왔어요."

그는 나를 대출실로 안내해 주었다. 직원에게 증명사진과 주민등록증을 내밀자 잠시 후에 대출증을 만들어 주었다. 서가를 둘러보고 책을 한 권 빌려 나오는데, 노인이 그때까지 로비에서 기다리고 있었나 보다. 차 한 잔 하자고 했다. 머뭇거리며 그의 뒤를 따랐다. 문 위에 '어르신 방'이라고 적혀 있다. 응접세트가 되어 있고, 빙둘러 책장이 있다. 서재에 들어선 듯 아늑한 분위기였다. 두리번거리는데 노인이 자동판매기에서 커피를 뽑아 들고 들어왔다. 내가빌린 책을 보더니, 노인의 눈이 반짝거렸다.

"문학에 관심 있으십니까? 이거 정말 반갑습니다. 이 방에서 문학모임이 한 달에 두 번 있습니다. 첫째 주에는 수필을 한 편씩 써 가지고 와서 읽고, 서로 합평도 하고 있습니다. 셋째 주에는 책을 선정해서 다 함께 읽고는 토론을 합니다. 저는 문학회 회장을 맡고 있는 민영규라고 합니다."

"아, 네. 저는 지수 할머니예요."

"존함을 여쭤 봐도 되겠습니까?"

"네? 제 이름요? 제 이름을 말해 본 지가 언제인지 모르겠네요. 김정자라고 해요."

가슴이 두근거렸다. 이 나이에 정말 주책이었다. 내가 꿈꾸던 세계가 바로 이런 거라는 생각이 들었다. 지수 할아버지 외에 다른 남자와 단둘이 얘기를 해 본 적이 없어서 조금은 겸연쩍고, 안절부절

못하겠다.

"젊었을 때 따로 문장 공부는 하셨습니까? 문장은 체홉이지요."

이 남자는 눈이 잘 안 보이는지, 자기 얼굴을 내 얼굴에 바싹 들이대며 물었다. 나는 어색해서 뒤로 한 걸음 물러나며 대답했다.

"네. 저도 〈개를 데리고 다니는 여인〉을 베껴 쓴 적이 있는데, 문장이 간결하고 묘사가 참 빛나더군요."

그러자 남자가 두 손을 내밀어 내 손을 덥석 잡고는 흔들며 껄껄 웃었다.

"하이고, 말이 통하는 분을 만나기 어려운데, 정말 반갑습니다. 제가 체홉이나 톨스토이 같은 작가 얘기를 꺼낼라치면 주변 사람들에게 미친 사람 취급을 받았습니다. 분위기를 망친다, 술맛 떨어진다는 겁니다. 그런데 우리 문학회 회원들은 정서가 비슷하고, 대화가 잘 통한답니다."

정말 공감이 가는 말이었다. 친구들은 지금 수영장이나, 댄스아카데미, 노래교실에 다니고 있다. 게다가 시간을 죽이는 데는 고스톱만한 게 없다면서 틈만 나면 모여 앉아서 고스톱을 쳤다. 다리가 저리네, 허리가 아프네 하면서도 한가하면 모여 앉았다.

나는 어렸을 때 오빠한테서 민화투를 배웠다. 명절 때 형제들끼리 모여 민화투를 치고 손목 때리기 게임을 한 적은 있다. 엄지와 검지를 딱 붙여서 손목을 여러 차례 맞고 나면 손목에 시뻘겋게 손가락 자국이 났다. 그건 내게 아련하게 남은 추억이었다. 하지만 고스톱은 배우지 않았다. 화투 낱장을 세면서 뭐가 몇 점이면 돈이 얼마라며 계산을 하는 걸 보면 머리가 지끈거렸다. 구경하는 것도 시간이 아까웠다.

"시간을 아껴야지. 시간을 죽이면 되나?"

나는 그렇게 남의 시간이 죽어 나가는 것도 아까웠다. 내가 그런 생각을 하는 동안, 그들 역시 내가 도서관에 간다고 하면 해괴한 소리를 들은 듯이 나를 다시 돌아보았다.

"이 나이에 책 오래 보면 괜히 눈만 버린다. 건강에 도움이 안 돼요. 그저 운동이 최고야. 속 시원하게 노래를 부르든가. 아니면 고스톱을 쳐. 그래야 치매에 안 걸린다니까."

나는 그렇게 말하는 사람들을 향해 고개를 끄덕여 주기는 했지만, 그런 식으로 건강하게 오래만 살아서 뭐할 건데? 라고 속으로 중얼거렸다. 마음이 통하는 민 회장을 만나고 보니, 박하사탕을 먹은 것처럼 마음이 화하고 시원한 느낌이 들었다.

열여섯 살 때, 대영 오빠를 만난 이후, 가슴이 두방망이질치는 걸 느껴 보지 못했다. 민 회장이 남자여서일까? 아니면 말이 통해서일까? 이제 얼굴까지 화끈거렸다. 새벽에 일어나 세웠던 계획들과 미래에 대한 소망이 이루어지는 것 같았다.

젊었을 때는 부끄러움을 많이 탔다. 말을 꺼낼라치면 소심해서 말을 더듬고, 떨리며 갈라져 나오는 목소리에 가슴이 콱 막히고, 얼굴이 달아올랐다. 다른 사람들이 빨개진 내 얼굴을 보는 게 또한 부끄러웠다. 가슴이 콩닥거려서 숨을 제대로 쉴 수조차 없었다. 침 삼키는 소리는 내 귀에 왜 그리 크게 들리던지. 젊었을 때는 그게 참 성가셨다.

이제 예순도 중반을 넘어서니 아무 거리낌이 없어졌다. 누가 나를 어떻게 볼까? 남의 시선에 무신경해졌다. 많은 사람들 앞에서 농담을 툭툭 던지는 건 예사고, 아무리 노력을 해도 얼굴이 붉어지지 않았다. 웬만한 일에는 가슴이 두근거리지 않았다. 멋진 남자가 말을 걸어도 아무렇지도 않다. 이렇게 변화된 내가 대견하고 좋았는데, 어느 순간 간담이 서늘해졌다. 내가 더 이상 여자가 아니라는 사실, 여성성을 잃고 제3의 성이 되었다는 사실 때문에 화들짝 놀랐다. 얼굴도 마음도 껍질이 너무 두꺼워져서 웬만한 일에는 감정이 쉽게 움직이지 않았다.

나는 대뜸 그에게 식사를 대접하겠다고 말했다. 그의 얼굴이 붉어졌다. 그는 이제 남성성을 잃고 제3의 성이 되어 가고 있는가 보다. 우리는 쉽게 친구가 될 수 있을 것 같았다.

"저는 중학교 교장으로 있다가 퇴직한 지 몇 년 되었습니다. 은퇴하고 나니 갑자기 할 일이 없고 갈 곳도 마땅치 않았습니다. 아내는 집에 죽치고 있지 말고 어디라도 나가라고 아침마다 등을 떠밉니다. 아내의 성화에 무작정 문밖으로 나왔습니다. 비슷한 시기에 퇴직한 선후배들과 모여서 등산도 하고 스크린 골프도 가끔 쳤지요. 그런데 우리 같은 사람들은 동적인 것보다는 정적인 일을 해야 오래 할 수 있습디다. 책이나 실컷 읽어야겠다는 생각으로 이 도서관에 다니기 시작했지요. 시간도 잘 가고 책 읽는 재미도 쏠쏠합디다. 그래서 선후배들을 모아 함께 독서클럽을 조직했어요. 그렇게 시작된 게 이 모임인데, 해가 거듭할수록 인원이 늘어서 회원이 이십 명 정도 됩니다."

내 인생에 민 회장을 만난 게 얼마나 행운인지 모르겠다. 꼭 필요한 때에 이런 인연을 만난 것이 우연이 아닌 것 같다. 간절히 원하면 온 우주가 도와준다는 말을 책에서 읽은 기억이 났다. 이제 다른 작가들의 작품을 베낄 게 아니라, 나의 글을 써야겠다는 새로운 목표가 생겼다. 내 세계를 만들어 즐겁게 살고 있는데, 친구들은 나만의 세계에 갇혀 살고 있다고 말하곤 했다. 내 심장이 고장 난 초침처럼 한 자리에 멈춰 서서 똑딱거리고 있다. 나 혼자만 그런 줄 알았는데, 민 회장을 보니, 일란성 쌍둥이라도 만난 듯 눈물겹다. 우리는 젊은 아이들처럼 전화번호를 주고받았다.

"궁금한 게 있으면 언제라도 전화 주십시오. 언제든지 달려가겠습니다."

나는 대서양이든, 태평양이든 달려가겠다는 가요가 생각나서 입을 가리고 웃었다. 민 회장과 헤어져 도서관을 나오면서 자꾸 웃음이 나왔다.

아홉 시면 잠자리에 들었는데, 열두 시가 넘어도 말똥말똥한 게 영 잠이 오지 않았다. 민 회장의 목소리가 귓바퀴에 매달려 반복해서 들려왔다.

"문장은 체홉이지요. 책을 선정해서 읽고 독서 토론도 하고, 글을 써 오면 합평도 합니다."

아무런 생각을 할 수가 없을 지경이었다. 책상 위에 놓여 있는 노트북을 열었다. 모두 잠들고 나만 깨어 있는 것 같다. 이 시간에 깨어 있기는 생전 처음이다.

삼 년째 새벽 세 시면 일어나서 나만의 시간을 가졌다. 그 시간도 행복했지만, 이 밤 시간은 어딘지 모르게 색다르다. 깊고 푸른 어둠

속으로 나를 데려갈 것만 같았다. 책을 읽고 쓰는 게 습관이 되었다. 시작이 반이라는 말이 들어맞는 걸 실감한다. 책상 위의 노트북은 내가 이야기하기를 은근히 기다리며 대기하고 있다.

저만치 나의 여러 모습들이 서 있다. 빨간 스웨터를 입은 여섯 살짜리 여자아이와 예쁜 원피스를 입고 한껏 달떠 있는 열아홉 살 아가씨와 병국을 안고 있는 아줌마와 홍콩 해변에 지수의 손을 잡고 있는 퉁퉁한 할머니까지 일직선상에 서 있다. 어린아이도 아가씨도 아줌마도 할머니도 나이면서 동시에 내가 아닌 것만 같다. 그냥 허상인 것 같다.

노트북에 어린 시절부터 젊은 시절을 불러내서 다시 되짚어 살고 싶다. 어둠 속 창에 비친 노년의 내 얼굴에 싱긋이 미소를 보냈다. 나는 자판을 두드리기 시작했다.

"안녕하세요? 저는 1942년에 태어난 김정자라고 합니다."

그렇게 겨우 한 줄을 쓰고 나니 회한 때문에 눈물이 먼저 쏟아졌다. 육십육 년의 세월을 어쩌나 애면글면 살았는지 글로 쓰자면 트럭으로 한 차는 나올 판이었다. 내가 책을 세상에 내놓으면 아마도 베스트셀러가 될 것이다. 내 사인을 받기 위해, 서점에 길게 줄이 늘어설 것이다. 어머니가 얘기해 주던 내 아기 때 모습까지도 선명하게 그려졌다.

"입술이 새파래져서는 목젖이 다 보이도록 울어 대는데, 누가 바늘로 찌르는 것 같더라니까. 옷을 다 벗겨 봐도 아무것도 없었지. 아빠가 업고서 동네를 한 바퀴 돌고 나면 언제 그랬냐 싶게 새근새근 잠을 자는 거야. 또 깨서 난리를 치를세라 너를 업은 채로 책상에 엎드려서 잠을 잘 때가 많았단다."

나는 어머니에게 이 이야기를 여러 번 들었다. 반복해서 들을 때마다 나도 부모님에게는 소중한 딸로 태어났구나 싶어 마음이 푸근해지곤 했었다. 찢어지게 가난하지만 않았어도 우리 딸들을 떡 돌리듯이 남의 집 아기 보기로 보내지는 않았을 거라고 상상했다.

내 인생의 자서전을 쓰려고 하니 가슴이 벅차올랐다. 『빨강머리 앤』처럼 열 권은 나올 것 같았다. 상상은 야무졌는데, 첫 줄부터 막히기 시작했다. 어린 시절부터의 내 삶이 영화의 한 장면처럼 획획 지나가는데, 글로 붙잡기가 쉬운 일이 아니었다. 생각과는 달리 한 줄을 써 놓고는 막막했다.

"대한민국에서 딸로 태어나는 순간부터 불행은 시작되었다. 인생은 꿈처럼 아름답지는 않았다. 어머니는 어떻게 아홉 명의 자녀를 낳아 기를 수 있었을까?'

내 인생의 큰 그림은 우리 세대의 다른 사람들의 삶과 다른 구석이 하나도 없었다. 너무나 평범했다. 팔일오 해방을 맞았고, 육이오 전쟁을 겪었다. 나라고 단정할 수 있는 특별한 게 아무것도 없었다. 어떻게 하는 게 좋을까 밤새 고민하다가 작은 그림으로 쪼개서 그리는 게 좋을 것 같다는 결론을 얻었다. 조각난 작은 이야깃거리들을 모아서 꿰매면 예쁜 조각보 같은 인생이 만들어질 것 같았다.

며칠 전에 겪은 이야기를 글로 써 봐야겠다. 참 서글픈 인생의 단면을 본 것 같았다. 제목을 먼저 정하고 써야겠다. 〈삶의 무게〉라고 하는 게 좋을까? 아니면 〈매미 남자〉라고 하는 게 좋을까? 민영규 회장이라면 선뜻 결정을 해 줄 수 있을 것이다. 전화를 걸었다.

신호음이 가기 시작할 때서야 제정신이 들었다. 멈칫하며 시각을 확인한 나는 뜨거운 물건을 놓치듯 수화기를 떨어뜨렸다. 새벽 세 시. 이게 무슨 주책이란 말인가? 부인이 받기라도 했으면 어쩔 뻔했는가? 그 가정에 분란을 일으킬 뻔했지 뭔가. 나는 슬며시 웃음이 나왔다. 머릿속으로 삼각관계를 상상하고 있었다. 불륜인가, 로맨스인가. 앞서 가려는 내 상상력을 쥐어박으며 나는 〈매미 남자〉라는 제목을 붙여서 글을 쓰기 시작했다.

아! 나는 할머니의 글을 읽다가 얼굴이 붉어지고 말았습니다. 드디어 할머니에게도 마음에 맞는 남자 친구가 생겼습니다. 문학을 하는 멋진 할아버지 같습니다. 할머니가 그분으로 인해서 마지막 시간들을 행복하게 보냈을 거라고 생각하니 마음이 따뜻해집니다.

생각이 끊어진 자리에

＊월 ＊일

지수 할아버지가 그리워지고, 이 세상을 떠난 친지들이 그리워지면 나는 훌쩍 여행을 떠나곤 했다. 고독이라는 미로에 갇혀서 허덕이다가 길을 찾아 나섰다. 그중 하나가 여행이었다.

안동 탈춤 축제 기간이었다. 오늘은 일 년에 한 번 하회마을에서 불꽃놀이를 하는 날이다. 하루 종일 하회마을에서 지내다 보니 내가 마치 조선 시대로 시간 이동을 한 듯했다. 게다가 나는 여자가 아니라 긴 도포를 떨쳐 입은 선비가 되었다. 내가 조선 시대에 태어났다면 술 한 잔에 시조를 읊조리던 김삿갓 같은 남자가 되었을 것이다. 뒷짐을 지고 팔자걸음을 내디디며 그런 상상에 빠졌다.

소나무 숲에 모여 앉아 일본 탈춤을 보았다. 어린아이에서부터 노인까지 작은 마을 사람들이 총동원된 연극은 재미있었다. 말은 통하지 않아도 배우들의 손짓 몸짓을 통해 충분히 이해가 되었다. 정

치적으로는 껄끄러운 부분이 없지 않지만, 문화적으로는 서로 교류하는 게 좋은 것도 같다. 다음 탈춤 공연까지 한 시간의 여유가 생겼다.

막간을 이용해 사람들은 강 건너 부용대에 가기 위해 줄을 섰다. 나도 줄을 섰다가 나룻배에 올랐다. 뱃사공이 노를 저었고, 우리를 모두 조선 시대로 끌고 갔다. 절벽 중간쯤 가로로 가느다란 띠를 두른 듯 오솔길이 나 있다. 관광객들은 절벽에 붙어 서서 일렬로 걷고 있다. 앞사람을 따라 줄줄이 발길을 옮겼다. 너무 좁아서 다리가 덜덜 떨렸다. 자칫 발을 헛디디면 낭떠러지로 떨어질 형국이었다. 맞은편에서 비명 소리가 들려왔다. 돌덩어리가 하나 절벽으로 떨어져 내렸다.

"여기는 길이 아니에요. 잘못 들어섰어요."

맞은편에서 사람들이 걸어오며 손사래를 친다.

"돌아서세요."

좁은 길에서 사람들은 우왕좌왕했다. 돌아서라고 해도 말을 듣지 않자, 맞은편에서 온 사람들이 절벽에 바짝 붙어 있는 사람들을 건너 되돌아왔다. 서로의 몸이 겹쳐졌다가 떨어지는 걸 보는데도 오금이 저렸다. 나는 뚱뚱한 몸을 간신히 돌렸다. 젊은이들은 무슨 배짱인지 끝까지 가 보겠다며 모험을 하고, 늙은 사람들은 대부분 뒤돌아섰다. 중년들은 엉거주춤하게 서서 망설였다. 인생살이가 그런 것 같다. 늙으면 포기가 빨랐다. 입구까지 오자 표지판이 눈에 띄었다. 아까는 왜 표지판을 보지 못했을까? 많은 사람들이 가니까, 앞사람 발뒤꿈치만 보고, 아무 생각 없이 뒤따라가고 말았다. 많은 사람들이 선호한다고 해서 무작정 따라하는 건 지양해야겠다는 깨달음을 얻었다. 표지판을 따라 걸어 올라가니 편안하고 넓은 산길이 나왔다. 부용대에 오르니 하회마을이 한눈에 내려다보였다. 동그란 마을을 휘휘 돌고 있는 낙동강의 물줄기가 햇살을 받아 갈치 비늘처럼 반짝였다.

"낙동강이 오른편 안동시 쪽에서 흘러나와 왼편으로 돌아나갑니다. 강이 에스 자로 마을을 감싸 안고 흐르는 거지요."

설명하는 사내의 손가락을 따라 이리저리 고개를 돌려 보지만, 물이 어디서 와서 어디로 흐르는지 내 눈에는 확연하게 보이지 않고 어지럽기만 했다. 꼬이고 비틀리고, 소용돌이치면서도 빙빙 돌며 떠날 줄 모르는 나의 불만처럼…….

나 스스로 혼자 여행을 떠났으면서도 지구 밖으로 멀리 내던져진 느낌이었다. 지수 할아버지가 떠나고 나니 내 마음은 어디에도 뿌리를 내리지 못하고 부초처럼 떠다니고 있다. 불만 덩어리가 가슴을 꽉 메우고 있다.

부용대 절벽 끝에 서서 숨을 깊이 들이쉬었다가 내쉬었다. 세월이 긴 한숨처럼 한순간에 지나간 것 같았다. 모험을 하겠다던 젊은이들은 조금 늦게 부용대에 올라왔다.

"중간쯤에 길이 사라진 듯했는데, 앞으로 가니 길이 연결되어 있던데요?"

조금 더 용기를 내 볼 걸, 너무 쉽게 포기했다는 후회가 들었다. '가지 않은 길'에 대한 미련이 남아서, 젊은이들이 올라왔던 길로 살살 내려가 보았다. 미끄러워 나무줄기를 부여잡았다.

"어르신, 위험합니다."

작업복을 입은 인부들이 따라 내려오며 만류했다. 그들이 양쪽에서 부축하는 바람에 끌려 올라왔다. 마음은 청춘인데, 몸이 늙었다는 걸 실감했다.

"우리는 여기서 불꽃놀이를 준비합니다. 부용대까지 무거운 장비들을 싣고 오느라 진땀을 뺐습니다."

네모난 통들이 하회마을을 향해 죽 늘어서 있다. 한쪽에는 가마니도 몇 개 쌓여 있다.

"저건 뭐하려고 여기다 쌓아 놓았소?"

"어르신, 이따 보시면 아시게 됩니다. 해가 지기 전에 얼른 내려가세요."

어느새 날이 저물기 시작했다. 뽀얗던 솜구름도 어둠의 빛깔로 물들었다. 오늘 행사는 방송국에서 나와 진행을 하고 있다. 아나운서가 설명을 하기 시작했다.

"안녕하십니까? 조선 시대에 우리 서민들이 하회탈춤을 즐겼다면, 양반들은 선유줄불놀이를 즐겼다고 합니다. 부용대에서 하회마을까지 낙동강을 가로질러 여러 가닥의 줄을 늘어뜨립니다. 줄마다 뽕나무숯과 화약을 섞어 한지에 돌돌 말은 막대에 불을 붙입니다."

줄마다 다이너마이트처럼 생긴 막대가 촘촘히 매달려 있다. 불이 붙자 깜깜한 밤에 불티가 개똥벌레처럼 날아다녔다. 마치 낙동강이 여러 겹의 보석 목걸이를 한 것처럼 반짝거렸다. 사람들은 하회마을이 모래사장에 자리를 펴고 빼빼이 앉아 있다. 날개를 접고 쉬는 새 떼들처럼 재잘재잘 사람들의 말소리가 끊이지 않았다. 나는 별

기대도 없이 그들 사이에 끼어 앉았다.

낙동강에 나룻배가 떴다. 기생들과 한량들의 춤사위가 등불과 함께 일렁였다. 하늘을 올려다보니 큼지막한 별들도 조명처럼 반짝였다. 조선 시대로 시간은 역류하고 나는 꿈결처럼 나른하기만 했다.

확성기에서 진행자의 목소리가 들려왔다.

"자, 지금부터 제가 하나 둘 셋을 세면 '낙화요'를 외치는 겁니다. 여기서 낙화는 꽃이 아니라 불이 떨어진다는 뜻입니다."

사람들은 진행자가 시키는 대로 몇 번 연습을 했다. 사람들은 목이 터져라 외치는데, 나는 쑥스러워 소리를 지르지 못했다. 깜깜해서 아무도 보이지 않았다. 아는 사람이라곤 아무도 없는데 뭐가 창피한가? 나는 내게 용기를 불어넣었다.

"자, 이제 진짜입니다. 후회하지 말고 지르세요. 하나 둘 셋!"

"낙화요!"

그것을 신호로 부용대 위에서 불이 활활 타는 가마니가 굴러떨어졌다. 아까 부용대 위에 쌓아 놓았던 가마니의 용도가 바로 이것이었다. 가슴이 벅차올라 눈물이 쏟아졌다. 나도 모르게 힘껏 소리를 질렀다.

"낙화요! 낙화요!"

가슴을 꽉 틀어막고 있던 덩어리가 내 가슴에서 쑥 빠져나갔다. 나는 아이 보고 살림하는 게 힘에 부쳤다. 상황을 바꿀 수 없다면 즐기자. 생각이 끊어진 자리에 도(道)가 있다고 했던가? 생각하지 말고 살자. 끊임없이 이어지던 불만의 시간들이 갑자기 사라지며 기분이 좋아졌다. 독서 모임의 민 회장 얼굴이 떠올랐다.

"이 나이에 꼭 내 인생을 찾겠다고 우길 필요도 없지요. 자손들을 도와줄 수 있으면 돕는 게 인지상정이지요. 다른 데 가서 봉사할 거 뭐 있습니까? 자손들 돕는 게 큰 봉사인 게지요."

그의 말을 들을 때는 고까웠는데, 이제 생각하니 구구절절 맞는 말이었다. 나는 부용대에서 불 가마니가 떨어지던 그 순간을 계기로 완전히 인생관이 바뀌었다. 내 생활 반경을 아주 간소화하고 지수를 위해 살기로 했다. 사춘기를 맞은 지수는 나랑 함께하는 걸 창피해하기 시작했다. 조그만 일에도 삐쭉빼쭉 삐치곤 했다. 나도 그럴 때가 있었지 싶어서 참으려 했지만, 구닥다리 노인네라 무시하는가 싶으면 많이 섭섭했다. 외숙모네 있을 때, 괜히 짜증이 나고 모든 게 귀찮아서 엄마한테 간다고 보따리를 쌌던 기억이 났다.

고물고물한 손으로 내 젖가슴을 주무르며 잠이 들던 아기 때 모습을 생각하면 가슴이 뭉클했다. 나오지도 않는 늙은 젖을 쭉쭉 빨면서 삑삑 울어 대던 걸 생각하면 지금도 마음이 짠했다. 지수 엄마 아빠가 사회에서 성공하기 위해서는 내가 집안에서 도와야 했다. 하지만 서운한 말을 들을 때마다 당장 짐을 싸들고 집을 나가고 싶을 때가 한두 번이 아니었다. 불 가마니가 또 떨어져 내렸다. 나는 섭섭이가 가득 들어찬 내 마음을 비우기로 작정했다.

우리 지수가 사춘기를 순조롭게 보내기를 소망하며 나는 '낙화요!'를 힘차게 외쳤다.

그때 부용대 위에서 하늘을 향해 불꽃이 날아올랐다. 로켓포처럼 날아가는 불꽃, 펑 터지면서 꽃송이를 만드는 불꽃, 그 황홀한 불꽃에 사람들은 열광했다.

부용대 위에 설치해 두었던 장치들은 네모난 상자에 불과했는데 불꽃들은 하늘에 각양각색의 형태를 만들며 사람들의 가슴을 설레게 한다.

나도 네모난 책 속에 황홀하고 놀라운 이야기를 꾹꾹 눌러 담고 싶었다. 독자들의 가슴에서 폭죽처럼 터지는 황홀한 글을 쓰고 싶다.

할머니의 글을 보며 할머니에게 너무 미안합니다. 엄마는 침대를 바꿔 주고, 책을 많이 사 주었지만, 함께할 수 있는 시간이 없었습니다.

"엄마 아빠가 좋아서 열심히 일하는 줄 아니? 다 너 하나 행복하게 해 주려는 거야."

나는 부모님에게 나의 학교생활에 대해, 나의 꿈에 대해 진지한 이야기를 하고 싶었습니다. 백화점에도 함께 가고 싶었습니다. 백화점에 가서 십 분 정도 걷다가 신음 소리를 내며 의자를 찾는 할머니를 보면 안타깝기보다는 화가 났습니다. 엄마와 재잘거리며 옷을 고르는 아이들을 보면 부러운 눈으로 쳐다보게 됩니다. 나는 늘 가슴 한쪽이 허전했습니다.

생리를 시작했을 때도 엄마에게 축하를 받고 싶었지만, 할머니가 먼저 알았고, 대고모가 축하한다며 케이크와 꽃다발을 사 들고 왔습니다. 엄마와 하고 싶은 일들을 할머니들과 하고 있으니 속상했습니다.

할머니의 글을 보니 미안한 마음이 듭니다. 당신의 분신처럼 최선을 다해 보살펴 주었는데도 불구하고 심통을 부렸으니 말입니다.

할머니는 아홉 살의 어린 나이에 육이오전쟁을 겪고, 고물고물한 손으로 미군 병사의 옷을 빨아 널었다고 했습니다. 열두 살이나 된 내가 엄마에 대한 목마름 때문에 투정을 부렸으니 너무 철이 없었습니다.

당신의 인생만을 살기에도 짧은 시간을 빼앗아 쓰면서도 미안해하기는커녕 투정을 부렸던 뻔뻔한 내 사춘기가 밉습니다.

작은 일에 감사하며

*월 *일

컴퓨터 학원에 들러서 강의를 들은 후, 바로 도서관으로 향했다. 지하 식당에서 점심 식사를 한 후 열람실로 올라갔다. 세 시간 정도 책을 읽었는데 눈이 뻑뻑한 게 많이 피로했다. 오늘은 이쯤에서 가방을 싸자 싶어 집으로 돌아왔다. 세탁기에 빨래를 넣어 작동을 시켜 놓고 소파에 잠깐 누웠다. 집안에는 세탁기 돌아가는 소리만 뚜루룩 뚜루룩 들려오고 아파트 밖에서 장사치들의 확성기 소리가 들려왔다.

"주문진에서 갓 잡아 온 오징어가 왔어요. 눈물을 뚝뚝 흘리는 싱싱한 오징어가 왔어요."

허허허, 내 웃음소리만 넓은 아파트 거실에 공허하게 울렸다. 병국과 지수 엄마는 열 시가 넘어야 돌아오고, 지수는 고등학생이라 야간자율학습까지 하고 오면 밤 열두 시가 되어서야 들어온다.

갑자기 거실 천장의 샹들리에가 뱅글뱅글 돌기 시작했다. 눈을 뜰수가 없었다. 이번에는 천장이 통째로 돌고 있다. 냉장고도 싱크대도 모두 천장에 올라붙어서 돌고 있다. 일어서려다 넘어졌다. 놀이기구를 탄 것처럼 빙빙 돌아서 취한 사람마냥 비틀거렸다. 눈을 꼭감아도 몸이 통째로 도는 것 같았다. 식구들이 오려면 멀었는데, 어쩌나? 갑자기 두려운 생각이 들었다. 공포 수준의 외로움이 나를 옭아맸다. 눈을 감았다. 이대로 죽을 수도 있겠구나 싶었다.

오솔길을 따라 걸었다. 옆으로는 졸졸졸 개울물이 흐르고 있다. 숲 속은 시원하고, 온갖 새소리가 귓가에 들려왔다. 휘파람새 소리가 제일 듣기 좋다. 레퍼토리가 다양하기 때문이었다.

"암컷을 유혹하기 위해 다양한 소리를 낸다니까."

어디선가 지수 할아버지의 목소리가 들리는 듯했다. 한참을 더 걸어가니 시야가 탁 트이면서 바다가 나왔다. 방파제에 데트라포트가 거대하게 쌓여 있다. 거기에 파도가 부딪치며 하얀 포말을 일으켰다. 길게 늘어서 있는 횟집이 낯익었다. 여기는 가끔 꿈속에서 내가 찾아오는 곳이다. 횟집 문이 열리더니 얼근히 취한 지수 할아버지가 나왔다. 젊은 시절의 대영 오빠였다.

"아이고, 우리 예쁜 정자! 날 데리러 온 거야?"

그의 어깨가 너무나 포근하게 내 어깨를 감싸 안았다. 눈을 떴다. 꿈이었다. 깨고 싶지 않아서 다시 눈을 감았다. 빙빙 돌아서 아주 젊었던 그 시절에 다녀왔나 보다.

눈을 다시 뜨니, 이제 모든 것이 제자리에 있다. 거꾸로 서 있던 냉장고와 싱크대도 바로 서 있다.

옷을 갈아입는데 몸이 굼뜨게 움직였다. 문을 나섰다. 햇빛에 눈이 부셨다. 병원까지 살살 걸어갔다. 쓰러질 것 같았다. 진땀이 버적버적 돋아났다. 십 분이면 갈 거리인데 삼십 분은 좋이 걸린 것 같았다.

"할머니! 보호자랑 함께 오서야지요. 그러다 길에서 쓰러지면 어쩌려고 혼자 오셨어요. 제 소견으로는 '이석증'인데, 신경 쓰는 일이 많으셨나요? 이 병은 가만히 쉬어야 해요. 그저 한량처럼 놀고먹어야 하는 병이에요. 신경도 쓰지 말고 몸도 쉬어야 합니다. 연락할 사람 있으면 오라고 해서 함께 가세요. 건널목에서 쓰러져 사고 당하는 사람도 있었습니다."

선영에게 전화를 걸었다. 그래도 아쉬울 때는 친구가 최고인 것 같았다. 혼비백산해서 달려온 선영이 너무 고마웠다. 택시를 타고 돌아와서 살며시 몸을 눕혔다. 또다시 어지럼증이 올까 봐 겁이 났다. 약을 먹었더니 잠이 쏟아졌다. 선영이 죽을 쒀 주었는데 속이 메슥거려서 먹을 수가 없었다. 한 숟가락 뜨고는 다시 누웠다. 의사 말대로 바보처럼 먹고 자고, 먹고 잤다. 음식의 맛도 느낄 수가 없다. 의사는 머리를 오른쪽으로 굴렸다가 왼쪽으로 굴려 보라고 했다. 그래야 달팽이관 속의 돌이 제자리를 잡는다고 했다. 머리를 굴려 보았더니 다시 천장이 빙빙 돌았다. 속이 메스꺼워 토할 것만 같았다.

선영이 지수 엄마에게 연락하고는 가족들이 올 때까지 곁에서 지켜 주었다. 갑자기 두려운 생각이 들었다. 백 년을 살 것처럼 노후의 계획을 세우던 지수 할아버지가 돌아간 지 오 년이 흘렀다.

"그토록 보고 싶어도 꿈속에 한 번도 나타나지 않던 양반이 내 어깨에 팔을 두른 걸 보면 나를 곧 데려가려나 보다."

선영이 퉁을 놓았다.

"별 소릴 다 하고 있어. 가만히 눈 감고 있어. 몸이 아프니까 마음이 약해진 게야."

정말 그런 걸까? 내가 하고 있는 모든 일을 관둬야 하는가? 책을 보는 것도, 글을 쓰는 것도, 컴퓨터를 배우는 것도, 별장을 가꾸는 일도 모두 그만두고 가만히 놀고먹어야 하는 걸까? 그렇게 사는 게 무슨 의미가 있을까? 선영에게 장롱을 열고 서류가방을 꺼내 달라고 부탁했다.

"이건 내가 양평에 지은 집과 땅 등기권리증이야. 이건 현관을 여는 카드야. 가지고 있다가 혹시 내가 무슨 일을 당하면 지수에게 전해 줘."

선영은 인상을 찌푸렸다.

"시끄러워. 왜 쓸데없는 소리를 해 가지고 나까지 심란하게 만들어. 앞으로 십 년은 끄떡없으니까 빨리 몸 추스르고 일어날 생각이나 해. 만약에 '메니에르' 면 대학병원에 가서 치료 받아. 내 친구가 치료 받고 나왔잖아. 큰 통 속에 들어가서 몇 번 구르고 나면 달팽이관에 돌이 콱 박혀서 아주 영구적으로 어지러울 일이 없단다."

뇌에 이상이 있는 게 아니라면 그나마 다행이었다. 병국은 당장 대학병원에 가서 MRI를 찍어 보자며 난리였다. 그렇게 말해 주니 고마웠다.

새벽 두 시가 되어서야 몸을 돌려도 어지럽지 않았다. 왼쪽으로 오른쪽으로 굴러 봐도 아무렇지도 않았다. 아, 이제 살았다는 생각이 들었다.

정말 작은 일에 감사해야겠다. 아무 생각 없이 몸을 돌릴 수 있다는 것, 머리를 좌우로 돌릴 수 있다는 것이 얼마나 중요한 일인지 깨달았다. 발가락이 아파야만 발가락이 거기 있다는 걸 깨닫는다더니, 정말 소중하지 않은 게 없다. 큰소리로 통화만 해도 귀가 웅웅 울리고, 공사장에서 끼이익 하며 쇠가 갈리는 소리만 나도 속이 메스껍고 어지러웠다.

책을 읽을 수 있다는 것, 글을 쓰는 것, 컴퓨터 학원에 다닐 수 있는 것, 맛있는 음식을 먹을 수 있고, 커피를 마실 수 있고, 걸을 수 있는 것, 사랑하는 사람들과 즐겁게 대화하며 웃을 수 있는 것, 운전하며 여행할 수 있는 것, 특히 집안일을 할 수 있는 것 하나하나가 감사하지 않은 게 없다.

지수 할아버지의 따뜻한 어깨가 그립긴 하지만, 이 세상에서 아직은 해야 할 일이 많은 것 같다.

게발선인장이 겨울에 얼어서 한쪽 팔다리를 다 잘라 주었다. 봄이 되자 잘린 자리에서 연록색의 게발이 돋아나기 시작했다. 나도 다시 일어날 수 있을 것이다. 힘내자 김정자!

할머니는 그렇게 어지러워 병원에 갔던 날 새벽에도 일어나서 일기를 썼습니다. 할머니 노트북에는 소중한 기록이 많이 있습니다. 할머니의 글쓰기는 취미 생활을 넘어서 목숨을 걸고 쓴 것 같습니다.

아빠는 바비큐 그릴을 다 닦아 세워 놓고, 엄마 아빠 대고모 세 사람은 원두막에 앉아 커피를 마시고 있습니다. 엄마는 과일을 깎고 있습니다.

"지수야! 빨리 와라. 과일 먹자."

대고모가 손을 흔듭니다. 나는 노트북을 덮고 슬리퍼를 신습니다. 대고모가 딸기를 내 입에 넣어 줍니다.

"할머니가 우리를 초대한 거니까 맛있게 먹어야 한다. 할머니는 저 천국에 가셨지만, 여기에 할머니의 꿈과 정신이 남아 있단다."

이제 대고모가 할머니가 했던 것처럼 나를 챙겨 줍니다. 밭에 심겨진 상추가 나풀거리고, 감자와 완두콩 새싹이 올라오고 있습니다. 토끼 아홉 마리가 귀를 쫑긋쫑긋거리며 이쪽을 쳐다보고 있습니다. 이곳저곳에 할머니의 마음이 엿보입니다.

딸기가 커서인지, 할머니가 그리워서인지 목이 멥니다. 할머니가 그토록 꿈꿔 왔던 에덴의 동산에, 할머니만 빠져 있으니까요.

늦가을

그리고 이 노트북 안에는 내가 있다. 내 마음이 살아 있다.
내 인생이 밑바닥 인생이긴 했지만, 사랑하는 대영 곁에서,
또 그 후손들 곁에서 평생을 함께할 수 있어 행복했다.
그리고 늦긴 했지만, 공부도 원 없이 해 봐서 만족스럽다.
누군가 이 노트북을 열어 보고 공감하는 사람이 하나라도 있다면 행복할 것 같다.

할머니의 첫 작품

* 월 * 일

밤새 쓴 원고를 가방에 넣고 도서관으로 향했다. 도서관으로 가는 발걸음에 힘이 실렸다. 가방에서 원고를 조심스럽게 꺼내 민 회장에게 넘겨 주었다. 민 회장은 내 원고를 복사해서 회원들에게 나눠 주었다. 이제 원고는 내 손을 떠났다. 모두들 가방에서, 주머니에서 돋보기를 꺼내 쓰느라 부산스러웠다. 나도 돋보기를 꺼내 썼다. 여기서는 모두가 똑같은 행동을 하고 있어 남부끄럽지 않았다.

새벽녘에 목소리를 가다듬으며 몇 번씩 읽는 연습을 했는데도 불구하고, 막상 원고를 들고 읽으려니 가슴이 두방망이질을 치고, 입술이 바작바작 말랐다.

"흠흠. 〈매미 남자〉, 김 정자, 흠흠."

내 이름을 발음하고 나니 영 민망했다. 내가 내 이름을 발표한 게 평생을 살면서 처음이지 싶었다.

"칠월 말, 여름의 한복판이라 무척 덥다. 가만히 있어도 등에서 땀이 줄줄 흘러내린다. 시장바구니를 들고 사거리 신호등 앞에서 초록불이 들어오기를 기다리고 있었다. 건너편에 사내가 누운 채 버둥거리고 있다. 사거리 모퉁이라 좌회전을 받은 자동차들이 돌면서 사내를 칠 것처럼 위태로웠다. 나는 조바심이 났다. 사내는 몸이 뒤집혀 빙빙 돌며 날지 못하는 매미 같았다. 사내는 일어서려고 안간힘을 쓰다가 다리를 부르르 떨더니 엎어지고 말았다. 나는 건너편에서 발을 동동 굴렀다.

드디어 초록불이 들어왔다. 오고 가는 행인들이 많았지만, 그냥 흘끗 볼 뿐 지나쳐 갔다. 엎드린 채 버둥거리다 몸을 파르르 떨며 널브러지는 사내를 아무 거리낌 없이 그냥 지나쳐 간다. 손수레는 저만치에 밀려나 있다. 사내가 주워서 착착 접어 넣었을 종이 상자들이 인도에 무질서하게 흩어져 있다. 그를 일으켜 세우려고 겨드랑이에 양손을 넣었다. 축 늘어진 몸은 꼼짝도 하지 않았다. 뜨거운 아스팔트에 채집되어 있는 매미처럼 팔다리만 버둥거린다. 얼마나 실랑이를 했는지 등이 땀으로 푹 젖었다. 급기야 허리에서 뚝 소리가 나더니 꼼짝할 수가 없다. 나는 경계석에 주저앉았다. 지나가는 청년을 불러 세웠다.

"총각, 나는 도저히 못 들겠네. 여기는 너무 위험하니 이 사람 좀 부축해서 올려 줘요."

청년은 아이를 안듯 사내를 반짝 들어서 인도에 올려놓았다.

"고마워요, 총각."

청년은 고개를 갸웃거리며 나를 쳐다보았다. 이건 무슨 의미일까? 혹시 내가 이 사내의 마누라라도 되는 줄 아나? 사내의 몸에서 술 냄새가 풀풀 난다. 술에 취해 뭐라고 소리를 지른다. 더위에 지쳐서 쓰러진 줄 알았더니, 술에 취해서 엎어진 거였나?

청년에게 고맙다고 인사한 게 은근히 부아가 치밀었다. 부탁하지 않아도 그런 일쯤 젊은 사람들이 해 줘야 하는 것 아닌가? 다른 사람들처럼 남의 일에 관여하지 말고 바삐 지나쳐 갈 걸 그랬나 보다.

손수레를 끌어다 인도에 올려놓았다. 흐트러진 종이 상자를 정리하는 건 사내의 몫으로 남겨 놓았다. 거기는 바로 약국 앞이었는데 약사는 이쪽을 다른 세상일인 양 내다보고 서 있을 뿐이었다. 사내도 이런 꼴이 되려고 살아왔던 건 아닐 것이다. 사내와 약국을 번갈아 보다가 시장바구니를 들고 돌아섰다. 집에 돌아와서도 그 사내의 영상이 눈앞에서 어른거렸다. 술 깨는 약이라도 사서 먹였어야 했나 후회가 되었다.

다음 날 시장에 가는 길에 사내를 만났다. 사내는 손수레를 끌며 힘겹게 비탈을 오르고 있다. 어제 보았을 때의 무기력한 영감이 아니라 멀쩡한 중년 남자였다. 어제는 왜 그랬을까? 열심히 살다가도 녹록치 않은 삶의 무게 때문에 하늘에 주먹질이라도 해 보고 싶었던 걸까? 그는 나와 눈이 마주쳤지만 나를 알아보지 못했다. 나는 비탈을 내려오다가 멈춰 서서 손수레와 한 몸인 듯 거북이처럼 기어 올라가는 사내를 돌아보며 시시포스 신화를 떠올렸다. 흠흠."

나는 끝까지 읽고 나서 멋쩍게 고개를 푹 숙여 인사를 했다. 회원들의 박수 소리에 새색시마냥 얼굴이 화끈거렸다. 회원들이 한 사람씩 돌아가며 맞춤법과 띄어쓰기 등을 지적해 주었다. 회원들의 말 한마디 한마디가 화살처럼 내 뇌리에 박혔다. 민 회장이 일어나서 총평을 해 주었다.

"김 여사님, 첫 작품치고는 너무 잘 쓰셨습니다. 세상을 바라보는 눈이 맑고, 문제를 끌어낼 줄 아시는군요. 수필을 쓰는 것은 세상을 향해 안테나를 세우고 관심을 갖는 겁니다. 남의 이야기도 내 문제처럼 쓰는 겁니다. 제 개인적인 생각으로는 제목을 〈손수레를 끄는 남자〉라고 하는 게 무난할 것 같습니다. 그리고 사내라는 말이 너무 많이 나왔더군요. 그것만 고치시면 좋은 수필이 되겠습니다."

민 회장의 칭찬에 용기를 내서 고개를 들었다. 그의 눈가에 이매탈처럼 선하게 주름이 잡혀 있다. 회원들도 격려의 눈빛을 보내왔다. 이 나이에 나와 닮은꼴들을 만나다니 정말 꿈만 같았다.

"셋째 주에 있을 문학 토론은 호주 작가 로이드 존스의 장편소설 『미스터 핍』이 되겠습니다. 다들 읽고 와 주시기 바랍니다."

대출실에 가니 벌써 회원들이 세 권의 책을 다 빌려 갔다. 할 수 없이 서점에 가서 책을 구입했다. 책이 너무 재미있어서 하룻밤에 다 읽었다. 마지막 책장을 넘기면서 가슴이 저릿했다.

문학 토론 날짜가 아직도 열흘이나 남아 있었다. 나는 중요한 줄거리를 요약하기 시작했다. 요약한 내용을 읽어 봐도 감동이 그대로 밀려왔다. 나도 책장을 덮기가 아쉬워서 야금야금 아껴서 읽고 싶은 이런 책을 쓰고 싶다.

드디어 문학 토론하는 날이 되었고, 오늘의 발제자는 민 회장이었다.

"우리는 이야기를 통해서 삶의 다양성을 인지할 수 있고, 소통할 수 있습니다. 소설에 투영된 공간은 그 작가를 싸고 있는 사회, 문화, 풍습, 정서와 밀접한 관계가 있습니다. 같은 공간이라 하더라도 그 공간에 익숙해져 있는 소설가의 글은 실감나게 마련입니다.

예술과 문학의 목적은 보이는 것, 감각적인 것, 일상의 구체적인 사실 속에서 소설적 현실을 재창조하는 것입니다.

오늘 소개할 이 책 역시 시대적 배경과 상황이, 호주에서 자라난 작가만이 잘 다룰 수 있는 곳입니다. 독자는 어떤 교훈적인 책이나 교과서를 통해서 얻을 수 없는 것을, 소설을 통해서 얻을 수 있습니다. 독자는 낯선 배경 속으로 걸어 들어가, 소설 속의 인물들과 함께 살아가며 공감하게 됩니다.

저자는 1990년대 초 파푸아뉴기니 내전을 취재했고, 그것을 바탕으로 소설을 썼습니다. 섬에 사는 한 소녀의 시선으로 바라보았기에, 순수하고 담담하게 그려져 더 슬프고도 아름답습니다.

『미스터 핍』은 찰스 디킨스의 『위대한 유산』이라는 소설이, 고립된 한 마을에 미친 영향이며, 한 여자아이에게 미친 영향입니다.

갇혀 있고, 고립되어 있을 때 우리에게 열리는 한 가지 길은 상상의 길이라고 합니다. 그 길로 들어갈 때 위안을 받고, 소망을 갖게 되고 상황을 견뎌 낼 수 있는 것입니다.

'사람이 책을 만드는 것보다, 책이 사람을 만드는 경우가 훨씬 더 많다'는 말이 있습니다. 우리도 이 책을 통해 좋은 정서를 가질 수 있었으면 좋겠습니다."

의견이 있는 회원들은 손을 들고 자기의 느낀 점을 말하기 시작했다.

"와츠 씨는 한 번도 낫을 든 적이 없으며, 그의 생존의 무기는 '이야기'였다는 걸 봅니다. 이야기가 얼마나 힘이 있는지 이 소설 속에서 볼 수 있습니다."

"'우리 한 사람 한 사람의 목소리(견해)는 특별하고, 언제 그것을 사용하게 되던 항상 그 사실을 잊지 말아야 하며, 살아가면서 무슨 일이 생기든 어느 누구도 우리에게서 목소리를 빼앗아 갈 수 없다는 것을 기억하라'는 와츠 씨의 강의에 공감했습니다. 저도 이야기를 쓸 때 이런 힘 있는 글을 써야겠다고 생각했습니다."

나도 말하고 싶어서 입이 근질거렸다. 손을 드는 게 쑥스러워서 손수건만 비틀었다. 민 회장이 나를 처다보았다.

"오늘 토론에 처음 참석하신 김정자님은 이 책을 통해서 어떤 감동을 받았나요?"

회원들의 시선이 모두 내 입술에 와서 꽂히는 것 같았다.

"저는 소녀가 섬을 탈출하여 안전한 곳에 도착한 후, 도서관에 가서 책을 보는 장면에서 가슴이 뭉클했습니다. 『위대한 유산』때문에 어머니와 선생님이 무참하게 죽임을 당했는데, 그 책이 학교 도서관에 아무렇지도 않게 꽂혀 있더라는 대목에서 가슴이 뻐근해지도록 눈물을 쏟았습니다. 저는 우리 도서관 책장에 꽂힌 『위대한 유산』의 책등을 어루만져 보았습니다. 감동이 밀려왔습니다. 도서관에서 읽고 싶은 책을 마음대로 뽑아 읽을 수 있다는 게, 얼마나 큰 행복이며 특권인지 새삼 깨닫게 해 주는 책이었습니다."

책을 읽고 난 내 소감을 말하고 있을 뿐이었는데, 나 자신이 겪은 일처럼 소설 속의 이야기가 나를 덮쳤다. 갑자기 눈물이 쏟아져서 당황스러웠는데, 회원들 중 몇 사람도 가방에서 손수건을 꺼냈다. 돋보기를 내리고 눈가를 꾹꾹 문지르는 회원도 있었다. 그래서 나는 이 모임이 너무 좋았다.

"책 한 권이 그렇게 큰 의미를 줄 수 있다는 것, 극한 상황에서도 상상의 나래를 펴 다른 세계를 그릴 수 있다는 것. 문학의 역할이 얼마나 중요한지 다시 한 번 깨닫는 시간이 되었습니다. 이것으로서 토론을 마치도록 하겠습니다."

나도 이 소설의 주인공처럼 내 인생을 상상하고 꾸며 가면서 살아왔다. 요즘 같은 세상이면 남녀 사이에 덜컥 일부터 저질렀을 텐데, 절제에 길들여진 옛날 사람이라 참고 또 참았다. 지수가 사춘기에 접어들자 끊임없이 이런 질문들을 쏟아냈다.

"할머니는 할아버지랑 어떻게 결혼했어요? 왜 아빠랑 할머니는 열아홉 살밖에 나이 차이가 안 나요?"

"옛날에는 다 일찍 결혼했지. 나는 네 대고모가 대학에 들어갈 때, 결혼할 수밖에 없었단다."

"속도위반하셨구나?"

지수의 거침없는 질문에 나는 당황했다. 그래서 임신할 수밖에 없었던 이유가 필요했고, 난 드라마에서 우려먹는 내용들을 끌어다 우려먹을 수밖에 없었다. 세밀한 부분까지 이야기해야 믿을 것 같아서 여러 가지 사건들을 끌어다 붙였다.

"아빠는 어렸을 때 어땠어요?"

"남들은 순하다고 했는데, 내가 볼 때는 엄청 삼했지. 잠시도 가만히 앉아 있질 않았어. 서랍 안에도 들어가 앉아 있고, 잠깐 한눈팔면 금방 사라졌어. 울면서 찾아다닌 적이 한두 번이 아니었단다. 조용해서 보면 살살 저지레하고 있는 거야. 영양크림을 꺼내 주먹으로 움켜쥐고 먹질 않나, 참기름을 부어 머리에 바르질 않나."

"그랬구나. 할머니, 나는 어땠어요?"

"우리 지수는 아주 얌전했지. 화장대 위에 화장품을 하나도 안 건드렸지. 십 개월 땐가, 할머니한테 뽀뽀한다면서 내 얼굴에 온통 침을 발라 놓았던 기억이 나는구나. 아이고, 우리 토끼가 할머니는 내 거라는 표시로 할머니 얼굴에 침을 발라 놓았구나 하면서 웃었던 기억이 나는구나. 지수에 대해서는 정말 할 말이 없네. 그래서 말썽 일으키는 자녀가 더 기억에 남는가 보다."

지수에게 이야기를 들려주다 보니, 지수 아빠 병국을 키우던 일들이 새록새록 떠올랐다.

지수와 일기를 교환해서 읽게 되자, 내 글에는 점점 허구가 끼어들었고, 많은 부분 손질을 하지 않으면 안 되었다.

할머니가 문학 모임에 들어가고 나서 너무나 행복해하셨던 기억이 납니다. 살아야 할 목표를 찾아서 정말 기뻐했습니다. 문학 모임에 나가 친구들을 만나고 나서부터, 할머니의 얘기가 풍부해졌습니다. 들은 얘기를 가족들에게 풀어놓느라 가족들끼리의 대화 시간도 길어졌습니다. 한 달에 공식적인 모임은 두 번이지만, 회원들은 거의 도서관에서 살다시피 했습니다. 매일 책도 보지만, 짬짬이 회원들과 커피를 마시고, 담소를 나누었습니다. 문학 모임에 나가고부터 할머니 얼굴에 생기가 돌았습니다. 집에 돌아와서도 인터넷 카페에 들어가 회원들과 채팅도 하고, 메일도 주고받느라 바빴습니다. 민 회장님과는 처음 만난 사이라 그런지 더욱 각별해 보였습니다. 그때부터 나는 할머니를 따라 도서관 단골손님이 되었습니다.

책을 대출 받아서 여학생실로 올라가 읽었던 기억이 납니다. 우리는 시험 공부를 하는 사람들처럼 열심히 읽었습니다. 할머니는 이제 기억력이 떨어져서 아무리 열심히 파고들어도 금방 잊고 만다며 두 번씩 읽고 한 번은 노트에 썼습니다. 할머니는 많은 이야기들을 노트북 속에 저장해 놓았습니다. 고전소설을 요약해 놓은 노트도 서른 권에 이릅니다. 할머니가 믿는 콩나물시루 이야기를 나도 믿기로 했습니다.

"콩나물시루를 봐라. 물을 주면 밑으로 물이 주루룩 다 빠져나가지만, 콩나물은 자라지 않니? 읽은 내용을 까맣게 다 잊어버리는 것 같지만, 무의식 속에 차곡차곡 저장될 거야. 그 자양분으로 지혜가 콩나물처럼 자라나겠지."

저도 할머니를 따라하느라 해리포터를 일곱 번이나 읽어서 내용을 달달 외울 정도가 되었습니다.

추억의 곳간

추억의 곳간을 뒤지며 웃을 수 있어 행복한 순간이 있다. 뒤돌아보며 흐뭇한 걸 보면 나도 어지간히 나이를 먹은 것 같다.

수십 년 전의 일이다. 선영이 많이 아파서, 그녀의 딸 연희를 내가 맡아서 키운 적이 있다. 다섯 살 무렵이었다. 연희는 신발장에서 내 하이힐을 꺼내 신곤 했다. 아이의 발은 내 뾰족한 하이힐에 반밖에 차지 않았다. 구두의 앞쪽에 발을 집어넣고 거실에서 걸으면 뛰지 않아도 떨그덕 떨그덕 요란한 소리가 났다. 아무리 안 된다고 말려도 말을 듣지 않았다. 급기야 아파트 아래층 할아버지가 뛰어올라왔다.

"꼬마야. 너 계속 뛰면 다리 묶어 놓는다."

할아버지가 눈을 부라리며 으름장을 놓고 내려갔다. 겁을 먹은 연희는 그때부터 한쪽 다리를 절룩절룩거리며 걸었다. 제 딴에는 그러면 소리가 나지 않을 거라고 꾀를 낸 모양이었다. 그 모양새가 귀여워서 식구들이 한동안 흉내를 내곤 했다.

그랬던 연희는 일찌감치 미국으로 유학을 떠났다. 미국 물을 먹어서 그런지 키가 백칠십 센티미터나 되어 훤칠했다. 한 번씩 한국에 들어올 때마다 연희는 신발장에서 내 구두를 꺼내 보며 놀라곤 했다.

"발이 이렇게 작았나요? 발이 굉장히 크다고 생각했는데?"

연희의 목소리에 나의 어린 시절, 똑 닮은 기억 하나가 무의식 속에서 툭 튀어나왔다. 외삼촌이 직업군인이어서 우리는 양평에서 한동안 살았다. 사촌 동생을 돌보며 어린 시절을 거기서 보냈다. 당시 서울 명동에 있는 백화점에 근무했던 외숙모의 언니는 정말 서울 멋쟁이였다. 꽃분홍색 투피스에 빨간색 하이힐을 신고 나타났을 때, 정말 왕비처럼 예뻤다. 악어 가죽 백을 팔에 걸고 실룩실룩 걸을 때면 산골 사람들의 시선이 집중되곤 했었다. 그녀는 올 때마다 커피나 초콜릿을 가지고 왔다. 외숙모는 커피를 마시며 서울 소식을 듣느라 정신이 팔려 있었다. 나는 그 틈을 타서 그녀의 빨간 하이힐을 몰래 신고 나왔다.

엉덩이를 썰룩거리며 그녀의 걸음걸이를 흉내 내었다. 얼었다 녹은 넓은 마당은 내가 걸을 때마다 구멍을 송송 뚫어 놓았다. 마치 게 구멍이 송송 뚫린 갯벌에 서 있는 것 같았다. 사촌 동생은 등 뒤에서 덩달아 엉덩이를 들썩거렸다. 헤 벌어진 입이 다물어지지 않았다. 그 구멍들이 눈부신 햇살 속에서 어찌나 신기하던지. 그리고 그 마당은 어찌나 넓던지.

나는 지금 그 마당에 서 있다. 지난날의 추억을 그대로 담고 있는 이 정원에도 햇살이 아른거리고 있다. 구십 살이 넘은 외숙모의 언니는 이제 열 살짜리 계집아이 정도로 키가 줄었단다. 허리도 기역자로 굽어서 간신히 걷는다고 했다.

　그런데 이상도 하지. 기억 속의 그녀는 늙지도 않는다. 연희의 추억 속 나는 어떤 모습으로 각인되어 있을까? 궁금하다.

　할머니의 글은 추억을 더듬고 있습니다. 아주머니 시절로 갔다가, 다시 소녀 시절로 거슬러 올라갑니다. 그런데 지금도 나는 그 마당에 서 있다는 표현이 이해가 가지 않습니다. 과거의 그 시간 속에 머물러 서 있다는 뜻일까요? 아니면 할머니가 실제로 그 집을 방문했다는 뜻일까요? 아무튼 할머니의 글을 읽다 보면 이야기들이 살아 움직이는 것 같습니다.

꿈은 이루어진다

* 월 * 일

"땅이나 집을 사 놓으세요. 우리 집에서 일만 하시고, 남는 게 없으면 너무 허무하잖아요. 어머니께서 그동안 모으신 돈도 있겠지만, 저희가 따로 떼어 놓은 목돈이 있으니 한 번 물색해 보세요. 아버지가 동행해 주실 겁니다."

병국의 말에 지수 할아버지와 함께 땅을 사려고 양평에 갔었다. 그때는 지수가 아직 태어나기 전이었으니 지수 할아버지가 아니네. 내 소녀 시절의 추억이 고스란히 남아 있고, 대영 오빠와 행복한 시절이 남아 있는 동네에 가서 살고 싶었다. 땅 삼백 평을 사 놓고, 나는 전원주택을 꿈꾸곤 했었다.

"노후에는 역시 공기 좋은 시골에서 살아야 제 맛인 거 같아요. 집을 아주 조그마하게 짓는 게 좋겠지요? 맷돌호박도 두 포기 심어서 샘물 옆 바위 위에 얹어 놓으면 좋겠어요. 고추도 댓 포기 심어서

풋고추로 따서 쌈장에 찍어 먹으면 좋겠네. 상추는 열 포기쯤 심을 까요? 친구들이 놀러 오면 뜯어서 상추쌈을 싸 먹으면 좋을 것 같군요."

어린아이들이 소꿉놀이하듯이 나는 내 꿈을 이야기했고, 대영 오빠는 내 이야기에 맞장구만 치다가 먼저 저세상으로 갔다.

작년에 대지로 전환하려고 군청에 갔더니 길이 있어야 집을 지을 수 있다고 했다. 그곳은 길이 없는 맹지라고 했다.

"사 미터 폭으로 길이 있던데요?"

"보기에는 길이지만 개인 땅이기 때문에 주인에게 토지사용승락을 받아 오세요."

길 주인과 만날 약속을 하고 설계사무소 직원과 함께 찾아갔다. 주인이 보이지 않았다. 방금까지도 작업을 했는지, 톱이며 낫이 널브러져 있고, 화톳불을 놓았던 곳에서는 재에서 따끈한 열기가 전해졌다. 약속을 해 놓고 이 사람은 도대체 어디로 사라진 걸까?

"이상하네요. 우사 옆방에서 점심 식사를 하고 계시나?"

문을 두드려 보아도 아무런 반응이 없다. 추운 날씨에 밭 가운데서 한 시간이나 기다렸다. 설계사무소 직원은 바쁘다며 가 버렸다. 아무래도 이상해서 다시 우사의 방을 두드렸다. 술에 잔뜩 취한 초로의 사내가 비틀거리며 나왔다.

"약속을 해 놓고 안 나오시면 어떻게 해요? 여기 계셨으면서 아까 문을 두드렸는데 대답도 없으시고요."

나는 큰 소리로 나무랐다. 흰 머리카락은 아무데나 쑤시고 잔뜩 헝클어져 있고, 작업복 바지는 뚫어져 무릎 뼈가 다 들여다보였다.

흙이 묻은 장갑을 들고 서 있는 남자에게서는 소똥 냄새까지 퀴퀴하게 풍겨 왔다. 영락없는 노숙자였다.

"가족들은 서울에서 생활합니다. 여기 오기 싫대요. 저 혼자 여기 와서 거의 라면으로 때우지만 행복합니다. 땅만 보고 있어도 배가 부르니까요. 끄억."

이 사람이 도대체 무슨 말을 하는 건지 답답했다. 이 남자는 우리 땅 바로 옆에 소나무를 빽빽하게 심었다. 농한지세가 나올까 봐 심었는데, 나중에 재산이 될 수도 있단다. 그 일대에 남자의 땅은 이만칠천 평이나 된다고 했다.

"어차피 길로 내놓은 거 아닙니까? 도로 포장을 해 달라는 것도 아니고 집을 지을 수 있게 허락만 해 주세요. 도로 사용료는 드릴 게요."

"제가요. 맨 정신에는 허락하고 말 것 같아서 소주를 한 병 다 마셨습니다. 아주머니네 삼백 평 땅은 원래 저에게 꼭 필요한 땅이었는데, 주인이 나 몰래 아주머니에게 땅을 팔았습디다. 그 땅이 우리 땅 이만 칠천 평 가운데에 딱 알 박기 했다 아닙니까? 차라리 저에게 파십시오."

그렇게 많은 땅을 갖고도 우리 땅이 필요하단다. 삼백 평 대 이만 칠천 평이다. 다윗과 골리앗의 싸움이라는 생각이 들었다. 그래도 성경에서는 어린 다윗이 물맷돌로 골리앗을 쓰러뜨린다.

톨스토이의 단편이 떠올랐다. 해 지기 전에 밟고 돌아온 땅을 다 주겠다는 말에 조금씩 욕심을 내던 남자는 너무 멀리 갔다. 해 질 녘에 출발점에 닿기 위해 죽을힘을 다해 뛰어왔는데, 지쳐 죽고 말왔다. 그는 결국 자기가 누울 산소자리만 건질 수 있었다.

우사의 남자는 끝내 허락하고 싶지 않다고 우겼다. 지수 할아버지가 살아 있었다면 이 남자를 설득시켜서 허락을 받아 냈을지도 모르겠다. 나는 다윗이나, 톨스토이의 단편을 머릿속에서만 상상했을 뿐, 패자가 되어 쓸쓸히 발길을 돌렸다. 꿈꾸던 미니 농원은 물거품이 되고 말았다.

부동산에 들렀더니 우사의 남자 험담을 늘어놓았다.

"그 남자는 가족들과도 사이가 좋지 않아요. 식구들은 모두 슈퍼마켓에 매달려서 먹고살겠다고 동동거리는데, 혼자서만 여기 와 있으니 누가 좋아하겠어요? 아들은 땅을 좀 팔아서 보태 줬으면 하는데, 땅을 더 살 생각만 하니 원."

땅 때문에 모든 걸 다 잃고 있는 남자를 보며, 뭔가를 얻기 위해 정말 중요한 걸 다 잃은 적은 없는지 반성해 보았다.

몇 달 후, 부동산에서 연락이 왔다. 매물이 나왔다는 말에 한 걸음에 달려갔다. 허름한 집이지만, 넓은 마당이 딸린 집이 나왔다고 했다.

"전번에 그 남자 말입니다. 얼마 전에 경운기를 몰고 가다 비탈에서 굴러떨어져 목이 부러졌습니다. 주변 사람들에게 편리를 봐주고 베풀었다면 그의 죽음을 안타깝게 생각했을 텐데, 장례식장에 가 보니 가족들조차도 잔치 분위기더라구요. 아들이 이만칠천 평을 통째로 내놨습니다."

결국 그는 뭘 위해 그렇게 아차을 떨며 살았던 건가?

꿈을 꾸면 온 우주가 도와서 꿈을 이루게 하는 모양이다. 매물로 나온 집이 바로 외삼촌이 젊었을 때 살았던 그 집이었다. 정말 꿈을 꾸고 있는 것 같았다. 내가 서울 멋쟁이인 외숙모 언니의 하이힐을 신고 구멍을 송송 내며 걸었던 그 집을 사게 될 줄 누가 알았겠는가? 오십 년이 넘은 집은 한쪽으로 기울어 쓰러지기 일보 직전이었다. 마루와 부엌이 예전 모습 그대로였다. 친척들을 불러 모아 사촌 동생 돌잔치를 했다는 게 믿기지 않을 정도로 작다.

여름마다 군인 가족들이 아기들을 데리고 와서 저 아래 냇가에서 물놀이를 했었다. 방과 마루에 대여섯 명의 아낙네들이 자기 아기들을 끼고 누워 낮잠을 잤다. 소쿠리에 한가득 찐 감자와 찐 옥수수를 내놓으면 풍성한 점심이 되었다. 그렇게 넓게만 느껴졌는데, 이제 보니 인형의 집처럼 아주 작다. 집 뒤에는 여전히 손이 시릴 정도로 찬 샘물이 솟고 있다. 땅은 모두 천 평이나 되었다.

설계사무소에 연락해서 모든 걸 맡겼다. 직원은 삼백 평짜리보다 여기가 훨씬 좋다며 멋지게 지어 보겠다고 했다.

그 집을 다 허물고 아담한 이 층 벽돌집을 짓기까지 삼 개월이 걸렸다. 그리고 갯벌처럼 넓은 마당에 나무를 심고 연못을 파고, 잔디를 가꾸는데 또 삼 개월이 흘렀다.

인생은 공평한 걸까? 초년에 잘 살았던 외삼촌네는 이제 아주 작은 집에서 근근이 살고 있다.

매주 토요일과 일요일에 와서 집을 가꾸었다. 지수 대고모인 선영에게만 이 비밀을 말해 주었다. 이다음에 내가 작가가 되면 집필실로 쓸 것이다. 구십 살까지 글을 쓸 수 있을까? 이 집에 필요한 집기를 하나하나 장만하면서 행복했다. 삼면을 둘러싼 책장과 크고 멋진 책상이 있는 서재, 넓은 거실과 벽난로.

나는 외국 소설 속에 나오는 벽난로가 참 많이 부러웠다. 따뜻한 가정을 떠올릴 때면 장작이 활활 타오르는 벽난로가 떠오르곤 했다. 소설책 『빨강머리 앤』에서도, 앤이 하숙을 하던 집에 벽난로가 있었다. 벽난로 가에 둘러앉아 오순도순 이야기를 나누는 장면이 그림처럼 떠올랐다.

이 모든 걸 지수에게 물려주고 싶다. 그동안 최선을 다해서 지수를 키웠지만 지수는 나를 어떻게 생각하는지 모르겠다. 내가 열심히 살아온 모습을 지수에게 유산으로 물려주고 싶었다.

천리포 수목원에 갔을 때 '물을 사랑한 꼬마 요정 닛사' 라는 독특한 나무를 보았다. 버드나무처럼 가지가 축축 늘어져 있었다. 나뭇가지들을 들추고 들어가니 사람이 열 명도 더 들어갈 정도로 넓은 공간이 나왔다. 비밀공간을 들락거리며 행복해하던 지수의 모습이 떠올랐다. 연못도 만들고 닛사도 어렵사리 구해다 심었다. 나는 '지수를 사랑한 할머니 요정' 이 되고 싶었다.

비닐하우스에 야생화 온실도 만들고, 아홉 마리 토끼들이 맘껏 뛰어놀 수 있는 공간도 만들어 주었다. 천 평의 땅을 매주 와서 가꾸며 너무나 행복했다. 수만 평의 땅을 보면 배가 부르다던 우사의 남자가 조금은 이해되었다.

가족에게 비밀에 부쳤다가 정원이 모양을 갖추면 깜짝쇼를 할 예정이다. 다음 주에는 가족들에게 공표하고 데리고 와서 보여 줘야겠다. 바비큐 파티를 차리려면 서서와 드럼통 등, 장비도 구입해야겠다.

그랬군요. 할머니가 그 추억의 집을 사신 거였네요. 아기 보기로 들어갔던 그 소녀가 할머니가 되어서 그 집 주인이 된 거네요. 그리고 우리는 그 추억의 현장에서 바비큐 파티를 하고 있네요. 나는 대고모가 하이힐로 콕콕 구멍을 내며 걸어 올라온 길을 뒤돌아봅니다. 아기를 업은 채 빨간 하이힐을 신은 단발머리 소녀의 모습이 거기 영상처럼 얼비칩니다.

엄마가 그동안 할머니를 위해 목돈을 준비했다는 말에 목이 멥니다. 늘 쌀쌀맞은 엄마에게도 그런 면이 있다니요.

영화 〈워낭 소리〉를 보고

＊월 ＊일

평소에 영화나 연극을 잘 보지 않는데, 유일하게 본 영화다. 다큐멘터리 형식이라 소란스럽지 않아 보게 되었다. 한가로운 시골 풍경 속, 어디에나 있을 법한 노인과 소의 이야기다. 영화는 사투리를 못 알아듣는 사람들을 위해 한글 자막을 내보냈다. 드디어 영화가 시작되고, 봉화의 청량사가 나왔다. 몇 번 여행을 갔던 곳이라 반가웠다.

최 노인이 죽은 소의 목에 달았던 워낭을 만지작거리며, 소가 살았던 때로 장면이 바뀌었다.

"머리 아파, 몸이 마이 아파!"

최 노인이 중얼거리며 누워 있다. 아내가 부를 때는 들은 척도 않더니 소의 목에서 딸랑거리는 워낭 소리에는 벌떡 일어났다. 그 소와 함께 사십 년 동안 들에 나가 농사를 지었다. 그렇게 해서 구 남매를 공부시켰다.

최 노인은 장애가 있는 다리로 기어 다니며 잡초를 뽑으면서도, 소가 먹고 죽을까 봐 농약을 치지 않았다. 풀을 베어 지게에 넘치게 얹고 비틀거리며 일어서는 최 노인과 수레를 끌며 비척거리는 늙은 소의 모습이 어찌나 닮았는지……

옆의 논에서는 기계로 모를 심고, 기계로 벼를 베고 있다. 영상은 기계의 빠름과 소의 느림을 대조적으로 보여 주었다.

죽은 듯이 누웠다가도 아침이면 아픈 몸을 억지로 일으켜 세우는 최 노인과 늙은 소.

"꿈지럭거릴 수 있을 때까지는 일을 해야지."

결국 꿈지럭거림이 멈추고 소는 죽어 밭 가운데에 묻혔다. 이 세상 아버지들의 삶이 겹쳐지며 눈물샘을 자극했다.

봉화의 아름다운 사계가 지나갔다. 다큐멘터리 식의 전개 때문에 더욱 실화처럼 느껴졌다. 나의 계절들도 필름 속에서처럼 휙휙 지나가는 것 같아 가슴이 서늘해지기도 했다.

"남들은 싱싱한 사내 만나서 호강하는데, 나는 평생을 짐승처럼 일만 하구, 에구 내 팔자야."

아내의 말투는 투박하지만, 최 노인이 세상을 떠나면 자기도 못 산다고 말하는 걸 보며 속 깊은 정을 배웠다.

소처럼 우직하게 살아온 최 노인의 인생과 사십 년을 동행했던 황소의 삶이, 워낭의 딸랑딸랑 소리에 다 담겨 있는 듯했다. 영화를 보고 나가는 사람들의 눈시울이 붉다.

불편한 다리를 끌며 엎드려 풀을 뽑는 장면, 비 오는 날 소의 털이 젖을세라 등에 비닐을 씌워 놓은 장면, 여물통의 먹이 앞에서 늙은 소를 치받는 젊은 암소의 비정한 장면, 소가 끄는 수레에 앉아 느리게 집으로 돌아가는 황혼녘, 죽은 소의 워낭을 만지작거리는 노인의 투박한 손가락이 오래도록 가슴에 남았다.

우리는 하나둘 키우기도 힘든데, 구 남매를 키운 어른들. 그들은 그 시대를 살았다기보다는 살아 냈다는 표현이 맞을 것이다. 우리 부모님도 당신들의 삶은 없고 토끼처럼 고물고물한 아홉 명의 자식들 입에 먹을 걸 넣어 주느라 평생을 다 바쳤다. 아버지는 전국을 장돌뱅이로 돌아다니느라 인생을 다 보냈고, 어머니는 집에서 허리띠를 졸라 가며 살아 냈다. 그중 반타작을 하는 집이 드물 정도로 살아남은 아이들이 적었다. 우리 형제들 중에 넷만 환갑을 넘을 때까지 살아남았다. 그중 큰오빠는 얼마 전에 세상을 떠나 이제는 세 자매만 남았다.

영화를 보면서 부모님 세대에 비하면 우리 세대는 고생을 덜 했다는 생각이 들었다. 그래도 밥은 먹고살았으니까. 나도 지수 엄마가 배려를 해 주어서 요즘은 신관이 편하다.

"이제 어머니도 나이가 많아 집안 일이 힘드시니, 하루 세 시간씩 집안일을 해 줄 도우미를 구해 드릴게요."

이제 나도 내 집으로 돌아가야 할 텐데, 지수가 눈에 밟혀 어쩌나 싶다.

그리운 할머니

　책상 옆 창가에 턱을 받치고 서서 밖을 내다봅니다. 유모차를 밀고 가던 구부정한 노파가 유모차를 세워 놓고 나를 바라봅니다. 유모차 안에는 겉옷과 검은 비닐 봉투가 들어 있습니다. 한때는 손자를 태우고 웃으면서 산책했을 유모차가 허름하게 낡았습니다. 노파는 유모차 손잡이에 의지하고 서서 무표정한 얼굴로 나를 봅니다. 비닐 봉투 안에는 무엇이 들었을까요? 나와 눈이 마주치자 싱긋이 웃습니다. 듬성듬성 남아 있는 이가 희극적인데도 불구하고, 슬퍼 보입니다.

　"칵! 아으 아으?"

　노파는 자기 무릎을 한 번 치며 나를 쳐다봅니다. 뭔가 말을 하려는 것 같은데, 나는 알아들을 수가 없어서 멀뚱히 바라다보았습니다. 노파는 작은 키에 무릎 사이가 많이 벌어졌습니다. 우리 할머니도 관절염 때문에 자주 넘어지곤 했는데, 넘어져서 무릎을 다쳤다는 뜻인 거 같습니다.

"할머니, 넘어져서 무릎을 다치셨다구요?"

노파는 고개를 끄덕입니다. 비닐 봉투 안에서 파스를 꺼내더니 내게 들어 보입니다.

"파스 붙여 드려요?"

내가 고개를 갸웃거리자, 이번에는 비닐 봉투에서 약 봉투를 끄집어냅니다. 그러고는 손가락으로 읍내 쪽을 가리킵니다.

"아, 무릎을 다치셔서 병원에 다녀오시는 길이군요?"

노파는 그제야 나와 통했다는 듯이 고개를 빠르게 끄덕입니다. 말이 되지는 않지만, 그렇게라도 누군가와 소통을 하고 싶었나 봅니다. 나는 노파의 얼굴과 무릎을 봅니다.

"많이 아프시겠네요."

내 말에 노파의 눈에 눈물이 핑 돕니다. 금방이라도 떨어질 듯 눈물이 그렁그렁합니다. 저의 관심 한 조각이 노파의 마음을 움직였나 봅니다. 다른 때 같으면 나와는 상관없는 사람이므로 창문을 탁 닫고는 들어왔을 겁니다. 그런데 무릎 관절염이 심했던 할머니 생각이 나서 나도 모르게 눈물이 울컥 솟았습니다. 주사기로 무릎에서 물을 한 컵씩 뽑아내곤 했던 할머니 생각이 났습니다.

그날도 병원에 다녀오는 길이었습니다. 버스에서 미처 다 내려오지 못했는데, 버스가 출발하자 할머니가 아스팔트 바닥으로 떨어졌습니다.

"여기요! 여기요!"

나는 버스 옆구리를 주먹으로 탕탕 쳤습니다. 출발하려던 버스 기사가 앞문으로 내렸습니다. 버스가 조금만 더 움직였다면 바퀴 밑으로 다리가 들어갈 뻔했습니다.

"내리는 걸 확인하고 출발해야지요."

앰뷸런스에 실려 간 할머니는 한동안 병원에서 지냈습니다. 골다 공증이 심한데다 발목이 부러져서 수술이 까다로웠다고 합니다.

노파는 나에게 손을 흔들더니 유모차를 밀며 천천히 걸어갑니다. 할머니들의 공포 수준의 외로움을 나는 아직 모릅니다. 그러나 노트북에 적힌 할머니의 이야기들을 보면서, 어떻게든 세상과 소통하고 싶었던 할머니의 외로움이 내 마음을 적십니다.

이 넓은 별장에 가족사진을 걸어 놓았다면 얼마나 좋았을까요? 네 식구밖에 없는데 뭐가 그리 바빠서 함께 사진도 못 찍었을까요? 할머니가 돌아가신 지금에야 모인 것이 못내 아쉽습니다. 거실에 홍콩에서 찍은 사진 액자가 걸려 있습니다. 할머니의 독사진, 나와 둘이서 찍은 사진, 대고모와 셋이서 찍은 사진, 그리고 열일곱 명이 단체로 찍은 사진을 봅니다. 칠십 층, 팔십 층 건물을 배경으로 찍은 사진 속에서 우리는 모두 활짝 웃고 있습니다. 할머니는 지금 공간 이동을 해서 홍콩에 계신 것이 아닐까 싶습니다. 열두 살의 저도 홍콩에 있는 것 같습니다. 우리 영혼의 한 조각 정도는 니나 호텔에 남아 있지 않을까요?

나의 돌 사진, 엄마 아빠의 결혼사진이 이 층으로 올라가는 계단 쪽에 전시되어 있습니다. 큰일 때 외에는 사진을 찍어 두지 않았기 때문에 사진이 별로 없습니다.

할머니 칠순 때 사진을 찍었더라도 근래의 가족사진을 걸어둘 수 있었는데 그랬습니다. 작년 칠순 때 엄마가 할머니 한복을 지어 드렸습니다. 그런데 칠순 날 며칠을 앞두고 할머니의 큰오빠가 돌아가시는 바람에 잔치는 물론이고 사진도 찍지 못했던 겁니다. 엄마가 해 드린 고운 한복은 한 번도 입지 못했습니다.

"비싼 돈 들여서 한복은 뭐 하러 맞췄어. 언제 입을 일이 있겠나? 이제 천국 갈 때나 입고 가야겠구나."

할머니의 말에 엄마가 몹시 섭섭해했습니다.

"할머니, 언제 시간 내서 한복 입으시고 가족사진을 찍기로 해요."

네 명밖에 안 되는 식구가 전부 모일 기회가 쉽사리 찾아오지 않았습니다.

"어차피 어린이날은 모두 놀 테니 그때로 시간을 맞추자. 사진관에서 사진을 찍고, 함께 외식을 하자꾸나."

"아빠, 어린이날엔 무슨 일이 있어도 빠지면 안 돼요?"

"회사에 급한 일이 생기면 빠질 수도 있어. 그까짓 가족사진을 찍는 게 뭐 그리 중요하다고 호들갑이냐?"

나는 아빠의 말에 눈물이 뚝뚝 떨어졌습니다. 혹시 할머니가 돌아가시기라도 하면 분명히 후회할 일이라는 생각이 들었습니다. 당황한 아빠는 내 어깨를 두드렸습니다.

"남은 사람끼리라도 찍으면 될 것 아니냐? 참석하지 못하면 나중에 포샵 처리하면 되잖냐."

그걸 위로라고 하는지 모르겠습니다.

"가족사진인데, 남은 사람끼리 찍는 게 무슨 의미가 있겠나?"

할머니도 섭섭해했습니다.

구정 때 약속을 했으니 삼 개월이라는 시간이 있었습니다. 그런데 한 달을 남겨 놓고 할머니가 갑자기 응급실로 실려 갔습니다. 대학 병원 입원실에 환자복을 입고 누운 할머니는 갑자기 늙고 초췌해졌습니다. 나는 마음이 조급해졌습니다. 말이 씨가 된다는 말이 맞았습니다. 결국 어린이날 아빠는 미국에 출장을 갔습니다.

"할머니, 한복은 추석 때 입으시고, 그때나 가족사진을 찍어야겠어요."

우리는 또 날짜를 미루었습니다.

"그러면 되겠구나. 그런데 내가 그때까지 살 수 있을까?"

할머니는 언제부턴가 이런 말씀을 자주 하셨지만, 정말 돌아가시리라곤 생각지 못했습니다.

계획표를 짜서 벽에 붙여 놓고 열심히 공부하던 할머니가 갑자기 세상을 떠났습니다. 새벽 세 시, 책상에 엎드린 채로 다른 세상으로 떠났습니다. 노트북 화면에는 글을 쓰던 중이었는지 커서가 깜빡거리고 있었습니다. 나는 할머니의 영혼이 노트북 안으로 공간이동을 한 것 같은 착각에 사로잡혔습니다. 그래서 '할머니!' 하고 자판을 두드리면 조금 후에 '오냐, 지수구나.' 하며 글씨로 화답할 것만 같았습니다.

창밖의 나뭇잎들이 바람에 춤을 춥니다. 새파랗게 물이 오른 잔디가 바람에 물결칩니다. 하얀 토끼들이 깡충깡충 뛰어갑니다. 할머니의 편린이 어디에도 있는 것 같습니다. 할머니의 글들이 한 편,

한 편 퍼즐처럼 맞아 들어가면서, 할머니의 인생이 또렷하게 보이기 시작합니다.

고독이라는 미로에서 길 찾는 법을 연구하신 할머니. 그중에서 '할머니 되기'가 고독에서 벗어나는 방법 중 제일 효과가 좋았다고 했습니다. 할머니가 적어 놓은 '고독에서 벗어나는 방법'은 대부분 이뤄진 셈입니다. 새해 아침에 세웠던 작은 계획들이 연말에 결산해 보면 전부 이뤄졌듯이, 할머니의 인생을 결산하는 이 시점에서 할머니의 계획들은 모두 이뤄졌습니다. 공부하기, 운동하기, 여행하기, 연애하기, 글쓰기, 집짓기, 할머니 되기…….

할머니! 이제 고독의 미로에서 완전히 벗어나 할아버지와 손잡고 천국을 여행하고 계시나요?

할머니의 유산

  할머니는 노트북 자판에 손을 얹은 채로 돌아가셔서 아무도 임종을 보지 못했습니다. 아마도 그토록 좋아하던 새벽 세 시 무렵 혼자만의 시간에 글을 쓰는 중이었나 봅니다. 할머니의 노트북에는 일주일에 한 번 시청하는 텔레비전 강의 내용들이 정리되어 있습니다. 그날도 강의 노트를 노트북에 옮기고 있었습니다.

  '백 년을 살 것처럼 계획을 세우고, 당장 내일 죽을 것처럼 오늘 하루를 치열하게 살아라.'

  커서는 그 끄트머리에서 깜빡거리고 있었습니다. 죽음은 미리 준비할 수 있는 게 아니라, 인생의 연장이라는 생각이 듭니다. 계속 살 수 있을 것처럼 계획을 세우고 꿈을 꾸다가 어느 날, 아무도 모르는 그때에 모든 걸 손 놓고 가야 하기 때문에 더 안타깝습니다. 할머니는 이런 명언들을 받아 적어 놓고 인생의 길잡이로 삼은 모양입니다.

우리는 할머니의 팔다리를 주물러 몸을 펴 드린 후에 엄마가 해 드린 한복을 입혀 드렸습니다. 천국 갈 때나 입어야겠다더니 정말 그렇게 되었습니다.

병원 영안실입니다. 사진이 없어 홍콩에서 찍은 사진을 확대했습니다. 활짝 웃는 할머니 뒤로 홍콩의 높은 빌딩들이 솟아 있습니다. 하얀 국화꽃 속에서 웃고 있는 할머니가 믿기지 않습니다.

"지금 염을 시작할 겁니다. 직계가족들은 들어오십시오."

"지수는 여기 있어라. 아직 어려서 보지 않는 게 좋겠다."

대고모는 나를 만류했지만, 할머니의 마지막 모습을 보고 싶었습니다.

"죽음도 삶의 일부이니 보는 게 좋겠다. 그 대신 두려워서 어설프게 봐서는 안 된다. 찬찬히 다 봐야 한다."

아빠는 내 손을 잡아끌었습니다. 염하는 사람들은 할머니의 한복을 벗기고 베옷으로 갈아입혔습니다. 머리도 곱게 싹싹 빗 자리가 나도록 빗겼습니다. 대고모가 제일 서럽게 울었습니다. 할머니의 얼굴에 당신의 얼굴을 비벼 대며 처연하게 울었습니다. 매일 티격태격하면서도 '지수를 어떻게 하면 훌륭하고 예쁘게 키울까?' 라는 의견에는 마음이 딱딱 맞던 두 분 할머니. 화장을 지운 대고모의 얼굴은 무척 쭈글쭈글하고, 검버섯도 많이 피었습니다. 매일 아침마다 미용실에 들러 머리카락을 한껏 부풀렸던 대고모의 모습은 온데간데없습니다. 물에 빠진 생쥐처럼 몇 올 안 되는 머리카락이 찰싹 붙었지만 오늘은 개의치 않습니다. 대고모는 십 년은 늙어 보입니다. 아무리 가꿔도 얼굴에 나이가 다 들어 있는 법이라던 할머니 말씀이 떠오릅니다.

할머니의 얼굴은 참 온화합니다. 곱게 화장을 하고 머리도 깔끔하게 빗었습니다. 벌어졌던 다리도 염하는 사람들이 곧게 폈습니다. 벌떡 일어나서 노트북을 켜고 글을 쓰실 수 있을 것 같습니다. 이제 할머니를 관 안에 뉘고 뚜껑을 덮으려는 찰나입니다.

"잠깐만요. 이것 좀 넣어 드려도 될까요?"

대고모는 가방에서 『빨강머리 앤』 한 권을 꺼냈습니다. 남자는 책을 받아서 넣어 주었습니다. 코끝이 시큰해졌습니다.

"네 할머니는 못 배운 게 사무쳐서 결국 미친 거야."라고 비아냥거리던 대고모가 속으로는 할머니를 많이 사랑했나 봅니다.

관 뚜껑을 덮고 휘장을 두르고 붓으로 '유인 충주김씨 지구'라고 한자로 씁니다. 할머니는 신라의 마지막 공주였을 겁니다. 나는 눈을 꼭 감았습니다. 쿵쿵 못을 박는 소리가 들립니다.

국사 공부를 하면서 뼈에도 등급이 있는 모양이라며 깔깔 소리 내어 웃던 모습이 떠오릅니다. 진골, 성골을 외우던 할머니가 그립습니다. 손가락 발가락 아프지 않은 곳이 없다며 꾹꾹 주물러 가면서 열심히 공부했던 모습이 떠오릅니다. 글을 쓰고 난 아침이면 손가락이 구부러지지 않아 한참 애를 먹었습니다. 어깨는 굳어서 뻣뻣하니 로봇 같다고 했는데, 이제는 그 무거운 몸을 다 벗고 훨훨 날고 있을까요? 공부가 제일 하고 싶었다던 할머니, 이제 일 년만 있으면 대학에 갈 수 있는데…….

너무 안타까웠습니다. 공부를 게을리하지 않고, 삶을 치열하게 살다 간 할머니를 보며 많이 혼란스럽습니다. 그렇게 치열하게 사는 삶이 잘 사는 삶인지, 노후를 한가롭게 보내는 것이 잘 사는 삶인지 모르겠습니다.

천국이 있다면 도서관처럼 생겼을 거라는 보르헤스의 말에 공감한다며, 도서관을 너무도 사랑했던 할머니. 도서관의 민 회장님과 문학 모임 회원들이 찾아와서 많이 울었습니다. 이 세상에서 못 다한 이야기들을 천국에서 쓰고 있으리라 믿고 싶습니다.

아빠는 할머니가 돌아가시기 전에 가족사진을 찍지 못한 게 한이 된다며 가슴을 두드렸습니다. 엄마는 책을 출판해 드리지 못한 게 한이 된다며 흐느꼈습니다.

할머니의 돋보기인 '신비의 눈' 은, 어느새 원시가 되어 버린 아빠가 물려받았습니다.

"눈이 잘 안 보이니까, 세상을 더 아름답게 볼 수 있는 것 같더라. 낙엽이 바람에 날아오르는 모습이 무수히 많은 참새 떼가 날아오르는 것으로 보이는 거야. 나는 너무 멋져서 환호성을 질렀단다."

비관적인 상황도 긍정적인 생각으로 바꿔 살았던 할머니의 정신이 내게로 걸어옵니다. 할머니의 멋진 책상과 노트북은 내가 물려받았습니다. 그 안에는 할머니가 모아 놓은 보석이 가득합니다. 나는 오늘도 할머니가 남겨 놓은 삶의 조각들을 찾아 노트북을 뒤적입니다. 할머니의 글을 만날 때마다 눈물이 납니다. 마지막으로 적어 놓은 짧은 글들은 할머니의 유서처럼 가슴에 와 박힙니다. 아직 작품으로서의 모습은 갖추지 못했지만, 소중한 기록인 것 같아 읽어 봅니다.

독립운동

우리 집안은 할아버지 대에 잘 살았다. 대를 이어 계속 잘 살기는 힘든 모양이다. 자기가 물려받은 걸 지키기도 힘들다. 그 많던 재산을 독립군 군자금 대느라 다 퍼 돌려 집안이 거덜이 난 것이다. 일제강점기에 독립군 군자금을 대서 나라를 살린 건 잘하신 일이지만, 가족들이 먹을 것까지 남기지 않고 나라에 다 내놓은 건 아니라고 본다. 할아버지는 일제강점기에 재판소에 다녔다. 우리나라 사람들을 뒤에서 많이 봐주었다고 했다. 할아버지는 아들 둘만 두었지만, 큰집인 우리가 구 남매, 작은 집에 칠 남매가 있어, 가난한 흥부네처럼 자손만 번창하고 말았다. 총 열여섯 명 중 아들 네 명은 고등학교까지 공부를 시켰지만, 딸들은 초등학교만 간신히 졸업시켰다.

나도 육이오전쟁이 났을 때, 아홉 살이었으니 공부를 제대로 할

수 없었다. 경북 영천까지 피난 내려가서 천막 교실에서 간신히 한글을 뗐다. 이리저리 옮겨 다니느라 제대로 공부를 하지도 못했다. 모두들 머리가 좋았지만, 입에 풀칠하기도 힘겨운 시절이었으니 딸들에게까지 공부시킬 여력이 없었다.

삼 년 전에 할아버지가 독립 유공자임이 밝혀졌고, 올해서야 보훈처에 등록이 되었다. 그래서 우리도 이제 옆집 남자처럼 연금을 받을 수 있겠구나 좋아라 했다.

옆집 남자는 독립 유공자의 넷째 아들이다. 몸은 병들고 아내에게 구박덩이였는데, 셋째 형이 돌아가자, 한 달에 백만 원 넘는 연금을 받게 되었다. 아내는 남편이 죽을까 봐 몸에 좋은 건 다 해 먹인다. 게다가 동생인 다섯째는 우리 옆집 남자가 죽기만 손꼽아 기다린단다. 정말 웃어야 할지 울어야 할지 모르겠다.

연금을 받을 수 있는가 알아보겠다고 보훈처에 갔던 언니가 소득 없이 빈손으로 돌아왔다.

"독립 유공자의 자녀인 아버지와 작은아버지가 다 돌아가셨기 때문에 연금을 줄 수 없다고 하더라. 자기들이 늦게 찾아 놓고는 소급 적용도 안 된다고 하니 너무 억울하더라."

우리가 옆집처럼 살기가 어려워서 연금을 받으려는 건 아니다. 독립 유공자의 자손이라는 자존심 때문이다. 이제는 누구의 도움이 필요 없을 정도로 다들 잘 산다.

"독립 유공자의 자손이라는 명예만 받으라는 것이지. 현관문에 '독립 유공자의 집' 이라는 명패는 달아 줄 모양이더라."

도움 받을 일이 전혀 없다는 말에 모두들 실망했다.

"손자들에게 대학등록금 면제라는 혜택은 준다고 하더라."

"이미 육십 대, 칠십 대 노인들이 다 되었는데, 이제 와서 무슨 대학등록금?'

"무슨 이런 경우가 다 있단 말이고?'

양쪽 집 자매들은 악머구리 끓듯 떠들어 댔다. 정말 웃어야 할지 울어야 할지 모르겠다.

그런데 기적이 일어났다. 대학 공부할 사람이 없다고 생각했는데, 칠십 세가 넘은 큰언니가 수원에 있는 대학교에 입학했다. 그것을 계기로 나와 막내 말자, 작은집의 육십 대 자매 둘이 공부를 하기로 결정했다. 다른 자매들도 공부를 하고 싶었을 텐데……. 우리 다섯 명은 그동안 발버둥 치며 대입 검정고시까지 통과했기 때문에 대학에 들어갈 자격이 주어진 것이다.

돈이 없어 평생 한으로 남은 공부를 나머지 인생의 목표로 삼았다. 이 나이에 대학교에 가리라곤 꿈도 꾸지 못했는데, 기적이 일어난 것이다.

"정말 새 세상을 사는 것 같아. 이게 꿈이냐, 생시냐."

얼굴이 활짝 피어 모두 십 년은 젊어 보였다.

나는 그동안 지수와 함께 고등학교 과정을 공부하고 있었으므로 지수가 대학교에 갈 때 맞춰서 나도 대학교에 들어가면 된다.

나라에서 우리 할아버지를 빨리 찾아냈더라면 얼마나 좋았을까? 아버지가 연금만 받았어도 우리들 모두 아기 보기로 팔려가지 않아도 되었을 텐데……. 사실 그때만 해도 우리나라가 못 살았으니 어쩔 도리가 없었을 것이다. 아쉬움이 남기는 하지만, 그나마 늦어서도 삶의 목표가 생겼으니 다행이다.

이제 문학창작과에 입학해서 공부를 열심히 할 것이다. 졸업하고 나면 신춘문예에 단편소설을 응모해서 소설가로 등단을 할 것이다. 나처럼 배우지 못한 여인들, 그리고 우리나라에 들어와 있는 외국인 여성들을 위해서 좋은 글을 쓸 것이다. 그들이 내 작품을 읽고서 꿈을 꿀 수 있도록 해 주고 싶다. 하늘나라에서 우리 손녀들에게 선물을 주신 할아버지께 감사드린다. 그리고 나라를 위해 일하고도 묻혀 버린 독립운동가를 발굴해 내어 표창하니 고맙다. 그만큼 이제는 우리나라도 잘 살게 된 것이리라.

할머니가 일 년만 더 살았으면 꿈에도 그리던 대학교에 들어갈 수 있었을 텐데……. 꿈을 향해 꾸준히 노력하신 걸 생각하니 안타깝습니다. 할머니는 나와 똑같은 수준으로 공부를 하겠다고 했습니다.

"그러다 보면 지수가 대학교에 갈 때 할머니도 유식해지지 않겠니?"

할머니가 나와 함께 보조를 맞춰서 걸어온 시간들이 할머니의 유산이란 걸 깨달았습니다. 나는 할머니 몫까지 열심히 공부해서 문학창작과에 들어가기로 마음을 굳힙니다. 이제 나의 갈 길이 확고해졌습니다.

비밀 노트

*월 *일

이제 지수에게 비밀을 털어놓을 때가 된 것 같다. 지수가 이 글을 읽을 때쯤 되면 나는 아마도 천국에 가 있지 않을까? 병국 내외는 지수에게 굳이 사실을 밝힐 필요가 없다고 말하지만, 마음 한쪽이 편치 않다.

내가 이 집에 들어온 건 열아홉 살 때이다. 제대하는 대영 오빠를 따라서 서울로 왔다. 마침 집에서 일하던 가정부가 결혼을 해서 사람을 구하는 중이었단다.

외삼촌 댁에 있을 때, 삼 년 동안 대영과 연애 감정이 있었던 건 사실이다. 대영이 자꾸 손을 잡으려 하고, 틈만 나면 안아 보려고 한 것도 사실이다. 피하지 말걸. 도망치지 말 걸. 숨바꼭질하듯 너무 절제하지 말 걸. 마음속으로 마구 도리질을 하며, 그 순간으로 시간을 되돌릴 수만 있다면, 대영을 꼭 붙들고 놓지 않고 싶었다.

나는 일손이 한가해질 때마다 그 순간으로 시간을 되돌려 놓으려고 애썼다.

손님이 많이 찾아오는 집이라, 요리사가 필요했다. 대영 오빠는 나를 요리 학원에 등록시켜 주었고, 꽃꽂이 학원에도 보내 주었다. 나는 이 집에서 꼭 필요한 사람이 되어 갔다. 친척들은 나를 칭찬하기 시작했다.

대영을 안 건, 그의 아내보다 내가 먼저였다고 우겨 봐야 소용없었다. 대영은 나를 동생 이상으로 생각한 적이 한 번도 없었으니까.

대영은 선을 보았고, 박꽃처럼 얼굴이 하얗고 예쁜 아내를 몇 번 만나더니 바로 결혼식을 올렸다. 외아들이니 당연히 집에 들어와 살게 되었다. 내가 얼마나 질투하고, 꿈속에서 대영의 아내 자리를 차지하고 앉아 즐거워했는지 아무도 몰랐다. 그저 가정부 아가씨일 따름이었으니까. 그들은 이 층에 신혼 방을 차렸고, 나는 일 층 주방 옆 식모 방에서 지냈다. 이 층에서 나란히 내려오는 두 사람을 볼 때마다 마음이 미어졌다. 외삼촌 댁에 있을 때 대영의 발목을 붙잡을 걸, 너무 부끄러워 도망만 다니다가 기회를 놓친 게 아니었을까? 별별 생각을 다 했다.

야속하게도 시간은 성큼성큼 지나갔고, 병국이 태어나자 나는 눈코 뜰 새 없이 바빴다. 병국 엄마는 몸이 약했고, 아이 보는 일은 내게 떨어졌다. 나는 정말 엄마처럼 키웠다. 병국도 제일 먼저 나에게 엄마라고 불렀다. 조금 커서 제 엄마를 알아볼 때까지 엄마, 엄마 하면서 나를 졸졸 따라다녔다.

위기가 한 번 찾아왔다. 두 돌 지난 병국일 데리고 문구점 앞에 갔을 때였다. 문구점 유리창에 붙어 있는 책 광고를 들여다보느라 한 눈을 파는 사이에 병국이 사라졌다. 다리에 힘이 쭉 빠졌다. 아기가 아장아장 걸어서 어디로 갔단 말인가? 그렇게 멀리 가지 못했을 텐데, 누가 납치라도 해 갔을까? 별 망측한 생각이 다 들었다.

"아기들은 한 방향으로 쭉 가는 경향이 있으니까, 다 흩어져서 찾아봅시다."

몇 시간 뒤에 병국은 정말 문구점에서 일직선으로 보이는 길 끝에 가서 찾았다.

어른들은 야단을 치며 집을 나가라고 떠밀었다. 보따리를 싸면서 울었다. 식모살이 할 집이야 많았지만, 발걸음이 떨어지지 않았다.

"아기를 키우다 보면 그런 일이 비일비재한데, 그때마다 보따리 쌀래?"

대영이 보따리를 내 방에 갖다 두며 다독여 주고, 병국 엄마도 내 등을 두드려 주었다. 펑펑 눈물을 쏟은 뒤에 다시 눌러앉았다. 그래서 지수를 키울 때는 늘 따라다녔다. 놀이터에서 지수가 신나게 놀 때도 내 눈은 항상 지수를 향해 있었다.

병국 엄마는 몸이 약했다. 병국이 스무 살 때 시름시름 앓다가 저세상으로 떠났다. 대영 오빠와 병국이 많이 힘들어 했다. 나는 결혼도 하지 않고 계속 이 집에서 두 사람을 위해 살았다.

병국이 결혼할 때, 대영의 아내 역할을 맡아서 연기를 했다. 상견례 때도, 결혼식 때도 대영의 옆자리에 앉게 되었다. 홀시아버지보다는 곁에 부인이 있는 게 좋아 보인다는 거였고, 나는 은근히 기뻤다. 그동안 꿈속에서 대영의 아내 역할을 해 왔기 때문에 나의 연기는 너무 자연스러웠다.

요즘 '남자를 빌려 드립니다' 라는 사업이 뜬다는데, 그 방면에서
는 내가 원조인 셈이었다.

선영은 그럴 수는 없는 거라며 입을 삐죽거렸지만, 나는 그 역할
에 충실했다. 나는 대영의 옆에 앉을 자격이 충분하다고 생각했고,
친척들이 뻔뻔하다고 해도, 나는 그 자리에 당당하게 앉을 수 있었
다. 대영은 내가 늘 결혼하고 싶어 꿈꾸던 남자였기 때문이다. 부러
울 것 없이 자라 판사가 된 지수 엄마와 외가에 비해 뒤질 건 없었
지만, 편부 슬하라는 게 마음에 걸렸다.

결혼식을 끝내고 나서 병국이 자기 아내에게 사실대로 털어놓았
다.

"친어머니가 아니라고 해서 크게 달라지는 건 없어요. 월급은 충
분히 드릴 테니 제가 아기를 낳으면 친할머니처럼 키워 주세요."

그래서 나는 할머니로 재취업이 된 거였다. 보모에서 가정부로,
대리 부인으로 대리 엄마로, 대리 할머니로 탈바꿈했다. 자존심만
버리면, 꽤 괜찮은 직업인 셈이었다.

병국 내외가 맞벌이 부부다 보니 집안일이 조금 늘었다. 지수를
낳자 일이 더 늘어났다. 일이 늘어날수록 월급도 올라갔다. 지수 할
머니 역할로 승진했고, 지수가 커 감에 따라 먹이고 돌보는 일 외에
할머니로서의 자질이 필요했다. 컴퓨터를 배우고, 수영을 배우고,
운전을 배웠다. 나는 이 세상에 그림자로 태어난 것 같았다. 대영의
그림자였고, 병국의 그림자였으며, 지수의 그림자였다. 내게 자존
감이란 건 아예 없었다.

나의 어린 시절의 이야기는 다 사실이지만, 대영과의 로맨스는 내가 상상해서 지어 낸 이야기였다.

나는 결혼한 적이 없었다. 일흔 살이 넘은 나이까지 숫처녀라는 게 내세울 거리가 되겠냐마는 아무튼 나는 처녀의 몸이었다. 어떻게 살다 보니 그렇게 되었다. 그래서 아직도 멋진 남자와의 로맨스를 꿈꿀 수 있는지 모르겠다.

예순 살이 넘으면서, 이제 대영 곁에 비집고 들어갈 틈이 생기자, 욕심이 생겼다. 아내 자리가 탐났다. 그리고 진짜 지수 할머니가 될 기회가 온 거였다. 대영이 퇴직하고 들어앉아, 하루 종일 함께할 시간이 나자, 어렸을 적 감정이 새록새록 솟아났다. 대영도 이제 나를 여자로 보기 시작하였다. 지수를 유치원에 데려다 주고 나면, 둘만의 시간이 주어졌다. 젊었을 때처럼 영화도 보고, 운전 연수를 핑계로 드라이브도 즐겼다.

내가 가장 행복했던 시절은 지수가 이 세상에 태어난 후, 여섯 살 유치원 다닐 때까지의 시간들이었다. 내 마음에는 다시 사랑의 꽃이 빨갛게 피어나기 시작했고, 지수를 키우면서 많은 이야기들이 가슴에서 만들어지기 시작했다.

우리는 정말 지수 할아버지, 할머니로만 살았다. 유모차를 끌고 공원에 나가면 다들 부부로 알았고, 굳이 도우미라고 밝힐 필요는 없었다. 오 년쯤 지나 내가 환갑을 맞았을 때, 대영 오빠는 살림을 합치자고 했다. 환갑에 청혼이라니? 나는 스무 살짜리 어린 아가씨처럼 어찌나 마음이 달떴는지 모른다.

"지수에게 친할머니를 만들어 주기 위해서 합치자는 거야."

"저는 지수를 위해 안 된다는 겁니다. 지수가 더 혼란스러울 거에요. 지금 친할머니인 줄 알고 있는데, 수선을 피우다 보면 제가 가짜 할머니였다는 게 들통 날 거 아니에요? 지수가 충격 받는 것 원치 않아요. 저는 이대로가 좋아요."

말은 그렇게 했지만, 우리에게 남은 시간이 얼마 남지 않았기 때문에 더 소중하고 애틋했다. 사십 년, 나는 너무 오래 기다렸다. 삼년의 추억으로 사십 년을 버텨 냈다. 그리고 환갑 나이에 시작한 연애는 일 년을 넘기지 못했다. 청혼 받은 지 며칠 만에 오빠가 갑자기 심장마비로 세상을 떠난 것이다. 망설이지 말 걸. 다시 시간을 되돌릴 수 있다면 선뜻 그러자고 했을 텐데……. 아무리 후회해도 소용없었다. 나는 정말 대영 오빠의 가족이 되고 싶었다.

그 후, 이 년 동안 살고 싶은 마음이 없을 정도로 나는 황폐해져 갔다. 우울증으로 병원에 다녔다. 나는 이 추억을 안고 평생을 살아야겠지.

다행히 지수는 우리 두 사람을 사이좋은 할아버지 할머니로 기억하고, 나를 친할머니라고 철석같이 믿고 있다. 병국 내외도 내게 할머니의 지위를 허락했고, 나는 지수 할머니가 되기 위해 최선을 다하고 있다.

지수는 말을 배우기 시작하면서 할머, 할버 하면서 컸다. 사실을 밝히지 않는 것이 정서적으로 좋을 듯했다. 나는 '할머 되기'를 내 목표로 삼고 살면서 제일 행복했다. 이제 내게 남은 건 지수밖에 없다는 생각이 들었다. 우리의 사랑을 이어 가는 건 지수에게 '할머니 되기'라는 생각이 들었다.

나는 이제 나를 위해서도 살아 보려고 한다. 지수 엄마가 나를 위해 하루 세 시간 가사도우미를 구해 주었다. 내 시간이 너무 많이 생겼다. 평생 소원이었던 공부도 하고, 책도 맘껏 읽고, 글도 쓰면서 하루를 쪼개어 살고 있다.

나는 이 집에서 열아홉 살 때부터 식모로 일했다. 그리고 처녀로 지금까지 살아왔다. 나는 늘 꿈만 꾸면서, 대영의 신혼 생활을 부러워하며 살았다. 나는 지금까지 주어진 역할에 충실했다. 우리는 그렇게 가족이 된 거였다.

지수 엄마는 내게 월급을 많이 주었고, 나는 쓸 일이 하나도 없었다. 먹고 입고 잠잘 수 있는 내 방이 있었기 때문이다.

"이렇게 사시다가 우리 집에서 나가면 뭔가 대책이 필요하지 않겠어요? 그러니까 어머니도 땅을 사 놓든가, 아파트를 하나 장만하세요."

지수 아빠가 퇴직금 중간 정산한다고 생각하라며 목돈을 주었고, 그때 땅을 사 놓게 되었다. 대영은 우리가 만났던 곳, 군대 생활하던 양평이 마음에 든다며 손을 잡아끌었다.

"여기에 그림 같은 집을 짓고 노년을 함께 보냈으면 좋겠구나."

우리는 삼백 평 땅을 사 놓고는 꿈을 꾸었다.

"여기에 아주 작은 집을 짓고 잔디를 심자, 연못도 파서 금붕어도 키우고, 야생화도 심고, 과일나무를 심어서 철철이 따먹는 재미도 쏠쏠할 것 같네. 정자는 무슨 나무를 심고 싶어?"

"감나무, 대추나무, 포도나무, 매실나무, 앵두나무……."

나는 나무 이름을 말하면서 얼마나 행복했는지 모른다. 그리고 대영과 함께 상의했던 그 나무들을 하나하나 정성들여 심었다.

일주일에 한 번씩 쉬었다. 토요일 저녁부터 월요일 아침까지는 내 시간이었다. 지수가 떨어지지 않으려고 울었다. 어떤 때는 지수를 데리고 여행을 하기도 했다. 대영이 운전면허증을 따라고 부추기는 바람에 운전 학원에도 다녔다. 시내 연수를 시켜 줘야 한다는 핑계로 드라이브도 자주 나갔다. 그때 운전을 배워 두었기에 마음만 먹으면 차를 끌고 돌아다닐 수 있게 되었다.

대영이 세상을 떠나고 난 뒤, 조그만 자동차를 하나 사서 떠돌아다니기 시작했다.

대영이 세상을 떠나자, 눈앞이 캄캄했다. 살고 싶은 마음이 하나도 없었다. 자동차를 봐도, 소파를 봐도, 하다못해 재떨이를 봐도 대영의 모습이 떠올랐다. 대영의 지문이 묻지 않은 곳으로 떠나고 싶었다.

"힘드시겠지만, 저희 집에 계속 계셨으면 좋겠어요. 굳이 지수한테 밝힐 필요가 없을 것 같아요. 어차피 지수에게 친할머니가 계신 것도 아니고, 지수에게는 정서적으로 할머니가 필요하잖아요. 저희도 잘할 테니까 그렇게 해 주세요."

그래서 나는 지수 할머니로 계속 눌러앉게 되었다. 우리는 핏줄로 연결된 가족보다도 더 돈독해 보였다. 내가 월급을 받고, 일주일에 한 번씩 정기적으로 쉬는 게 다르다면 다를까? 사실 요즘은 친할머니들도 손자를 봐주며 용돈을 받는 실정이니, 아주 이상한 가족 관계는 아니었다.

하지만 가족의 수준과 어울리지 않게 무식한 것이 문제였다. 선영이 가끔 말을 툭툭 내뱉을 때마다 내 정체가 들통날까 봐 당황해서 진땀이 나곤 했다. 속마음은 그렇지 않으면서 왜 그렇게 심술맞게 변해 가는지 모르겠다. 외로워서 그러겠지. 남편도 자녀도 곁을 다 떠나고 홀로 남은 노파의 히스테리겠지. 처녀의 몸으로 아들 며느리 손녀까지 거느리고 사는 나의 노년이 부러워서, 한 번씩 내 마음에 돌을 던져 파문을 일으키고 싶은 게지. 침을 꿀떡 삼키고 넘기려고 해도 너무 심할 때는 지수 앞에서 한 번씩 선영의 흉을 보곤 했다.

선영은 내게 진짜 할머니 노릇을 하려면 공부를 하라고 다그쳤다. 아이와 소통을 하려면 컴퓨터도 배우고, 책도 읽으라고 했다. 눈도 어둡고, 머리도 안 돌아가고 쉬운 일이 아니었다.

평생 남의집살이를 하다 보니 음식을 만든다거나 청소, 빨래 등 집안일은 척척 할 수 있었는데, 아이를 키우는 데는 그런 것보다는 소통이었다. 그래서 생각해 낸 것이 지수와 똑같은 눈높이가 되는 것이었다.

지수의 교과서를 베끼면서 공부하고, 『빨강머리 앤』을 필사하면서 아이들의 정서를 익혔다. 정말 나는 아이가 된 기분이었다. 지수가 자전거를 탈 때는 공원에 가서 함께 넘어져 가며 자전거를 배웠다. 롤러블레이드를 탈 때는 무릎이 다 까졌다. 지수가 일곱 살이면 나도 일곱 살이었고, 지수가 사춘기가 되었을 때는 나도 사춘기 소녀가 되었다.

수영을 배우고, 지수가 수영을 끝냈을 때는 책거리하듯 수영장에 떡을 돌렸다. 아무도 내가 가정부 할머니인 줄 눈치채지 못했다.

처음에 아파트 엘리베이터에서 어떤 중년 여자를 만났을 때, 당황한 적은 있었다. 고급 아파트에 어울리지 않는 내 허름한 옷차림 때문이었나 보다. 지수를 업고 엘리베이터를 탔는데, 그 여자가 나를 훑어보았다.

"어느 집에서 일하세요?"

나는 호통을 쳐야 함에도 불구하고 주눅이 들었다. 뱀도 땅꾼 앞에서는 꼼짝을 못한다는 말이 생각났다. 그녀는 단번에 내가 도우미라는 걸 알아챈 것 같았다.

나는 얼굴을 붉히며 엘리베이터에서 내렸다. 내 얼굴에 지성미가 없기 때문이었다. 무식한 것이 다 드러나는 거였다. 사십 년 가까이 남의집살이를 했으니 그게 몸에 밴 까닭이었다. 그 후로는 놀이터에 갈 때도 입성을 차려입었다. 선영이 일주일에 한두 번씩 들를 때마다 잔소리를 했다. 자기가 다니는 미용실도 소개해 주고, 백화점에 데리고 가서 옷도 골라 주었다.

지수가 아장아장 걷기 시작할 때, 대영이 퇴직을 했고, 지수를 함께 보기 시작하자, 뒷배가 든든해졌다. 다들 함께 아기를 보는 노부부로 봐주었기에, 남들이 나를 어떻게 볼까 하는 염려는 붙들어 맸다. 그리고 대영이 소개해 준 책들을 읽고, 영화도 함께 보러 가면서 대화가 통하기 시작했다. 우리나라 영화는 그래도 쉬웠지만, 외국 영화는 자막이 휙휙 지나가는 바람에 영화를 보고 나서도 이해가 되지 않는 부분이 있었다. 대영은 질문을 할 때마다 구박하지 않고 자상하게 설명을 해 주곤 했다.

그러나 오페라나 뮤지컬은 아직도 어려웠다. 시끄럽기만 하고 정신이 하나도 없었다. 지수는 오페라와 뮤지컬도 좋아했고, 댄스스포츠를 하는 것도 좋아했다. 거기까지 맞춰 줄 수 없어서 그건 선영이 맡아 주었다.

그래도 이제 지수가 열여덟 살쯤 되고 보니, 나도 조금은 나 자신에게 만족감이 생겼다. 나는 지수 할머니로 취직한 거고, 나는 최선을 다해서 할머니 역할에 충실했다. 충실하다 못해 내가 진짜 지수 할머니로 착각을 하게 되었다.

책상 위에 수북하게 쌓아 놓은 노트를 보면 너무 뿌듯했다. 소설을 필사하고, 성경을 필사하고, 손가락에 관절염이 생겨 아프지 않은 날이 없었지만, 쉬지 않고 썼다. 마음의 여유가 생기니, 다른 사람의 마음까지 헤아리는 배려까지 생겼다. 배움이란 나 같은 사람도 너그럽게 만들어 주는 것 같았다.

선영이 지수에게 붙여 준 '보드기'라는 별명은 사실 나였다는 생각이 들었다. 나는 크게 자라지 못하고 마디가 많은 작은 나무였다. 나는 지수를 보잘것없는 보드기가 되지 않게 하려고 애를 썼다. 느티나무처럼 쑥쑥 자라나 사람들에게 쉼터를 주는 큰 나무로 키우고 싶어서 내 나름대로 노력을 했다.

그리고 이 노트북 안에는 내가 있다. 내 마음이 살아 있다. 내 인생이 밑바닥 인생이긴 했지만, 사랑하는 대영 곁에서, 또 그 후손들 곁에서 평생을 함께할 수 있어 행복했다. 그리고 늦긴 했지만, 공부도 원 없이 해 봐서 만족스럽다.

누군가 이 노트북을 열어 보고 공감하는 사람이 하나라도 있다면 행복할 것 같다.

그래, 옛날에는 다 이랬지. 참 험악한 세상을 살았지? 하면서 고개를 끄덕여 주는 사람이 있다면 좋겠다. 그래도 '보드기' 같은 우리들이 살아남았기에 우리 후손들은 더 좋은 세상에서 사는 거 아니겠는가? 내 핏줄이 아니면 어떤가? 어차피 다 우리나라의 후손이 아니겠는가? 나는 '지수를 사랑한 할머니 요정'으로 만족한다.

나는 할머니의 글을 읽다가 가슴이 턱 막혔습니다. 가족사진을 찍고 싶어 애를 태우던 할머니 모습이 떠올라 노트북에 엎드려 엉엉 소리 내어 울었습니다. 어떻게 피 한 방울 섞이지 않은 내게 그렇게도 잘할 수 있었을까요? 처녀의 몸으로, 내가 새파랗게 울어 젖힌다고, 젖꼭지를 물릴 수 있었을까요? 친할머니라도 쉽지 않았을 텐데……. 할머니는 정말 내 진짜 할머니였습니다.

대고모와 엄마가 서재로 달려왔습니다.

"지수야, 왜 그래?"

대고모가 노트북의 글을 읽다 말고 나를 끌어안았습니다.

"그래, 이제 너도 알게 되었구나. 울어라. 네 할머니는 정말 자신의 인생을 너한테 올인했단다."

대고모는 할머니와 티격태격하면서도 이 비밀에 대해서는 입을 꾹 다물고 있었습니다. 대고모도 지수를 지키는 일이라면 할머니와 마음이 딱딱 맞았습니다. 할머니는 대고모와 사소한 일로 토닥거리면서 에너지를 얻어 씩씩하게 살았는지도 모르겠습니다.

에필로그

금낭화와 매발톱 꽃이 바람이 부는 대로 잘랑잘랑 흔들립니다. 보랏빛 무스카리는 꼿꼿이 꽃대를 세우고 흔들리지 않으려고 애씁니다. 비밀스런 공간을 간직한 닛사가 주렴처럼 늘어진 가지를 떱니다.

삼우제가 끝나 집에 돌아왔을 때, 대고모가 엄마 아빠에게 전원주택의 등기권리증과 카드키를 내놓으셨답니다.

"자기가 죽을 걸 미리 알았나 보다. 집 지은 사실을 비밀로 해 달라고 해서 그동안 내가 보관하고 있었다."

아빠는 눈물을 흘리면서 누런 봉투를 끌어안았습니다.

"제가 너무 무심했습니다. 어머니는 언제까지나 제 곁에 계실 줄 알았습니다."

그 길로 자동차에 올랐고, 양평까지 쉬지 않고 달려왔습니다.

우리는 오늘 할머니의 정원에서 바비큐 파티를 했습니다. 가족들을 다 불러서 바비큐 파티를 하고 싶다던 할머니는 이 자리에 없습니다. 할머니는 유언도 하지 못한 채 급작스레 돌아가셨습니다. 노트북 속의 글들은 정말 소중한 할머니의 유언입니다.

내가 살아온 길지 않은 시간들 속에 늘 할머니가 함께 계십니다.

돌아보니 아름다운 추억들이 많습니다. 내가 잊고 있던 이야기들도 할머니의 노트북 속에 들어 있습니다. 어린 시절의 앨범을 들춰 보듯이 노트북을 뒤져 보니 할머니와 함께한 에피소드들이 여기저기서 팝콘처럼 툭툭 튀어나옵니다.

할머니의 꿈은 작은 도서관을 만드는 것이었습니다. 이웃의 어른들과 아이들이 자주 들락거리며 책도 읽고 담소도 나눌 수 있기를 소망했습니다. 배움의 기회를 놓쳐 한글을 깨우치지 못한 어르신들과 외국 여성들을 위해서 한글을 가르치는 것도 그중 하나입니다.

"꿈은 내가 꾸지만, 지수 대에 가서나 내 꿈이 이루어지려나?"

할머니의 꿈이 그저 막연한 꿈인 줄만 알았습니다. 아무도 모르게 당신의 꿈을 향해 한 발 한 발 다가가고 있는 줄은 몰랐습니다. 할머니와 보낸 봄, 여름, 가을, 겨울 사계를 되돌아보니, 다시 시계가 거꾸로 돌아간 것 같습니다. 아껴 가며 읽을 수 있는 책을 쓰고 싶다던 할머니의 말씀처럼, 나는 할머니의 글을 아껴 가며 읽고 싶습니다.

할머니 노트북을 덮으며, 나는 행복합니다. 보물 창고의 열쇠를 빌은 깃치림 기쁩니다. 지는 귀가 얇아 헤마디 꿈이 비뀌곤 했습니다. 그런데 할머니 노트북을 보면서, 할머니가 꿈꾸던 여러 가지 계획을 나의 목표로 삼아야겠다고 결심해 봅니다.

할머니의 할아버지께서 독립운동을 했다는 소리를 들었을 때는 별로 큰 관심을 갖지 않았습니다. 그런데 할머니의 글을 읽고 보니 중요한 사건이며 자랑스러운 일입니다. 그런 독립운동가의 자손이 평생을 남의집살이로 보냈다는 것이 안타깝습니다.

눈길이 머무는 곳마다 할머니의 모습이 떠오릅니다. 아홉 마리의 하얀 토끼들이 양지 바른 곳에 모여 앉았습니다.

"산토끼 토끼야 어디를 가느냐? 깡충깡충 뛰어서 어디를 가느냐?"

노랫말이 입에 뱅뱅 돕니다. 텐트처럼 이불을 치고 노래를 부르는 가족의 모습이 떠오릅니다.

이제 할머니는 하늘나라 도서관에서 할아버지와 함께 책을 읽으며 행복할 거라고 믿습니다. 하늘을 올려다봅니다. 저 높이 비행기가 은빛 날개를 반짝이며 날아갑니다. 나는 할머니에게 인사하듯 손을 흔듭니다. 할머니는 내게는 친할머니 그 이상이었습니다.

등에 배낭을 메고 전자사전을 목에 걸고 구름 위를 씩씩하게 걷고 있는 할머니의 모습이 언뜻 보입니다. 할머니가 너무 그립습니다.